W0372589

# Escac al destí

# Escac al destí

Lluís Llach

*Univers*

Primera edició: març del 2020

Disseny de la col·lecció: Enric Jardí
Imatge de la coberta: Ignasi Font

© 2020 Lluís Llach
© 2020 Univers (d'aquesta edició)

Direcció editorial: Ester Pujol

Univers és un segell de Grup Enciclopèdia
Josep Pla, 95
08019 Barcelona

Imprès a Liberdúplex

Dipòsit legal: B-71-2020
Imprès a la UE
ISBN: 978-84-17868-55-0

Qualsevol mena de reproducció, distribució, comunicació pública o transformació d'aquesta obra queda rigorosament prohibida i estarà sotmesa a les sancions establertes per la llei. L'editor faculta el CEDRO (Centre Espanyol de Drets Reprogràfics, www.cedro.org) perquè n'autoritzi la fotocòpia o l'escaneig d'algun fragment a les persones que hi estiguin interessades.

# Índex

# Família reial de Magens

ALSÀS D'ALBIR, *fundador del regne de Magens*
EBRARD, *fill d'Alsàs i actual rei de Magens*
ALAÍS DE CRES, *primera esposa de l'Ebrard, mare de l'Orenç*
BAL DE GUIFORT, *segona esposa de l'Ebrard, mare d'en Jan i l'Ínian*
JAN, *príncep hereu del tron de Magens*
ÍNIAN, *príncep. Segon fill de la nissaga d'Albir*
ORENÇ, *prevere. Fill bastard de l'Ebrard i canonge de la Reial Capella del Castell, residència de la família reial*

*El regne de Magens el conformen quatre comtats, el de Corn, el de Quer, el d'Esdràs i el de Maràs. Està flanquejat a l'est pel regne de Llangàs, al nord i nord-est pel regne de Guifort i la resta dels seus límits queden protegits per la serralada de les Muntanyes Blanques, darrere la qual els regnes musulmans i cristians es mantenen en lluita.*

# PRIMERA PART

# 1
# Al Castell

Cap flama enjogassa d'ombres les parets del saló del Castell. Fa estona que ha acabat el sopar, però les flaires del rostit, la sentor a suor i la ferum de les torxes de seu apagades enrareixen l'aire. Sota l'enorme taula, dos gossos llop dormiten. Avui, el príncep Jan i el baró de Cas sopaven tan entusiasmats mentre discutien d'armes que els animals han endrapat fins a rebentar. Ara dormen la digestió però amb l'oïda atenta, no fos cas que assetgés algun perill. I el príncep Jan els vol per a això, per ensumar-lo i prevenir-lo, perquè l'art de la cacera li importa un rave. Qui vol perdre el temps darrere un cabirol quan t'espera un tron... i el rei es fa vell.

Normalment, els gossos dormen amb el senyor, dins la cambra. L'amo és geniüt i fot les coces on fan més mal, però també sap ser amable i, de tant en tant, els parla i els amoixa, sobretot quan està sol i una mica begut. Si, a més a més, té el sexe ardent, els deixa pujar al llit i els hi ofereix perquè li llepin abans d'abaltir-se del tot. Però avui no és el cas, el Bran i el Toc clapen sota la taula perquè el príncep Jan copula amb la Mela, una serventa que també l'hi llepa, però sabent-ne mesurar el ritme fins que necessita sentir-se poderós i la cavalca salvatgement. Per això aquesta nit dormen lluny de l'amo, perquè la Mela els té mania.

A l'altra banda del Castell, la que dona a ponent, el príncep Ínian no dorm. Ja fa dies que té estranys pressentiments que li anguniegen el repòs. Com en Jan, és bell i prou fort, però té un caràcter diferent: a la passió dels homes pel poder i el sexe, hi afegeix aficions musicals, interès per les matemàtiques i estudis d'astrologia, cosa poc corrent entre els notables de la Cort. Es diu que aquestes inclinacions l'han fet el preferit de la seva mare, la reina Bal, que percep en el fadristern una especial habilitat per entendre els laberints del poder. Alguna vegada, la reina n'ha parlat al seu espòs prudentment, perquè el rei Ebrard és amant de les tradicions dinàstiques i viu embadalit per les gestes guerreres del príncep Jan. Tot i així, quan la reina Bal li ha insinuat dubtes sobre l'escaiença d'un successor tan tosc com el primogènit, l'Ebrard, amb el posat de qui la considera llega en afers transcendents, li ha adduït que «s'acosten temps que serà més convenient un rei amb mà de ferro que un que s'entretingui en com bambolegen els astres».

No gaire lluny, a la residència de la Reial Capella, la flama d'un llum d'oli sobre la taula perfila la silueta d'un clergue que escriu sobre un feix de pergamins. És el prevere Orenç, i sembla absort en la feina rutinària que s'imposa cada nit: anotar els detalls que els feligresos li han confiat durant les confessions. Ho practica des que li atorgaren la titularitat de la Reial Capella i, abans de colgar-se, anota cadascun dels pecats que ha absolt durant el dia. Ho escriu amb cal·ligrafia polida i mantenint els rengles. En el marge esquerre, la natura del pecat i, si cal, l'afegitó d'un comentari. I, finalment, en el marge dret ha previst lloc suficient per anotar la penitència, amb la quantitat d'oracions, dejunis o almoines imposades. S'absté curosament d'apuntar el nom del pecador o la pecadora: el secret de confessió és sagrat , però quan cal apunta alguna referència que li permeti, només a ell, recordar-ne la identitat. Fou durant l'estudi d'aquest sagrament que el seu mentor, el venerable bisbe Arcadi, li suggeria que aquests apunts li comportarien un tresor sobre el qual «Déu ja t'il·luminarà si algun dia te n'has de servir». Al principi, esmerçar temps a testimoniar les nimietats dels fidels li semblava infructuós, però a mesura que omplia els pergamins, comprengué que aquells pecats i aquells noms configuraven una xarxa de culpes i revelacions que descobrien els budells més recòndits de la comunitat, l'entramat d'interessos i relacions que palpitaven a Magens. L'havia encertat seguint la doctrina del bisbe Arcadi. Però cal paciència. I aplicar-s'hi, fins i tot quan sembla infecund, com ara que recorda en Savin Dancés, que ha robat fruits del camp del veí, l'Astier Ramasé, i que s'ha tocat massa vegades «allò», que és com la gent anomena els genitals. Sí, cal aplicar-s'hi pacientment... i amb extrema prudència. Si mai algú accedís a aquests documents, de cap manera hauria de poder identificar les persones mencionades: trencar el sigil és penat amb l'excomunió.

El prevere Orenç és jove. Té quasi dos anys més que el príncep Jan i quatre més que el príncep Ínian. Però allò que li ha marcat la vida, i que a Magens ningú no ignora, és la seva condició de fill bastard del rei de Magens, l'Ebrard d'Albir. Tanmateix, si bé és veritat que el monarca mai no l'ha reconegut com a legítim, també ho és que sempre li ha atorgat un tracte deferent, com concedir-li la canongia de la Reial Capella, dotada amb dues pabordies prou riques. L'Orenç n'està agraït. Qualsevol clergue s'hauria deixat arrencar un braç per conduir els afers religiosos de la família regnant. Per l'honor, els privilegis i l'estatus rellevant que el càrrec confereix i perquè acomboiar els quefers espirituals del rei inclou assistir els dels nobles, que s'esbatussen per confessar les culpes a la mateixa orella que escolta els del monarca. I així, pecat rere pecat, s'obre un ventall d'oportunitats per a qui els pot absoldre. Sí, escriu concentrant-se de nou: la Domenja Pallà, una colla de mals pensaments i renecs, cinc avemaries i dos pare...

Tot d'una sent un crit. Llunyà, però que li sembla esgarrifós. Alça el cap, escruta la finestra, com si n'esperés una resposta o una repetició... Només en retorna silenci. S'aixeca i s'hi apropa. Sense lluna no distingeix res, la foscor no té escletxes. Escolta per si algun moviment remoreja. Mira cap al fossat. Inútilment; la negror l'engoleix. Repassa la paret veïna del palau, que en la foscúria és imprecisa, però en una de les finestres s'hi veu un bellugueig de tènues resplendors. El prevere hi fixa la vista, és el finestral de la reina i l'augment de claror indica que algú s'hi acosta. Fins que apareix una flama que un braç exposa, només uns instants i, després, s'enretira. «La reina també el deu haver sentit i mira si veu alguna cosa, com jo. No deu ser res», es diu mentre torna a la taula i suca la ploma en el tinter per completar la paraula *pare* amb *nostres*. Sí. A la Domenja Pallà dos parenostres.

Just abans d'allitar-se baixa a tancar la porta de la residència i adverteix al sagristà Plus que ja pot passar la balda a la capella. Té el costum de mantenir-les obertes fins que se'n va a dormir, no fos que alguna ànima esgarriada necessités aixopluc.

# 2
# La Brilhèta

Com cada matí des de fa vint-i-sis mesos, la Brilhèta entra a l'estança de la reina per despertar-la. Quasi sempre s'estalvia la feina, la reina Bal dorm poc i, abans que truqui, ja ha enretirat la balda. La rep amb un «bon dia, Bri», que és com li agrada anomenar-la. Però avui la cambra és buida. La Brilhèta pensa que deu haver dormit a la cambra del senyor. Sap que ho fa sovint, quan la requereix o quan ell és fora i fa una nit especialment xardorosa, com avui. Té paret al nord i és més frescal.

Mentre desfà el llit, els narius l'adverteixen d'un perfum que no pertany a la mestressa, diferent dels que tafaneja al tocador de la senyora. Però no li ve de nou, des que treballa per a ella l'ensuma almenys un cop o dos per setmana. En realitat l'emprenya no aconseguir aparionar-lo amb un nom, perquè un dels privilegis de servir en un càrrec de tanta confiança és conèixer les intimitats dels membres de la reialesa. Això, a vegades serveix de molt... o de res, si no concordes el perfum amb el cos que se'l posa. Fa dos anys que assisteix la reina i mai no ha pogut enxampar-la enllitada amb ningú. La Brilhèta és tafanera, però sabria guardar-s'ho perquè coneix la diferència entre tafanejar i xafardejar. En això l'ha educat sa mare, que va servir la reina Bal més de vint anys i sap que «qui tanca la boca, salva el coll». Però a la senyora ningú li coneix cap relliscada i, si en fa, n'és recelosa, «no com moltes de la Cort, que quasi es vanaglorien del pecat». La Brilhèta, que té el costum de murmurar els seus pensaments a sotaveu, recull la vànova per dur-la al finestral i airejar-la. «En canvi el rei...»

El finestral és ample i de pedra ornamentada, com correspon a la segona cambra en importància del segon replà. La Brilhèta s'hi acosta i, assegurant la vànova amb una mà, la llança a l'aire, com jugant a perdre-la. Un sol tímid que despunta a l'horitzó la mig enlluerna, li escalfa les galtes i això la complau. Sempre li han dit que les té boniques. El rei també. Aleshores, comença els gestos de cada dia per espolsar-ne les motes. Quan nota que la vànova queda penjada del tot, amb un moviment sobtat i enèrgic dels braços fa ondejar-la de dalt a baix. Com més ràpida l'onada, més bona la neteja. La Brilhèta és jove i sent la feina com un entreteniment i una sort. Si la fuetada és seca, pot aconseguir fins a tres ondes que recorren ensems la vànova, però per molt que ho intenti, mai no n'ha assolit la quarta. És quan s'entreté a mirar-les que la sorprèn veure al fossat, just on comença la paret, una tela estesa de color verd pàl·lid, d'un verd que identifica de seguit. És la gran túnica de seda que porta la senyora abans de posar-se la camisa de dormir. «La deu haver penjat a la finestra per treure'n les olors i li ha caigut», pensa per afegir tot seguit: «Com que ella no baixarà, tant li fot». Continua fent onades amb la vista fixada en la túnica, com encantada, fins que hi percep un detall inesperat. S'hi fixa millor. El fossat és profund, els ulls se li ajunten... d'un extrem de la túnica surten... sí... els dits d'una mà. Es posa a tremolar. Els ulls verds, ja del tot guerxos, se li han afalconat. Hi ha un racó on la tela esdevé una mica més fosca. Allà baix és lluny, però diria que hi distingeix una taca entre vermellosa i negra. Sí, i allò és... Sí, a sota de la túnica hi ha la mata de cabells de la senyora, ensangonada.

Un llarg esgarip esqueixa el silenci.

# 3
# La vetlla de la reina Bal

A la cambra mortuòria hi senyoreja l'ensopiment. Sòbria, parets de pedra vista, cega de finestres, nua d'ornaments, tan sols un ostentós crucifix s'exposa damunt l'única porta en eterna vigilància, no sigui que les ànimes dels difunts s'esgarriïn, o siguin esgarriades, en el darrer traspàs.

En un racó, a la dreta del túmul, el prevere Orenç es recolza en un reclinatori.

Capficat, no aparta la vista de les faccions de la finada amb una pregunta que no deixa de trucar-li al cervell. Una pregunta paorosa, perquè, sigui quina en sigui la resposta, farà tremolar els fonaments del Castell i els de tot el regne de Magens.

Anit veié que una mà aguantava la llanterna al finestral de la reina i ara maleeix haver-la suposat d'ella. Si no, s'hauria esforçat a esbrinar qui la sostenia, perquè, havent-la vist just després de sentir el crit, només podia pertànyer a l'assassí.

Per més que hi pensa, l'Orenç no concep una caiguda accidental. «Caure d'un finestral amb un ampit que s'alça per damunt de la cintura, només pot ser si l'han empesa... Si no, implicaria un acte voluntari i això seria admetre que la reina Bal ha blasmat l'autoritat de Déu llevant-se la vida. El bé més preuat que Ell t'ha dat i que només Ell et pot prendre.

El sacrilegi més esgarrifós que es pot cometre. La paraula més maleïda: *suïcidi*.»

La sola idea l'enutja profundament perquè, si es difongués la brama d'un suïcidi, seria un daltabaix espantós per a la casa reial. La difunta seria excomunicada i condemnada als inferns, el seu cos despullat i escarnit, arrossegat de bocaterrosa per un cavall fins a ser desmembrat i, abans de soterrar-la en terra no consagrada, li clavarien una estaca al cor tot esclafant-li el cap amb un pedrot. Però això no seria tot, i l'Orenç ho sap. Encara provocaria una seqüela més lacerant: la nissaga fruit del seu ventre, en Jan i l'Ínian, perdrien els drets dinàstics i quedarien perpètuament marcats per la ignomínia.

No. La voluntat de la mort no ha sorgit d'ella, l'Orenç n'està segur. De la finestra, n'ha caigut empentada, però sap que els adversaris del rei escamparan maldiences. Caldrà demostrar que ha sigut un assassinat, i com més aviat millor, perquè si no el magnicidi comportarà un futur d'incerteses i venjances.

El prevere n'ha copsat el primer avís quan el príncep Jan, tot i ser un dels primers a baixar al fossat en els moments de la descoberta i disposar que es traslladés el cadàver de la reina a la cambra mortuòria per preparar-ne el túmul, a mig matí ha entrat cridant improperis al Sant Crist, als servents, contra les parets, sense mesura ni respecte pel cadàver de la reina. Només s'ha aplacat quan ha creuat la mirada amb la de l'Orenç i, malgrat que els ulls espurnejaven amenaces, el clergue li ha aguantat l'esguard. Sap que és l'únic amic en qui confia i que només ell pot reconduir-lo, «sobretot ara que està espantat». Perquè en absència del rei i per mandat seu, el príncep hereu és responsable de la seguretat al Castell i a la ciutat emmurallada: és quan més convé demostrar dots d'autoritat, capacitat per al bon govern, i el primogènit tem que la mort de la reina el deshonori davant del pare i tota la Cort. És per això que el príncep crida.

Encara amb els ulls d'en Jan clavats als seus, l'Orenç ha girat lentament la mirada al cos jacent, convençut que l'amic faria el mateix i, per primera vegada, el rostre del príncep s'ha emmelangit en veure les belles faccions de la mare. No en va una munió de dones li han fet el *lavatio corporis* amb aigua i vi. Després han tingut cura de tancar-li els ulls aterrits i la boca desencaixada amb una moneda d'or sobre la llengua, com manen els costums. També li han tapat els narius amb unes boles de roba i li han aplicat ungüents i polsim a les nafres de la cara fins a llevar-ne el pànic i amorosir-ne l'expressió. La Brilhèta ha escollit la peça de lli més blanca per amortallar-la i se n'han recosit les vores a tot el voltant del cos, excepte del coll, tal com imposen els preceptes. Té una aparença quasi mística.

Passat el temps de dos parenostres, el príncep s'ha regirat sobtadament cap a la porta i, d'esquena al túmul, ha manat que cap home no entrés a l'estança fins a l'arribada del rei, així com ha prohibit llogar ploraneres per vetllar la finada. «Només els planys i ploriqueigs de les dones de l'alta noblesa són dignes d'acompanyar-la», ha reblat, tot passant sota el Sant Crist de la porta tal com ha vingut, amb gestos abruptes i paraulotes malsonants.

L'Orenç no l'hi té en compte. Sap que amb un possible assassí al Castell, el príncep s'ha de mostrar ferotge, prest a tallar de soca-rel qualsevol conxorxa que s'amagués darrere de la desgràcia i disposat a mantenir l'autoritat per damunt de tot i de tothom.

El prevere també sap que la màscara colèrica d'en Jan protegeix un caràcter noble, una fina sensibilitat que procura dissimular i que, en haver esbravat els sentiments, pujarà a la cambra, es deixarà caure al llit, amoixarà els gossos i, només aleshores, arrencarà a plorar, amb els seus vint-i-tres anys de guerrer furient.

# 4
# Jocs d'infants a la Cort

La seva amistat amb en Jan ve de lluny, de quan a la casa dels Albir hi corrien aires tèrbols. El petit Orenç nasqué tres mesos després que la seva mare fos repudiada pel rei Ebrard. Tot just feia un any que eren casats, però la Santa Seu promulgà la nul·litat matrimonial i la reina Alaís de Cres fou destronada i desterrada a l'abadia de Corn. Allà, malgrat l'acollida afable dels monjos, res no la consolava d'una dissort que considerava injusta, fins que el part de l'infant li canvià el sentit dels dies. Aviat, pel claustre de Corn ressonaren cançons de bressol i els plors de l'Orenç que els monjos maldaven per convertir en rialles. Però la joia s'estroncà de seguida. L'Alaís va emmalaltir i, ni l'infermer de l'abadia ni la remeiera que avisaren, no van poder fer-hi res. La malaurada morí al cap de dos dies, assistida pels monjos fins a l'últim moment. Els fills de sant Benet es reuniren al voltant del taüt per decidir què feien amb el petit Orenç i, mentre un monjo molt alt el gronxava, l'abat, vell i d'aspecte venerable, proposà adoptar-lo en cas que no el reclamessin del Castell. Però la bona voluntat fou baldera. Com si ja sabessin que l'Alaís de Cres havia de morir, aparegueren un cavaller i dos patges amb l'ordre reial d'emportar-se'l.

Que el rei prengués commiseració del fill d'una esposa

repudiada amb butlla de Roma desconcertà molts membres de la Cort. I encara més quan disposà que visqués a les dependències del Castell amb la jove vídua Renada, perquè li fes de dida. Aquesta benvolença del monarca recalcava a la Cort que el bastard gaudia del seu favor. No es pot dir que, durant els anys que seguiren, el sobirà se n'ocupés en excés, però la gent propera al monarca recorda que, en creuar-se'l per qualsevol circumstància, se'l mirava de reüll i dibuixava un somriure entre envanit i tendre. Quan ja tenia poc més de quatre anys, els reis el triaren perquè fos l'amic del primogènit, en jutjar convenient que aquest tingués la companyia d'un nen una mica més gran. Val a dir que la decisió no es va haver d'imposar. El petit Jan l'escollí de seguit, el reclamava contínuament a palau i en pocs dies ja n'era el company imprescindible. Quan el primogènit complí els quatre anys, van començar junts els estudis. Evidentment, llegir, escriure, llatí i religió, es consideraren les matèries pertinents i el rei encomanà al bisbe Esbill que indiqués el mentor més adequat. La responsabilitat va recaure en el canonge Cassian, bibliotecari de la catedral i molt versat en llatí, que els impartia les classes quasi sempre al palau. Només quan algunes obligacions el retenien a la catedral, els infants s'hi desplaçaven i sortien del recinte emmurallat del Castell, cosa que tenien taxativament prohibida. Travessar el pont llevadís i baixar el carrer Major fins a la plaça de la catedral, tot i anar escortats per dos patges, era una peripècia prodigiosa, una festa per als sentits. Al llarg del recorregut, s'embadalien mentre descobrien coses que els resultaven novetats: crits, pudors, carretes, cavalls famèlics, porcs que amb el morro furgaven un terra fangós de brutícies i pixums, dones que s'esgargamellaven per vendre el que fos... i moltes més rareses que hi devien haver, però que els patges no permetien entretenir-s'hi. En arribar a la gran plaça de la catedral, just a la cantonada, quedaven fascinats pels inferns d'una farga que no parava de fumar, amb un artefacte estrany que bufava vent i un home ensutjat que martellejava ferros encesos. Però aquí acabava tot, perquè la forja assenyalava que calia endreçar-se mitges i túniques, travessar la plaça amb comport distingit i pujar l'escalinata del temple. Allà dins, amb l'adusta salutació del canonge Cassian en la llengua del vell imperi, s'iniciava l'avorriment.

En Jan no era gaire valent ni tenia físic per ser-ne. L'Orenç s'encarregava de defensar-lo quan algun marrec descregut oblidava que se les havia amb el fill del rei. El príncep tampoc es divertia amb les crueltats que desficiaven els vailets: esventrar granotes, escapçar extremitats a les sargantanes, arrencar ales i potes a les mosques, i una llista interminable de barbaritats que li procuraven indiferència o repugnància. Quan arribaven aquestes provatures, l'Orenç, més atrevit, el feia quedar bé substituint-lo en la feina, com si el representés. Aquesta excessiva sensibilitat del príncep s'expressava en unes faccions dolces i un cos delicat que dos anys després ja s'endormiscava escoltant els contes que la seva mare triava i que l'Orenç li llegia en veu alta. Les vides dels sants o dels antics herois no admetien badalls i el petit bastard s'esforçava a esquivar-los per congraciar-se amb la reina Bal, que tan generosament l'admetia al Castell.

Aquesta mena de vida va durar fins que el príncep Jan celebrà els set anys i un vendaval d'esdeveniments destarotà la relació. El mateix dia de l'aniversari i en presència dels nobles reunits per a l'ocasió, l'Ebrard d'Albir anuncià que havia triat el cap del seu exèrcit perquè ensinistrés en l'art de la lluita el seu primogènit. Al Castell, com arreu, set o vuit anys era l'edat ben considerada per instruir els fills de la noblesa en l'enfortiment del cos i el maneig de les armes. Tothom va estar d'acord que ningú com el baró de Cas era tan apropiat. Al final d'aquell consell, el monarca també notificà que enviava el seu bastard al lloc més prestigiós del món per emprendre una carrera religiosa.

Per als petits, el manament del rei desfermà un terratrèmol d'emocions i les últimes hores que van estar junts passaren vertiginosament. L'Orenç, amb nou anys, va saber mantenir la conducta, però el petit Jan va exhibir un extens ventall de planys, en un darrer intent d'entendrir el destí. En va. L'endemà, el rei i els dos prínceps acomiadaven l'Orenç al peu d'un carruatge de quatre rodes, amb un bagul amb l'escut dels Albir, dos cavallers d'escorta, un canonge recomanat pel bisbe Esbill i el frare tresorer de l'abadia de Corn. Quan el carruatge es posà en moviment, els ulls de l'Orenç cisellaren la imatge d'en Jan a la memòria. Ell, potser més que el príncep, entenia que els camins que divergien no es retrobarien durant molts anys. O potser mai més. El seu duia a Roma.

El príncep Jan va patir molt per adaptar-se a la rudesa que el baró de Cas va imposar-li. No tenia el cos avesat a l'esforç i se li feia costerut allò que per a les altres criatures era un joc. A més a més, per raons de seguretat, se'l mantenia a banda de la resta d'aprenents, cosa que convertia la instrucció en un exercici avorrit i enutjós. Però la lluita, la gimnàstica i el temps, li modularen el cos esllanguit fins a transformar-lo en el d'un magnífic atleta, que li va permetre l'expertesa en el maneig de qualsevol arma. Tant fou així que, al cap dels anys, en les primeres escaramusses on es jugà la vida, va guanyar-se un prestigi entre els cavallers que anava més enllà de la convenient adulació a l'hereu del tron.

Fou quan rondava els disset i ja era tot un home, que alguna circumstància desconeguda li va capgirar el senderi d'un dia per l'altre. La ferocitat deixà de ser la manera de sobreviure per trasmudar-se en un instint irreprimible, una set interior que l'empenyia a la impietat. Com si matar el desagreugés d'alguna injúria, participava en les batalles gaudint-les, convertint el cos a cos en un sanguinari festí. Aviat adquirí fama per la temeritat, l'audàcia... i la inclemència amb els vençuts. Esdevingué barroer, malcarat, fatxenda, com si un esperit malèfic l'hagués posseït.

Per la seva banda, l'Orenç fou acceptat en el noviciat adscrit a l'arxibasílica de Sant Joan del Laterà, just al costat del palau Pontifici, gràcies al valiment del rei. Un privilegi del qual només gaudien els predestinats a una carrera religiosa i que li va permetre conviure amb nens enviats des de tot el continent, fills de nissagues reials, de l'alta noblesa o de prelats suficientment poderosos per cobejar un setial entre el principat de l'Església per als seus bastards.

Roma ja no tenia el poder dels temps imperials, però, gràcies al papat, seguia irradiant claror entre tanta penombra. La llum de la fe, la llum de la veritat revelada i la llum de la salvació desentenebrien el món sota el guiatge del Pontífex. Allà s'imposaven o es sostreien les corones, s'hi resolien els assumptes dels potentats i, de tant en tant, també hi arribava algun personatge il·lustre del regne de Magens que, a banda d'altres quefers, tenia l'encàrrec reial de visitar-lo i preguntar-li per la salut i els estudis. Durant aquestes entrevistes, a banda de rebre els consells del rei per boca del viatger, s'interessava per la gent de Magens.

Quan feia quatre anys que s'estava a Roma, li donaren la mala notícia que la vídua Renada, la seva dida, havia mort. Va procurar sentir dolor i s'esforçà a tenir-la present en les oracions, tot i que no l'havia sentit mai com una mare. Fou encara més tard, quan ja acabava els estudis i estava a punt de tonsurar-se, que les malifetes del príncep Jan li foren exposades per un tal Alberg, comptable del regne i prohom molt ben considerat per l'Església i per la Cort. Ho va fer, això sí, molt discretament.

# 5
# El retorn

Quan el rei Ebrard el reclamà a Magens, l'Orenç tenia vint-i-un anys. Durant el llarg retorn, venia amb les nostàlgies dividides. L'antiga, l'empenyia a retornar a Magens; la nova, es modelava a mesura que s'allunyava de Roma. No en va deixava el centre del món, on s'acaronaven les vores del poder, on, malgrat la barroeria, s'hi podia flairar la cultura, on fins i tot el cinisme i la crueltat es disfressaven de finesa i pompa.

Per sort, només arribar al Castell, el monarca el rebé a palau a soles i amb un tracte deferent, com si la seva vinguda fos un designi especialment anhelat. Després de les salutacions afectuoses de l'Ebrard, el prevere hagué de satisfer les moltes preguntes sobre la vida romana i les altes personalitats de la Cúria que el rei coneixia. Mentre li acontentava la curiositat, l'Orenç observava com la dotzena d'anys transcorreguts s'havien mal repartit pel cos del monarca. S'havia engreixat, tenia l'esquena més corba i els seus moviments eren més feixucs. Tan sols l'alçada i el comport d'home poderós li servaven part de l'antiga prestància.

En un moment en què la conversa semblava decaure, l'Orenç va aprofitar per lliurar-li un missatge personal del Papa, entregat pel mateix camarlenc cardenal Bastolli. El sorprengué que no el llegís de seguit, que una missiva tan importantno meresqués la seva atenció i continués excusant l'absència dels prínceps, que havien sortit de cacera, o insistint que tot estava preparat perquè la família reial assistís, l'endemà, a la seva presa de possessió de la Reial Capella.

Poc després, el mateix patge del rei l'acompanyava pel pati d'armes, un gest que només es podia interpretar d'alta consideració. Es sentia afalagat i alguns recels, que l'havien assetjat durant el viatge, s'esvaniren amb l'acollença dispensada pel sobirà. Sota la portalada exterior del temple, un home malgirbat l'esperava. Es presentà com el sagristà que el serviria per ordre del monarca. Fou en aquest punt que l'Orenç cregué oportú mostrar agraïment al patge tot preguntant-li pel nom. «Blan, reverend, per servir-lo», mentre li feia el besamà per enretirar-se. El sagristà Plus, un cop traspassada la portalada i abans d'entrar a l'església, li assenyalà una porta discreta com el pujador a la residència de la Reial. L'Orenç es deixava guiar, com si no reconegués cada racó de quan, amb en Jan, la vida era un joc innocent entre aquestes parets.

La capella era com la recordava. El blasó dels Albir omplia les sanefes i tots els ornaments imaginables. Va emocionar-se en contemplar de nou el retaule, vivament policromat, de l'altar major. Ara entenia el que representaven les imatges que, de petit, només eren un garbuix atapeït de figures. De les parets del creuer penjaven pintures i tapissos amb escenes evangèliques. Dels dos absis laterals, el dretà l'ocupava un gran quadre que solemnitzava la coronació dels Albir per Fulgenci III, a Roma. En el de l'esquerra, una sella disposada sota la pintura d'un àngel foragitant Llucifer cap a les flames i un agenollador li van recordar la molta vergonya que hi passava quan confessava els pecats. Al presbiteri, presidien les mateixes trones des d'on el rei Ebrard i la reina Bal seguien les cerimònies religioses. La bellesa del record no fou desmentida, només va sorprendre'l una sensació: l'espai s'havia empetitit. Haver crescut quatre pams des que marxà li destarotava les proporcions.

Contràriament, l'aspecte de la residència li era desconegut. Ni ell ni en Jan no havien gosat profanar la cambra del canonge Tibotz, no tant per respecte al vell, sinó per la mala llet que traspuava. Només entrar-hi, veié que hi havien traginat els tres baguls de pertinences. No necessitava res més i va acomiadar el sagristà tot allargant-li el braç perquè li fes el besamà. Estava extenuat del viatge i la visió del catre en un racó de la cambra li semblava una temptació quasi pecaminosa. Li hauria agradat obrir els baguls i endreçar les pertinences i documents acumulats a Roma, però s'ajaçà al catre i la pregària que inicià només pogué enunciar-la.

# 6
# Un difícil retrobament

L'endemà, els nobles, prohoms i clergues de la ciutat omplien la Reial, nom amb què la plebs motiueja el temple. Era a vessar, tothom volia reconèixer aquell xiquet, bastard del rei, tornat de Roma amb un càrrec tan destacat. Quan el sagristà Plus avisà que la família reial s'acostava, l'Orenç i el bisbe Esbill es situaren davant l'altar per solemnitzar-ne la rebuda. Els acompanyaven quatre canonges de la catedral; dos que bambolejaven un encenser a cada banda, un que mantenia el bàcul argentat i l'altre que mostrava els documents, signats pel monarca i el mateix Esbill, amb el nomenament del nou titular. Aviat aparegué el patge del sobirà que, després de donar tres cops al batent amb el bordó reial, va anunciar en veu alta:

—Sa Majestat l'Ebrard d'Albir i la família reial!

Ben cert que el prevere Orenç estava una mica atabalat i, també, que la claror que entrava per la portalada deixava a contrallum la família reial, però va estranyar-se que li fos tan dificultós reconèixer l'altiu guerrer que caminava just darrere dels reis, en el lloc que només podia ocupar el príncep primogènit, en Jan. Secretament, persistia a descreure les barbaritats que n'explicaven, però el seu aire displicent, el posat menyspreador envers la gent que s'inclinava al seu pas i, sobretot, la manca d'una mirada afectuosa durant el recorregut, li feren pensar que els mals presagis s'acomplirien. Contràriament, rebé expressions complaents dels monarques, del príncep Ínian i, molt especialment, d'un home que vestia hàbit, l'abat i comte de Corn, que juntament amb els altres tres comtes del regne ocupaven els rengles de privilegi.

Fou en acabar l'ofici religiós que els dubtes envers el príncep Jan es confirmaren. La família reial i els prohoms de Magens pujaren al presbiteri per complimentar-lo, però l'hereu ni tan sols s'hi acostà. Mentre procurava atendre els pròcers que el saludaven, l'Orenç va decidir despullar-se de nostàlgies, acceptar la pèrdua de l'amic i preparar-se per entomar la ferotgia de què tant l'havien previngut.

Força després, el prevere endreçava la capella. Havia demanat al sagristà que el deixés sol. Desitjava gaudir íntimament del temple que se li havia encomanat, fondre's amb l'indret on aplicaria les ensenyances rebudes. Tants estudis, tanta solitud i renúncia, tantes hores de pràctiques cerimonioses per poder representar dignament Déu, ara i en aquest lloc, prenien sentit.

De sobte, algú esbatanà sorollosament les portes. L'Orenç, que estava prop de l'altar, es regirà sorprès i va distingir la figura del príncep Jan, emmarcat per la portalada i acompanyat de dos gossos. No es va moure. La presència dels animals dins l'església era un sacrilegi a la vista de Déu. I el prevere intuïa que, a la vista del príncep, també, i que per això ho feia. De seguit, els gossos ensenyaren els ullals groguencs i començaren a bordar irascibles fins que, tot d'una, s'abalançaren cap a ell. El prevere, immòbil, va pensar que aquelles bèsties el matarien i no endevinà en la cara del príncep cap intenció d'aturar-les. Travessaven el creuer, bordant rabiüts. En veure inútil qualsevol intent d'escapatòria, va obrir els braços, quasi cerimoniosament, oferint les mans als ullals d'aquells monstres sacrílegs. Els gossos les embocaren, però no les mossegaren. Ans al contrari, en lleparen els dits i s'amansiren com xais. El príncep Jan mirava l'escena indiferent, fins que, de sobte, s'encaminà al presbiteri. S'aturà a un pam, reptador, fort, bell, amb la mirada intensa però inexpressiva. Uns instants d'estranya densitat es succeïren. El prevere li mantingué l'esguard ferm, encara que només fos perquè l'amansiment dels animals assenyalava que Déu el protegia.

I el príncep Jan l'abraçà. Fort, molt fort. I a cau d'orella, amb una veu suau, li donà una llarga benvinguda que encadenà amb un relat de records que li tenyien la veu de melangia. A poc a poc, el prevere va amollar la tibantor que l'agarrotava, mentre el sentia filar record rere record, en un monòleg apassionat, sense cap pregunta, com si l'hagués esperat tot aquell temps. L'Orenç va entendre que estava davant d'una mena de curació o catarsi. O potser d'un miracle. Ara entenia per què els mentors romans asseguraven que el poder de l'Omnipotent es mou per llargs designis mentre que el de l'espasa té un trajecte molt exigu. Lloat sia Déu.

Quan passada l'estona semblava arribat el moment del comiat, de sobte li digué:

—Molt bé, Orenç, ja que ets el canonge de la Reial Capella, vols ser el meu confessor?

—I tant, Jan. Tu em vas acceptar com a germà i en realitat em protegires, ara jo prendré cura de la teva ànima i la protegiré.

El príncep semblava content.

—Però em sabràs guardar els secrets? Els secrets del príncep d'una cort plena de llops?

—Guardar el secret de confessió és una ordre de Déu, i tan forta com aquest manament serà la meva amistat.

La brama de l'entrada furient del príncep i els gossos a la Reial corregué per la Cort, i la reina Bal fou la primera a baixar a la capella per presentar-li excuses pel comportament del seu primogènit. El seu germà, l'Ínian, que ja en la cerimònia havia tingut una conducta exquisida, també volgué excusar-lo. Però l'Orenç, tot i acceptar els compliments, mantingué en secret una certesa: d'entre tots, el príncep Jan seria el seu amic.

# 7
# L'Ínian plora

A la cambra mortuòria costa mesurar el pas de les hores per la manca de finestres que la deixen permanentment enfosquida. Quan les dones de la noblesa decideixen enretirar-se mentre eixuguen unes llàgrimes escasses, només hi queden la vídua de Ram i la baronessa de Cas, molt properes a la família reial. En un racó, la Brilhèta pensa que la manca de ploraneres pagades ha deslluït la vetlla. I amb raó. Les dones de la Cort són massa fines per bruelar esgarips colpidors, fingir plors inconsolables, estimular-se espasmes aterridors... unes tasques per a dones més plebees. L'Orenç, malgrat que aquestes tradicions paganes contrarien l'Església, s'ha posicionat a favor del príncep i ha confirmat que «només les llàgrimes de les dames més nobles poden enaltir la mort d'una sobirana». Val a dir que si la baronessa de Cas no arriba a iniciar uns sanglots prou resoluts i sorollosos, potser cap d'elles s'hi hauria prestat.

El prevere s'ha fet dur uns ciris de la Reial que ha distribuït en llocs estratègics per infondre solemnitat a l'espai i reforçar l'esllanguiment de les llànties. Quan els té encesos, anuncia que es quedarà sol, i en remarcar la paraula, aclareix: «per vetllar i protegir el cos de la reina de qualsevol intenció demoníaca». La vídua de Ram, la baronessa de Cas i la Brilhèta marxen, per obediència i perquè és sabut que, en les immediateses del traspàs, l'ànima vol escapolir-se del cos inert i pot esgarriar-se per les tenebres d'un món que ja no és el seu. També és freqüent que els esperits diabòlics, sabent-la desorientada, maldin per entrar en el cos indefens per alguna costura mal recosida de la mortalla, els narius o algun forat, i endur-se'n l'ànima a l'infern. És per això que la cambra mortuòria no té finestres per on puguin esquitllar-se, el Sant Crist vetlla la porta per dificultar-ne l'escapatòria i, per si de cas, el prevere resta prop del túmul per impedir-ne qualsevol propòsit.

D'aquests fenòmens, alguns clergues romans se'n reien, però l'Orenç en té una opinió prou fonamentada. A l'escola teològica, fra Borja, entès en manifestacions satàniques, explicava com un exèrcit d'esperits endiastrats per Llucifer aprofita l'adormiment dels vetlladors per furtar les ànimes dels difunts. Amb els millors alumnes, entre els quals es comptava, feren pràctiques nocturnes en alguna vetlla i, allà, entre oracions i exorcismes, va assistir a fenòmens prou demoníacs.

Ja sol, li arranja damunt la pitrera un dels escapularis vermells que dugué de Roma i que el botiguer assegurà beneïts pel mateix papa Fulgenci. Després, es persigna tres vegades i s'ajau en un racó des d'on pot observar-li el perfil i la testa. La seva visió li recorda les moltes maldiences que sempre han perseguit aquesta dona per ser la germanastra del rei Frencàs, el monarca del reialme veí que ha ambicionat, de sempre, les terres de Magens. Ell, en canvi, només en recorda generositats i les repassa, una a una, en l'intent que la son no el guanyi.

Just en el llindar que els pensaments esdevenen somnis, quelcom li pertorba el repòs. Són paraules que semblen venir de lluny i que es van fent concretes. «Qui t'ha fet això, mare? Qui t'ho ha fet?» El prevere, sobresaltat, busca amb la mà dreta la creu grossa d'argent que ha preparat per a un mal cas, i espia qui pronuncia els mots. El tranquil·litza identificar el príncep Ínian que sanglota mig abraçat al cos amortallat. «Qui t'ha fet això...?», repeteix i repeteix com una lletania, fins que, passada una estona i amb una veu quasi imperceptible, entra en un seguit de jaculatòries, que a vegades semblen pregàries, a vegades retrets, ara vehements, ara d'una dolçor infinita.

El prevere decideix no mostrar-se. Prefereix respectar la voluntat del fill que probablement ha esperat que tothom marxés de la vetlla per trobar-s'hi en profunda intimitat. El reconeix culte, encertat en el capteniment públic, educat en les maneres, amb un cos fibrat i elegant, astut en el discerniment, seductor en la retòrica. Asseguren que és més ardit en els estudis que en els combats, i ara, just passada la vintena, ja és algú de qui es valoren les opinions, que utilitza les paraules amb sentit i amb qui és arriscat un combat dialèctic, a banda de ser vencedor indiscutible en el joc de moda a tot Occident: els escacs. Fins i tot, en el sempre perillós interès per l'astrologia, ha sabut compaginar les certeses científiques sense contradir els dogmes religiosos. El prevere admet que, quan a la Cort explica les lleis i els misteris del firmament, tot sabent-los concordar amb la voluntat del Creador, deixa bocabadada la concurrència. També és cert que llengües viperines malparlen que la reina hauria preferit que la seva mà empunyés el ceptre de Magens. Però aquestes murmuracions són usuals en una cort i l'Orenç no en té cap testimoniatge que hagi de sigil·lar pel sagrament de la confessió.

Ara, el príncep Ínian ja sanglota suaument, com si els espasmes l'haguessin fatigat. El prevere en comprèn l'aflicció, no sols ha perdut la mare, sinó també la millor valedora per ser coronat un dia. Quan comença a descabdellar aquest pensament, veu que el príncep s'incorpora lentament, s'eixuga les llàgrimes del rostre, s'encamina a la porta, mira el Sant Crist que la presideix i es persigna.

# 8
# El rei Ebrard d'Albir

Les més de mil ànimes que habiten la ciutat de Magens es recullen entre la muralla exterior i la del Castell. A mig matí, l'espetec de les peülles contra l'enfustat del primer pont llevadís anuncia l'arribada del rei Ebrard i els cavallers que l'acompanyen. Fins a l'altre llevadís que aïlla el Castell hi ha poca estona, però, a dins, tothom ha tingut temps de preparar-se perquè el guaita de la torre ho ha anunciat tot just els estendards reials han aparegut a l'horitzó. Els prínceps Jan i Ínian, el baró de Cas, el prevere Orenç, alguns cortesans i el servei de les dependències l'esperen, amb el compungiment que mereix la mort d'una esposa.

El rei Ebrard entra al pati d'armes amb un cavall de guerra que impressiona. Tot el regne en sap el nom, Branga, que vol dir 'l'amic', en llengua comuna. És enorme, colossal. No és el més ràpid quan galopa nu, però quan el protegeixen amb l'armadura i el rei el munta entorrellat i protegit de cap a peus, no se'n coneix un de més ràpid ni de més intrèpid. El monarca li deu la vida tantes vegades com batalles ha guanyat, sempre a primera línia amb el Branga, que envesteix més ardit que ell mateix. Abans d'aturar-lo fa dues voltes muntat i mira a tots els reunits, detingudament, pensarós. Finalment, quan decideix desmuntar, el patge Blan corre a col·locar-hi un petit cadafal perquè descavalqui còmodament. En veritat, quan va sense l'armadura de combat, com avui, no el necessita, ni tampoc se'n serveix fora del castell, però considera que el simbolisme del gest s'ha de mantenir en el pati d'armes de la seu reial.

Amb la xardor del sol de migdia, les vestidures i la cota de malla, arriba amarat de suor. Els nobles que l'escorten esperen que posi els dos peus a terra i, sols llavors, desmunten. Són onze els cavallers que van acompanyar-lo a l'abadia de Corn, fa dos dies. Només faltava el baró de Cas, que, per raons de salut, no pogué anar-hi. Ningú el mira als ulls, la mort de la reina presagia malastrugances. Quan desmunta, la primera salutació és per al primogènit, com pertoca. El rei l'abraça breument i se'l queda mirant. Tots esperen que el senyor esclati en retrets per haver permès que una desgràcia tan aterridora passés sota el seu comandament. Però no ho fa. També abraça el príncep Ínian i, tot seguit, es dirigeix als apartaments reials, sense una paraula i la cara impenetrable de sempre. De l'Ebrard es diu que mai ningú sap què pensa fins al moment que t'esberla amb l'espasa. Un rei ferotge, segons tothom. Però en aquests temps, quin sobirà pot permetre's no ser-ho, amb l'imperi desmembrant-se i una colla de monarques assedegats repartint-se el botí? El seu pare, l'Alsàs d'Albir, tingué temps per fer-se fort i erigir-se en rei de Magens fa quaranta-nou anys. Un regne dividit en quatre comtats, d'una extensió de terra considerable, amb planures cultivables, boscos frondosos i una mina de sal que els assegura riquesa. Però envoltat d'enemics poderosos, amatents a qualsevol feblesa per engolir-lo d'una queixalada.

Seguit dels prínceps i del baró de Cas, es dirigeix a la cambra mortuòria. A mesura que s'hi acosta, ressonen amb més força els ploriqueigs de les dames de companyia i les esposes dels nobles principals. Quan el rei entra a la cambra estronquen els planys, però sense eixugar-se les llàgrimes, per si convé que les vegi colpides. A un gest del baró de Cas, s'inclinen ostentosament davant del monarca i abandonen la cambra. És aleshores que l'Ebrard, silent, es situa als peus del túmul de l'esposa. L'observa fixament. Ningú gosa moure's. Fa un matusser senyal de la creu i com si ja ho tingués reflexionat, ordena, cridant més del necessari i fent pausa després de cada frase:

—La cerimònia es farà a la catedral. El tercer dia de la seva mort, com pertoca. Vull que avui mateix se n'embalsami el cos. Que ho faci el medeciner Eiquem, és el millor. També vull que els agutzils surtin prestament per tot el regne i pregonin la notícia a clergues i súbdits en general, perquè assisteixin als funerals. En el túmul de la catedral hi lluiran els meus escuts per sota dels seus en senyal d'estima i honor. Durant la processó del Castell fins a la catedral, la precediran dotzenes de pregoners que l'exalcin, així com ploraneres i mendicants amb tot el parament necessari. Serà enterrada en el panteó que m'està destinat i, a tal efecte, et mano, Cas, que encarreguis al mestre pedrer Sot una efígie jacent de la reina. Tu, Orenç, comunicaràs al bisbe Esbill que ho prepari tot amb cura i magnificència. Que l'empostissat del túmul on sigui exposada tingui dimensions adequades a la seva dignitat reial. Conec l'estima del bisbe per la reina i sé que hi posarà esment, però és vell i flaqueja. Vigileu que tot sigui fet amb la dignitat adequada. Príncep Jan i príncep Ínian, feu-vos acompanyar cadascun de cinc cavallers i, en el meu nom, presenteu-vos als quatre comtes i als altres nobles significats, amb una especial atenció a l'abadia de Corn. Comuniqueu-los que en requereixo la presència al funeral solemne i altres cerimònies que tindran lloc i, si cal —dit sense canviar la veu ni l'expressió—, remarqueu-los que en faré qüestió de lleialtat.

Fa mitja volta, no mira a ningú i travessa la porta amb una decisió presa. No tornarà a la cambra.

# 9
# L'encàrrec reial

Passat migdia, el patge Blan s'ha presentat a la Reial per anunciar a l'Orenç que el rei el convoca immediatament al saló del tron, sense més explicacions. Travessa el pati d'armes apressat, preguntant-se per quin motiu se'l deu requerir. Quan arriba al saló, el rei Ebrard està sol, d'esquena, lluny del tron, assegut a prop del finestral i amb la mirada aparentment perduda en el paisatge. Una mica atemorit, el prevere s'hi acosta i apunta un «majestat» que el monarca no contesta. Tampoc fa que es giri. L'Orenç espera un gest, un senyal. A la fi, sent la veu poderosa que li reclama una resposta:

—Saps què ha passat?

—Ho ignoro, majestat.

Segueix amb la mirada perduda, enllà del finestral.

—Tu creus que la reina Bal...?

—Senyor, el meu parer és que la reina no s'ha matat —endevina l'Orenç i s'avança al monarca—. N'estic tan convençut que, en saber la notícia, vaig baixar amb els ungüents i els olis per donar-li l'extremunció... i ja sabeu que Déu no m'ho hauria permès si ella... Estic persuadit que vaig obrar bé. —El sacerdot vol que el percebi com un aliat i confortar-lo—. Poc després vaig pujar a la seva cambra i no hi vaig trobar cap rastre de violència. Vaig decidir que seria convenient desfer el llit i bolcar la taula on la reina tenia la gerra d'aigua i uns olis, perquè semblés que s'hi havia forcejat. Fins aleshores, només hi havia entrat la Brilhèta, que és qui la va descobrir. Demà hi parlaré perquè em guardi el secret. És bona creient, farà cas del seu confessor i dirà allò que més protegeixi el bon nom de la senyora. Perdoneu-me si m'he excedit, però vaig actuar de bona fe. El diable pot entenebrir la plebs i volia evitar que circulessin enraonies.

El rei sembla que vol dir alguna cosa però deixa passar uns instants.

—Has fet bé, Orenç. Però, tot i així, alguns faran córrer que s'ha suïcidat.

—Senyor, aquesta paraula no s'ha de pronunciar, ni tan sols en aquest saló, les pedres escolten i parlen. Us puc assegurar que en les converses que la reina em concedia mai s'hi va traslluir una tal idea... ni tampoc en el sagrament de la confessió que no us puc revelar.

—Orenç!

—Mai em va mencionar una intenció semblant ni cap fet que pogués induir-la. És clar que, habitualment, preferia fer la contrició amb el bisbe Esbill.

El monarca sembla reflexionar una estona.

—L'agutzil major, en Ramis, és qui hauria d'investigar el que ha passat, però és un tanoca. Bo per als punys i els estris de tortura, però... per aclarir aquesta mort cal fer servir el cervell.

—Teniu raó, majestat, potser el baró de Cas, que us és el noble més lleial, podria encarregar-se'n.

El rei es gira per primera vegada. Té el rostre circumspecte, però determinat.

—No, Orenç. Vull que siguis tu. I és una decisió ja presa.

S'aixeca del banc, abaltit, però sense titubeig.

—Tens molts anys de formació, ets llest i enlloc com a Roma ensenyen a discernir i maniobrar amb l'astúcia i el capteniment que requereixen les aigües pantanoses. Ni els meus fills ni en Cas poden comparar-se amb el que tu hi has après. Has de ser tu i no em contradiguis.

Quan acaba la frase, torna a fer una pausa i canvia el to imperatiu per un de més còmplice.

—A més a més, tu tens una arma molt útil que et permet accedir als pous més recòndits d'aquesta Cort: el secret de confessió.

—Majestat, però... rompre el sigil sacramental és sacrilegi...

—Orenç, no em vinguis amb bajanades. —El mira rotund—. No creuràs que la Santa Mare Església canvià la confessió pública per la privada sense una reflexió profunda i mesurant-ne els avantatges. Senzillament, si amb confessió pública escarmentava, amb la privada controla... la qual cosa és molt més convenient. I va fer santament. Qui controla la informació evita els ensurts i domina les persones, els esdeveniments i, fins i tot, la història. Un rei, per estar ben informat, ha d'aplicar la tortura, a vosaltres només us cal oferir la salvació pel penediment de la informació donada... i aquesta pot ser-nos de gran valor.

El prevere creu endevinar-li un mig somriure als llavis, però no en el to de veu.

—No t'admeto una negativa, Orenç. M'ho deus, per tot el que ja he fet i pel que faré procurant-te la catedral de Magens. No en parlem més, soc el teu rei. I el teu pare.

El prevere queda amb el senderi paralitzat durant uns instants. No tant per la manera que el rei té d'entendre el sant sagrament, sinó per haver afirmat que és el seu pare. No havia sentit mai aquesta paraula de la boca del sobirà, i això el commou.

La remor d'unes passes que s'acosten no fa que el rei aparti la mirada, ans al contrari, exigeix una resposta mentre aixeca la veu:

—Prínceps, acosteu-vos, estem preparant els aspectes religiosos de la cerimònia per a la vostra mare.

El prevere passa comptes entre el sigil sacramental, l'excomunió, la catedral, l'obediència, la lleialtat... Finalment, li fa un discret gest d'assentiment, que el monarca rep amb un gest satisfet. S'ha segellat un pacte.

—Fills, acosteu-vos.

Els dos prínceps porten vestits senzills, preparats per a una llarga cavalcada. Abans d'arribar als castells ja tindran temps d'abillar-se amb les vestimentes i armadures que en denotin la nissaga. En Jan, com li és concedit, pren el lloc més proper al pare sense l'habitual mirada altiva, potser perquè encara espera l'amonestació per la seva responsabilitat en la mort de la reina. Al seu costat, el príncep Ínian té els ulls envermellits. El prevere, que es manté més apartat, insinua un comiat i fa el gest d'enretirar-se.

—No, Orenç, queda't amb nosaltres. S'hauran de decidir moltes coses i algunes no seran d'aquest món sinó del que tu gestiones. Per cert, prínceps, he encarregat a l'Orenç l'enquesta sobre la mort de la reina. Té la meva autoritat i, en aquest terreny, ningú li tindrà un rang superior. Queda entès?

Els prínceps mostren el seu assentiment amb un gest visible.

—Algú ha assassinat la reina, però us mano que qualsevol especulació sobre un suïcidi sigui tallada d'arrel. I dic d'arrel, perquè en farem una qüestió d'honor: si cal, farem córrer la sang de qui gosi insinuar-ho. Aquests propers dies, mentre aclarim què ha passat, no hi haurà cap altra determinació més important. I perquè quedi clara la importància de l'assumpte, manaré als agutzils que torturin i forquin els dos guaites que estaven de servei a l'entrada del Castell. També exiliaré a perpetuïtat el cavaller Balthar, que aquella nit estava a càrrec de la seguretat.

El prevere mira a terra. Íntimament, pensa que penjar els guaites no està justificat, també hauria pogut ser algú de dins. Admet que castigar Balthar és convenient per allunyar les culpes d'en Jan, i entén que al monarca no li estan permeses ni les finors ni els remordiments. L'Ebrard li talla els pensaments.

—Si aquestes coses queden clares, podeu marxar. Els comtes, les seves dones, els cavallers... us faran preguntes. Parleu d'assassinat, de magnicidi, mostreu-vos implacables, que quedi clar a tothom que dubtar-ne és una ofensa a la casa reial i que només té una resposta, l'espasa.

Els prínceps s'alcen mentre el prevere s'acosta al rei per dir-li en veu baixa:

—Majestat, quan distribuïu els convidats per als allotjaments, seria bo no posar ningú a la cambra de la reina. Caldria clausurar-la, no fos cas que ens guardés algun indici.

—Pensava fer-ho, Orenç. Però advertiré en Blan que la forralli.

# 10
# Un pacte contra el suïcidi

El prevere es sent investit de la nova responsabilitat. Per ordre reial pot enquestar, inquirir, interrogar, entrar on li plagui quan li plagui... D'alguna manera, com a prevere ja en té pràctica, però en l'àmbit cèlic s'hi vessa menys sang que en el dels poders terrenals. Encaboriat pel tomb de les coses, decideix tornar a la cambra de la reina, disposat a estudiar qualsevol indici, però, quan obre la porta, sorprèn la Brilhèta amb un drap a la mà, a punt d'aixecar la taula trabucada i netejar els líquids que encara xopen el terra. La visió l'esvera.

—Brilhèta, no toquis res! Per Déu!

S'hi acosta i la pren fortament del braç.

—Deixa-ho tal com està, Brilhèta! El rei m'ha encarregat investigar l'assassinat i d'aquesta cambra no s'ha de moure res fins que jo no ho digui.

La Brilhèta fa mitja cara espantada i l'altra mitja de no saber-se'n avenir. Segurament per això els ulls se li posen una mica guerxos.

—Però mossèn, ahir matí la taula era a lloc i si no l'endreço algú pensarà que he sigut jo i...

—Brilhèta...

El prevere ha de decidir què argumenta amb rapidesa. Finalment tria la bona via. La veritat.

—Brilhèta, la taula l'he bolcat jo. Expressament... i així com està, així s'ha de quedar.

—Ah, mossèn, no us entenc —tot mirant la taula i les taques dels líquids—. I si a sobre em dieu que vós heu d'esbrinar què va passar aquella nit, i que vós mateix... l'heu tombat, encara ho entenc menys i se m'embulla el cap.

El prevere s'adona que a la Brilhèta se li accentua l'estrabisme. Se li acosta de nou amb un posat més calmós i, mirant que la noia no el noti sorprès de veure-la tan guenya, li presenta la mà perquè li besi i, així, ressituar la trobada. Mentre la noia està inclinada, amoroseix la veu a un to convenient.

—Brilhèta, la teva mare ja servia la reina, no?

—Sí, mossèn, més de vint anys. Només en fa dos que la vaig substituir.

—I en va quedar contenta?

—Molt, la reina li va donar una bona casa dins l'emmurallat, sense impostos ni càrregues i, sobretot, la mare li està agraïda perquè em trià per reemplaçar-la quan va emmalaltir.

L'Orenç no acaba de calibrar si la serventa pot ser-li un ajut o un destorb. Però no té on agafar-se i s'arrisca.

—I em pots dir què penses que va passar aquella nit?

—Mossèn, algú la va matar i la llançà per la finestra. Encara no estava a punt de gitar-se perquè duia la túnica de seda en comptes de la camisa de lli. A més a més, si no la van empènyer voldria dir, Déu no ho vulgui, que... es llançà per la finestra.

L'Orenç respira fondo, ella sola ha arribat on la volia.

—Això, segur que Déu no ho ha volgut. I és important que tu i jo, que hem apreciat la reina i li estem agraïts, divulguem que no s'ha llevat la vida.

—Déu Nostre Senyor la tingui en la glòria.

—L'hi té, Brilhèta, l'hi té. I segur que Déu no permetria

d'ús quasi exclusiu dels qui resideixen o treballen al Castell, n'hi ha ben bé prou.

En cap cerimònia ni pràctica sacerdotal es sent tan ungit per Déu com quan seu en el setial de les confessions. Pensa que res, ni tan sols l'espasa, manifesta tant poder com el senyal de la creu quan absol els pecats d'un creient. A un feligrès que ha d'esquivar la fam, la pobresa, la malaltia i la crueltat dels altres humans, el sagrament de la confessió li assegura la salut de l'ànima, única propietat perdurable d'un ésser esporuguit. Aquest és l'egregi poder del servidor de Déu i, per això, la gent s'agenolla davant seu, perquè, tot i saber-se tan efímers, els procura la immortalitat.

Mentre espera algun penitent, repassa la conversa amb el rei. Recorda que durant els seus estudis aprengué que, antigament, les confessions només les podia fer el bisbe. Era l'únic clergue amb facultat de penitenciar el pecador i ferlo entrar en el que s'anomenava la comunitat dels penitents. Confessaven els pecats i acomplien els càstigs públicament. Havien de vestir robes que els distingien de la resta per a millor escarni i escarment dels vicis. Les punicions duraven el temps que el bisbe hagués sancionat i, segons la gravetat de la culpa, podien ser mesos o fins i tot anys. Només quan el purpurat, en audiència pública i quasi sempre en Dijous Sant, imposava les mans sobre el cap del penitent, l'ànima es deslliurava de les culpes i se l'admetia de nou en la comunitat cristiana.

L'Orenç barrina que el ritual devia ser magnífic, cerimoniós, fins i tot teatral, però, tal com li ha remarcat el rei, segurament poc efectiu. Només els pecadors més temeraris, o enxampats en un acte espantós, s'avenien a patir una humiliació tan lacerant. En canvi, la recent confessió privada, en què el pecador obre el cor en profunda intimitat, és molt més eficient. L'Ebrard deu tenir raó i, per això, Roma, tan poc donada als canvis, l'afavorí. Amb ella el confessor verifica el bon procedir de la gent en el dia a dia i el penitent ofrena els seus pecats, els més ocults, a canvi d'esquivar l'infern i que es mantinguin secrets. Admetre la culpabilitat i exercitar el remordiment, dues eines imprescindibles per a la salvació de l'ànima, i a fe de Déu que a Roma l'instruïren sobre com turmentar la llibertat, sempre perniciosa. Cal assenyalar els límits pecaminosos de qualsevol acte quotidià, és així com s'assoleix la vertadera submissió, quan el mateix feligrès en sap preveure el perill i el càstig.

Val a dir que, si bé les regles de l'Església li permeten punir molt durament, l'Orenç no és partidari del rigor excessiu. Al costat de la sella té els dos llibres penitencials on es detallen els pecats, les seves variants i els càstigs corresponents que s'han d'aplicar. Però, tot i que sovint els llegeix en veu alta, per atemorir el pecador, procura evitar els escarnis públics o les flagel·lacions, el dolor dels cilicis o l'abús dels dejunis, i ni tan sols s'excedeix quan imposa les almoines. Dels rituals antics, se n'ha servat la imposició de mans sobre el cap del penedit. Li agrada el significat d'aquesta imatge. Sí, quan imposa les mans sobre la testa humiliada, es sent més poderós que quan reparteix l'eucaristia, o fins i tot que quan ungeix els moribunds amb els sants olis.

—Bona tarda.

—Bona tarda, baronessa de Cas. Apropeu-vos, que us pugui escoltar.

I la dona s'agenolla davant seu, tot procurant que els plecs de la roba sedosa caiguin convenientment.

# 12
# El poder de l'espasa

Al príncep Jan, els actes socials el mortifiquen. Ben cert que ha excel·lit en el paper d'hereu del regne i que els quatre comtes, així com els nobles, li han mostrat deferència i predisposada submissió.

Però tot plegat no va amb el seu caràcter. Tantes misses, responsos, discursos, oracions, panegírics, i sobretot parlar, menjar, ballar, beure i tot allò que s'ha de fer en un sepeli reial, l'han aclaparat. Per sort, tothom ha partit, excepte l'abat Moll que, segons ha sabut, vol complimentar el bisbe Esbill.

De matinada, mentre acomiadava les comitives dels convidats en representació del seu pare, el sagristà de la Reial li ha anunciat que, amb el seu permís, el prevere Orenç li faria una visita. Decideix esperar-lo ajaçat. No té més obligacions i vagareja pel llit mig endormiscat, mig voluptuós. Pressent que serà un matí avorrit sense les lluites d'entrenament i li sap greu perquè l'exercici li envigoreix el cos i li esbrava l'esperit. Li és tan plaent que, malgrat guerrejar millor que ningú, sempre és el primer a iniciar les batusses i el darrer a desar les armes. Ni tan sols el baró de Cas li fa ombra, perquè, tot i ser l'adversari més iracund i astut, passa dels quaranta i els seus músculs de ferro es ressenten del rovell.

Tot d'una, les cues dels gossos baten el terra i això assenyala una presència amiga.

Busca la porta i veu el perfil del prevere retallat al llindar. «Mai se'l sent arribar.» Se'l mira amb confiança, sense avergonyir-se de mostrar-se nu.

—Quan sigui rei t'obligaré a dur esclops. Camines més fi que una princesa i mai s'endevina quan apareixeràs. I, això, un bon monarca no ho suporta.

L'Orenç no contesta, però somriu obertament. L'observa bell, el cos poderós, perfecte per a un rei que s'hagi d'imposar. Pensa que sempre és una tria difícil per a qui té poder: l'autoritat per imposició o l'autoritat per convicció. Quan ocupi el tron, en Jan ostentarà sobrerament la primera. Potser des de la catedral, ell podrà ajudar-lo amb la segona.

—Ets un home fort, Jan. Agraeix a Déu aquest do.

—D'acord, quan et facin bisbe sovintejaré més la catedral per acontentar-te. Però, si de cas, seguiré practicant el joc de les armes. El poder te'l dona l'espasa i aquest braç la maneja com ningú.

L'aixeca i el tesa mirant-se'l, cofoi de la seva força.

—Digue'm, Orenç, què vols?

El prevere entra definitivament a la cambra, s'asseu en un banc i busca una posició natural però que li eviti veure el príncep nu. El pecat de la carn comença per la vista.

—Primer de tot, dir-te que aquests dies t'he vist molt atrafegat, però sàpigues que has complert com a primogènit de manera immillorable, Jan. Els convidats han comprès que el rei estava molt afectat i que t'esforçaves perquè tothom es sentís a gust i no se'n notés l'absència.

—Al pare no li cal estar afectat per fer mala cara.

—Són les elevades preocupacions d'un monarca.

—Això em deia la mare, quan es dignava parlar-me.

El prevere fa com si no hagués sentit el retret, però el príncep insisteix.

—M'he abaratit la vida per semblar-me a ell i acostar-me a ella.

La conversa s'afeixuga i el príncep Jan tampoc s'hi sent a gust. De cop, somriu.

—Sentir tantes ploraneres m'ha encomanat l'afebliment. Digue'm, company, m'has fet anunciar que vindries, quan no et cal fer-ho. A què dec la visita?

—Ja saps que he començat a indagar les possibles circumstàncies de la mort de la reina i m'obligo a entrevistar la gent que viu al Castell. He pensat que amb tu, que et tinc més confiança, començaria més còmode.

—Vols dir que vens a... interrogar-me?

L'Orenç li entreveu una ganyota desplaent.

—Jan, jo no...

—Molt bé. Tranquil, Orenç, el pare te n'ha donat potestat. Però mentre m'interroguis dona'm el tractament.

S'aixeca, es posa unes calces i, un cop se les ajusta de la cintura, es planta davant d'ell, amb els braços encreuats, mirant-lo inquisitiu. El prevere es sent en fals, assegut en un banc que el situa a una alçada ridícula davant d'un guerrer que li exhibeix els atributs, com per palesar-li que la força s'imposa a la creu.

—Príncep, no voldria que interpretessis, interpretéssiu que...

—Fes la teva feina, en tens l'autoritat.

L'Orenç es decideix.

—Príncep, he de preguntar a tots els que habiten el Castell què feien aquella nit, la nit de la mort de la reina. M'han dit que vós conversàreu amb el baró de Cas a l'hora de sopar.

—Sí, sembla que el baró no es trobava prou bé per acompanyar el pare a l'abadia de Corn i, per ordre d'aquest, aprofitàrem per repassar quanta cavalleria podrem aplegar al regne. Ja saps que la confrontació d'en Francàs i l'Uc és quasi inevitable i el pare vol saber amb quines forces comptem, sobretot de cavalleria.

—I... us retiràreu tard?

—Sí. Vàrem sopar a banda, per no ser escoltats, i fórem els últims a abandonar el saló.

—I després?

El príncep sembla que no l'entén.

—Després?

—Sí. Aquella nit vaig sentir un crit de dona i em vaig acostar al finestral per si anunciava una desgràcia. Però, malauradament, no hi havia lluna i cap visió em fou permesa. Vós teniu l'estança en el pis superior, encara que a l'altra banda. No vàreu sentir res?

En Jan fa una expressió interessada.

—Ah... sí... Vaig sentir uns gemecs. Uns gemecs insistents, repetitius, però que no em semblaven d'espant.

—Príncep, i em podríeu dir d'on procedien?

—I tant prevere, de la Mela. La vaig cavalcar tant i tanta estona i amb tant vigor, que vaig embogir-la. —El príncep el mira de fit a fit—. Saps qui és la Mela? —Mentre amb un gest es mou el sexe.

L'Orenç es senya, no tant pel pecat, sinó pel desafiament. L'indigna que un príncep es cregui amb el poder d'humiliar un representant de Déu... i, també, perquè el cos del príncep l'inquieta, no per cap desviació dels sentits sinó perquè el vot de castedat el fa massa voluble. I tant que sap qui és la Mela. Es sent en una posició indigna, confós, íntimament vexat. S'aixeca decidit a marxar. Quan li passa a prop, el príncep estén el braç i l'estreny contra seu.

—No t'emprenyis, Orenç. Pots continuar.

—Perdoneu, príncep. M'esperen altres obligacions.

I fuig de la cambra amb un nou convenciment. Res no serà senzill.

# 13
# La Brilhèta es confessa

—Dominus vobiscum.

—Et cum spiritu tuo.

—Digues, Brilhèta, de quins pecats t'has de penedir?

—Poca cosa, mossèn. Algun mal pensament amb el noi del ferrer, en Matuis.

—I només mals pensaments?

—Sí, pare, només mals pensaments, perquè, a banda de la vostra penitència, el ferrer me'n plantofejaria de més doloroses.

L'Orenç dissimula un somriure. Aquesta noia és una mica fresca, però val a dir que té enginy, és llesta... i li convé tenir-la de bo per indagar coses de la reina. Però ara ha d'estar pel sagrament i no vol abaixar la guaita. Sap que si aprofundeix, remourà més pecats.

—I no pots deixar de pensar-hi... —entonant la veu amb un caire encobridor.

—Pare, quan veig en Matuis faig allò que m'aconsellàreu de resar corrents un Bon Jesús Salvador, però, si li he de dir veritat, no arribo mai ni a la meitat.

L'està entabanant. Sap que si es concentrés en la contrició, els ulls se li extraviarien. Insisteix en l'estratègia estudiada.

—I els mals pensaments són com les altres vegades? Només penses en la seva carn?

—Sí, pare, però no penso que fem actes impúdics. Només en com deu ser el seu cos. Bé, quan hi penso em toco una mica allò, però només una mica.

L'Orenç es diverteix caçant el ratolí.

—Brilhèta, haver començat per aquí. Això ja són tocaments pecaminosos, més greus que els pensaments. A veure si t'aclareixes en la jerarquia dels pecats. Un pensament impur és una mica més que venial, però tocar-te, sobretot si hi sents plaer, és mortal, i molt mortal.

La Brilhèta fa l'avergonyida, però llança un ham per distreure'l.

—Mossèn, i és el plaer que el fa tan mortal?

—És clar, perquè el plaer avicia i perquè els tocaments sempre precedeixen actes encara més obscens. Allò que et toques, només ha de servir a Déu i als seus designis, que són molt clars: servar-lo per tenir fills, que engendraràs només amb qui et sigui marit. I si, per fecundar-lo, sentiu plaer, aquest no serà desagradable als ulls de Déu. M'has entès?

L'Orenç s'esplaia amb la Brilhèta. Normalment no dona tantes explicacions. Sovint convé més un bon càstig o «perquè sí, en nom de Déu», que dissertar sobre els viaranys de la voluntat divina, sovint inabastables per als pecadors. Però la Brilhèta és llesta, de ben segur que la més espavilada de les seves feligreses... I, a més a més, hi té un pacte segellat sobre una taula trabucada.

—Sí, pare, em penedeixo de ser feble a la carn d'en Matuis. M'hi esmerçaré.

—Bé, continuem. Així, durant els tocaments, penses en el fill del ferrer?

—Sí, pare, com si els meus dits fossin els seus.

—Brilhèta, filla, si anem descabdellant la troca, al final et penitenciaré el cilici. Au, fes un acte de contrició mentre t'absolc. Em dejunes tres sopars i em reses cinc parenostres.

L'Orenç fa el gest habitual per començar l'absolució, però la noia l'interromp.

—Pare, us voldria confessar una altra cosa, que no és pecat. Ho puc dir aquí o us espero al carrer?

—Dona, tinc una feligresa endarrerida, però si ho saps abreujar, digue-m'ho ara.

—Doncs resulta que el dia d'allò... d'allò de la reina, vull dir, vaig sentir la flaire d'un perfum. Molt lleu, però el vaig sentir.

—De la reina?

—No. Precisament el que li vull dir és...

—Però si no era d'ella...

—Pare, ja sabeu que us respecto, però si no em deixeu filar el pensament, donaré més tombs que les antenes d'un molí un dia de ventada.

El prevere s'adona que els ulls de la Brilhèta es comencen a enguerxir i es reté les ganes de respondre la descaradura de la noia.

—Perdoneu, pare, però des que passà allò que no paro de donar-hi voltes, perquè aquell matí no va ser la primera vegada. Durant aquests dos anys, li he ensumat almenys un cop per setmana... però no en sé l'origen, vull dir que no l'associo a cap cos.

L'Orenç comença a enneguitar-se. La Brilhèta és xerraire de mena, però també és fantasiosa i els llindars entre la memòria i la imaginació els té inconsistents. Tanmateix, recorda el pacte segellat i pren paciència.

—Doncs, com que em va dir que vós us encarregaríeu de saber com va anar allò, vaig pensar que potser podria ajudar-vos.

La Brilhèta el mira ja del tot guenya. L'Orenç té ganes d'enriolar-se, però s'obliga a no moure cap múscul de la cara.

—I, a força de donar-hi voltes, vaig furgar-me la memòria fins a trobar-ne el propietari. Però en volia estar segura, perquè si va ser la persona que va matar-la...

—Brilhèta, per Déu, el fet que tinguem un rastre de perfum no vol dir que la persona que se'l posa sigui l'assassina de la reina.

La noia sembla alleugerir-se.

—Ai, pare, em tranquil·litzeu, perquè en saber qui era, he caigut en el parany de fer-lo culpable i, cony, això...

—Brilhèta, les paraules...

—Vull dir que, des que sé qui és, vaig esverada. I teniu raó, el perfum no el fa culpable.

El prevere s'imposa un aire desinteressat per fer la pregunta deslorigadora.

—I de qui és el perfum?

—Doncs, jo ja vaig suposar que algú que es perfuma per no pudir ha de ser una persona principal, no com nosaltres que ens posem aigua d'herbes.

—Brilhèta, podries deixar de donar voltes i...

—El príncep.

—Què dius! El príncep Jan?

—No pare, l'altre.

—L'altre!?

El prevere reüllla la capella per si algú els ha escoltat. Sense adonar-se'n ha alçat la veu, però veu la feligresa en oracions.

—N'estàs segura, d'això? Mira que prendre una mala drecera al Castell pot dur directament al fossat.

Però l'expressió de la Brilhèta proclama que no la pescarà desprevinguda.

—No us preocupeu, que quan el nas m'hi encaminà, vaig

fer-me la desvagada per acompanyar la Murtra, amiga de la mare i que fa la cambra del príncep.

La Brilhèta el mira, sense que l'Orenç sàpiga a on, convençuda que li apreciarà el talent d'estratega.

—I així, mentre li endreçàvem la cambra, no tan sols vaig tenir temps de confirmar que estava perfumada amb la mateixa flaire que la nit d'allò, sinó que vaig trobar el petit flascó on el guarda. La Murtra em manà que no se'm vessés ni una gota, perquè es veu que el príncep se'l fa dur de nord enllà, on diuen que els perfumers són els millors del món. Doncs, no en tinc cap dubte, el perfum del matí d'allò era del príncep Ínian.

L'Orenç espera uns segons per pair la descoberta i decideix concloure la conversa.

—Molt bé, Brilhèta. El que m'has dit em servirà de molt, però sobretot no facis res sense demanar-m'ho. Si la persona que l'assassinà sospita alguna cosa, estaràs en perill. No diguis res a ningú, ni tan sols a ta mare.

—No us amoïneu, mossèn —li menteix de nou, ja amb els ulls equilibrats, segura que l'absolució està per arribar i Déu no s'entretindrà amb nimietats. Però com li ha d'amagar res a la mare, si és la que més en sap, de les martingales del Castell que ni a ella vol explicar.

Al setial, el prevere encara té el cap abassegat per una notícia que no sap com agrair a Déu.

—Et dono l'absolució i només em reses set avemaries i em dejunes una nit.

La Brilhèta abaixa el cap i escolta la pregària introductòria a la frase que la tranquil·litzarà alguns dies. «Ego absolvo peccatis tuis...»

# 14
# Un convit a l'ambició

L'abat Moll, comte de Corn, travessa el pont llevadís que protegeix el Castell. És mitja tarda i encara no ha fet baixar el bagul de la cambra. Ha decidit quedar-se un dia més i el rei li ha concedit hospitalitat, com sempre. L'abat no vol partir de Magens sense una visita de cortesia al bisbe Esbill, sobretot després que ahir n'hi suggerís la conveniència durant el respons de la reina. «Un escorpí», pensa de camí a la catedral, «a qui la vellesa i els pocs amics a Roma l'han fet menys perillós, però a qui sempre s'ha de témer, i més en el tràngol que vivim».

Enfila l'escalinata de la portalada catedralícia seguit pel patge i el monjo que ha dut amb ell, només per denotar categoria. Una visita protocol·lària no ha de semblar una visita d'homenatge. I menys amb aquest malparit.

L'abat Moll voreja la cinquantena, una edat avançada a la qual arriba només la noblesa i el clergat. Ell mateix ho comprova en el registre de l'abadia on s'apunten les defuncions i la conclusió és diàfana: amb els *laboratores* depèn de la gana que passen, amb els *bellatores*, de com els va a les guerres, i amb ells, els *oratores*, depèn de la voluntat de Déu, que normalment els és més generosa. Malgrat l'austeritat de l'hàbit benedictí, és un personatge molt influent. Gràcies a un edicte del monarca fundador del regne, l'Alsàs d'Albir, el títol d'abat porta aparellat el comtat de Corn, el feu més important dels quatre que conformen la corona. Quan els monjos l'escolliren, no sols li van atorgar autoritat religiosa, també el designaren el noble més poderós de Magens.

En entrar a la catedral fa una ostentosa genuflexió. És un edifici imposant, potser una mica llòbrec comparat amb les últimes que es construeixen en altres indrets, però corprèn per la pesantor de les parets i la puresa dels perfils. Un dels canonges, que el reconeix, li rendeix acatament i s'ofereix per assistir-lo fins a les estances del bisbe.

Volgudament, vesteix l'hàbit de millor tela. Confrontar-se amb el bisbe Esbill sempre l'ha incomodat. A banda de la mala fama i d'alguns escàndols notoris, mai no ha sigut de fiar. Però l'ha de tolerar, perquè entre tots dos regeixen els quefers religiosos del regne i l'Esbill n'és la primera autoritat.

Travessen el creuer i el canonge el guia per la nau lateral. Quan li assenyala una porta petita, d'aparença insignificant, l'abat demana als seus acompanyants que l'esperin. Sap que dona a l'estança preparatòria per la sumptuosa escalinata de la residència episcopal. En veritat hi ve poc, però, quan ho fa, es sent aclaparat pel luxe que s'hi exposa. Una successió de terres encatifats, mobles finament treballats, parets endomassades, escuts, tapissos... Arreu hi ha un excés d'ostentació. L'abat Moll, que coneix el passat del bisbe, sap que amb aquest parament de riqueses vol impressionar els visitants i palesar-los que, en la joventut, fou una de les personalitats més influents de Roma.

Ara, el canonge el guia a través del rebedor principal i entra al saló d'audiències per una porta baixa. L'abat, a qui Déu ha donat estatura i salut, el segueix tot ajupint-se i quan adreça de nou la vista es troba davant del prelat, vestit de vermell i carregat amb tots els atributs de la seva dignitat.

Està acomiadant una dona gran que, mentre s'enretira, manté el cap cot i cobert. L'abat la reconeix, és la Murtra, una serventa del Castell. Encara la recorda de quan tots dos eren joves... però el bisbe l'està guaitant i obre els braços amb un gest d'acollença. L'abat Moll avança i s'inclina generosament per besar l'anell que li ofereix. Alça els ulls i, mentre el complimenta amb les formalitats degudes, n'observa l'estat decrèpit. La roba sedosa i brillant no pot falsejar el cos escardalenc i amb poc pervindre que oculta. Cert, però aquesta pelleringa és tanmateix la màxima autoritat religiosa de Magens.

—Ah, reverendíssim pare Moll, quant de temps sense una visita privada. Ahir, durant la cerimònia, vaig dir-me que convidar-vos m'era quasi una *obligació*, car la meva salut aviat em permetrà anar a redós de l'Altíssim i no volia partir sense abans presentar-vos els meus *compliments* —xiuxiueja el bisbe pausant i sincopant exageradament els mots que vol remarcar.

—Eminència, gràcies per concedir-me aquest tractament privilegiat. Tanmateix, us veig amb bon aspecte. Segur que, per una vegada, les vostres temences no seran profètiques i seguireu governant els afers religiosos d'aquest regne —tot dit amb un somriure respectuós.

—Gràcies, pare abat, però el meu deambular per aquest món no serà gaire llarg. Ho sap tothom... car, fins i tot, ja m'han designat *successor*.

L'abat tradueix de què li parla el bisbe: el rei té a punt el seu bastard, el canonge Orenç, per agafar les regnes del bisbat i, a l'Escorpí, això li omple l'agulló. En Moll dibuixa un gest d'incredulitat, però l'Esbill continua:

—Tinc sort que les malaurances d'aquest regne m'agafen

amb experiència *sobrada*, i que els seus avatars no m'impedeixen ni mantenir l'autoritat ni l'ordre moral en nom de Déu. Transitem per temps difícils, pare abat. Per fortuna, a Magens no patim les lluites religioses que assolen bisbats veïns, on els nostres dogmes són violats i s'hi mena una conducta privada i pública depravada, i de la qual tinc notícies *esgarrifoses*. I si bé, aquí, l'escomesa dels albicars és insignificant, hem d'estar a l'aguait. Cal acorralar les noves heretgies i destruir-les abans que empestin el ramat que governo.

—Sí, eminència, i els perills no són pocs... però vós sou un pastor excepcional.

Tots dos es miren als ulls, amb l'aparença satisfeta dels qui es saben experts en el joc d'hipocresies que els respectius estatus comporten. I ja posats a jugar, l'abat estima convenient deixar constància de la seva influència entre la Cúria romana, on el bisbe a penes és suportat.

—En el darrer viatge a Roma, camí de Montecassino, vaig conciliar amb bisbes, cardenals i el mateix Papa, Déu conservi molts anys, i, certament, els anatemes dels cismàtics i la seva expansió pel regne de Llangàs és la inquietud primordial. La implantació albicar entre l'Església d'Orient és antiga i a nosaltres no ens pertoca solucionar-ho, però que en un regne veí avui ja siguin més poderosos que la mateixa Església catòlica... no ho hem de permetre. Sa Santedat no trigarà gaire a prendre una decisió. De fet, a Roma no es parla d'altra cosa i, si troba les aliances oportunes, és molt possible que la geografia que ens envolta quedi definitivament capgirada.

L'abat es podria estendre més, però això l'obligaria a explicar concilis i conspiracions que aquest mal home no ha de saber.

—Ah, pare abat. I si són temps enrevessats per mantenir

ferms els dogmes dictats per Déu, valoreu com és de difícil amansir les *ambicions* terrenals. I més quan els poders de la terra i del cel no s'aparionen correctament. Per això us he demanat que em visitéssiu. Perquè, en una conjuntura tan esglaiadora, convindria conjuminar les nostres forces per damunt de les nostres desavinences passades, altrament fruit d'espantoses calúmnies. Unes discòrdies que us separaren de mi i que, tot i que ja us en vaig jurar la falsedat, avui i aquí, davant de Déu, us en refaig el jurament.

Fa una pausa, però l'abat Moll no comenta res. Un vell ganivet li travessa l'estómac, però es reté. Sap que el bisbe no l'ha convocat sense un motiu cabdal. Decideix jugar fort: no tan sols assenteix amb la testa sinó que, cerimoniosament, pren l'escanyolida mà del prelat i li fa un petó. L'Esbill observa complagut aquesta gestualitat i considera arribat el moment d'aprofundir.

—Gràcies, pare abat, perquè tot i que la conversa que manteníem ja era transcendent, volia plantejar-vos una qüestió més terrenal però que, a nosaltres, les dues màximes autoritats religioses del regne, ens urgeix meditar-la per mor de protegir els interessos de l'Església.

—Gràcies, eminència, per atorgar-me un estatus paregut al vostre, però en el regne de Magens l'autoritat religiosa indiscutible sou vós. Jo només soc un abat que...

—Sí, Moll, sí —el talla amb una cantarella irònica que encara li insolenta més la veu—. Sou un humil abat que regenta més terres i riqueses que qualsevol dels altres tres comtes; amb una gleva que reuneix més gent armada que la que puguin convocar els notables que us segueixen en importància; amb l'única mina de sal de Magens i dels regnes que ens envolten i, a més a més, amb una autoritat ben travada entre el cel i la terra. Allà on no arriba el vostre braç, hi arriba la vostra creu. Vós sou, en realitat, molt més poderós que jo... a pesar que em deveu respecte.

L'abat i comte de Corn no sap com desxifrar l'ambigua intervenció del bisbe. Darrere de cada afalac se li desvetlla una temença. L'Esbill ha tingut cura de remarcar-li que li deu respecte, que no obediència, perquè sap que, pel concordat entre l'orde de Sant Benet i el Pontífex, un abat només deu obediència al Papa. Però no oblida que aquesta pelleringa l'ha fuetejat amb les seves perversions i ànsies d'amassar poder. Sort que el rei Ebrard el té clissat i ha parat atenció a no darli més reconeixement que el protocol·lari.

El bisbe Esbill abaixa la veu, per donar importància al que dirà i per obligar-lo a inclinar-se una mica més.

—Aquesta conversa ha de ser secreta, Moll, com si d'una confessió es tractés. Em jureu el sigil sacramental?

L'abat assenteix amb el cap, tot mussitant un «per Déu Nostre Senyor» que sembla facilitar l'inici de l'al·legat.

—Com en fóreu testimoni ahir, durant la fastuosa cerimònia d'enterrament de la reina, tots mantinguérem un comport respectuós. —Fa un sospir, com si no donés importància al terratrèmol que pronunciarà tot seguit—. Ningú de nosaltres va posar en qüestió que la seva mort no fos *pecaminosa*.

L'afirmació rebota per les parets amb tot el pes del seu significat. L'abat redreça l'esquena. Algun nervi es tesa i l'avisa que presti atenció a què dirà aquest home mig moribund i, encara més, a què callarà.

—I tanmateix, planen dubtes fonamentats que no fos un acte *suïcida*. D'alguns d'aquests dubtes en conec resposta... però he de mantenir el sigil de confessió. És evident que, avui, ens convé *conformar-nos* amb la versió de la família Albir, perquè, de moment, són el millor redós per als nostres *interessos*... i ja coneixeu les influències del rei sobre l'actual Pontificat.

El bisbe allarga un silenci, perquè el senderi d'en Moll se'n faci un resum ràpid: de primer, li ha parlat que manté assumptes tèrbols sota el sigil, per fer-li notar que ha sigut el confessor privat de la reina fins al dia de la seva mort. Després, ha insinuat les bones influències del rei a Roma. I és cert que un jove Fulgenci III coronà el seu pare, Alsàs, primer sobirà de Magens, creant, per voluntat de Déu, una nova nissaga reial contra l'opinió dels regnes veïns. Més tard, el rei Ebrard obtingué la separació matrimonial de la seva primera muller, Alaís de Cres. Un matrimoni consagrat i consumat, però anul·lat per qui està per damunt de tot i de tothom. I pocs anys després, la Cúria romana accepta el seu bastard en el cercle més íntim de Sant Joan del Laterà, tot i saber-lo no reconegut. Veritablement, la nissaga dels Albirs està ben posicionada a Roma.

Quan el bisbe entén que en Moll ja ha repassat tots els sobreentesos, ensenya el calat de la jugada.

—Però... I si l'autoritat romana, per una revelació inesperada, descobrís que la reina caigué en el més abjecte dels pecats? Que s'hagués llevat la vida contra els designis de Déu? I que el *suïcidi* esdevingués públic, notori, i que, per la qualitat dels testimonis, el pecat fos *irrebatible*?

El bisbe el mira circumspecte per si en capta alguna reacció, però en Moll practica el fingiment, impressionat pel que exposa el degenerat... i pel que intueix que exposarà.

I ho fa. Alça la veu i mastega cada paraula.

—L'escàndol seria *devastador* per al reialme. Aleshores, i molt a pesar meu, el mandat de l'Església m'obligaria a exhumar el cos de la reina i a foragitar-lo del sepulcre reial i de la catedral. Encara pitjor, se l'hauria d'escarnir *públicament* amb totes les humiliacions que els costums manen i soterrar-la fora de la terra beneita del jardí de Déu. I si tot això ja seria terrible, per manament diví també estaríem obligats a *repudiar* el fruit del seu ventre, que vol dir repudiar la *nissaga* reial. No pot ser rei, en nom de Déu, qui prové d'algú que ha atemptat contra les lleis de Nostre Senyor en un acte tan *execrable*.

L'abat de Corn mai s'hauria imaginat aquesta conversa només feia una estona. El bisbe és vell, astut, envilit, però no el suposava tan temerari, perquè el que insinua és d'una dimensió esfereïdora. En realitat li proposa una conspiració d'unes conseqüències que comença a ensumar. Procura que no li trontolli la veu i aparentar interès per mor de no frenar l'exposició.

—Eminència, Déu faci que les coses no s'ensenderin així... però ben cert que aquesta possibilitat, no desitjada, ens convida a preveure, encara que només sigui en un terreny teòric, les degudes precaucions per si mai el Senyor ens demana d'afrontar una responsabilitat tan afrosa.

El bisbe l'escolta, observa que l'abat no sembla rebutjar cap dels supòsits exposats, i això l'esperona, tot i que profundament encara en desconfia. Té ben present els seus lligams amb el rei, però també el gruix de les febleses que l'adornen i que coneix al detall. Finalment, sap que, quan l'hagi escoltat, els motius per no trair-lo seran poderosos. I es decideix.

—Recordeu que m'heu jurat sigil sacramental... En aquesta situació de desgovern, amb la família reial deslegitimada per la Santa Mare Església davant del poble creient, amb els comtes assedegats de corona però incapaços d'imposar-se, i els reis de Guifort i Llangàs amb ganes d'aprofitar el buit de poder... en aquesta situació, repeteixo, la vostra persona pot *decantar* el destí. No ha sigut per afalagar-vos que he dit que la vostra tropa és superior a totes les altres. Extirpada l'autoritat del rei i la dels seus fills, cap dels altres comtes del regne se us pot confrontar i, si un d'ells es posés de part vostra o restés neutral, ja hauríeu guanyat la partida i se us sotmetrien. A més a més, en un afer en el qual la doctrina de l'Església n'és fonament, la vostra doble vessant de noble i religiós no tan sols us donaria rellevància, us donaria *prevalença* si disposeu del meu ajut.

Els dos homes es miren. Cadascun passa els seus comptes. El cervell d'en Moll giravolta en totes direccions, avalua perills, trampes, i a més a més no acaba d'entendre per què aquest malparit li ofereix un regne. Està boig? Té aliances? Serveix interessos ocults de Frencàs, rei de Guifort, o d'Uc, rei de Llangàs? Però encobreix la indignació. Cal aprofundir l'abast del propòsit.

—Perdoneu que us interrompi... però Roma... Roma, vós ja ho sabeu, no us té en gran consideració. Per què hauria de beneir una operació tan compromesa? Teniu alguna confirmació que us permeti albirar-la possible? Donada la gravetat del que m'exposeu, us demanaria que em concretéssiu més el vostre pensament.

—Ah, abat Moll, veig que teniu clares les misterioses rutes dels conflictes actuals. I teniu raó, no us amago que hi ha riscos, i que són grans. També és cert que, per unes antigues disputes, no soc gaire ben considerat a Roma i prou que em dol. Però, en canvi, vós sí, abat. Vós sí!

L'abat comprèn que si l'Escorpí tingués la més mínima possibilitat d'encapçalar la conspiració, en aquest moment ja tindria l'agulló entaforat. Segueix sense entendre per què li fa una confiança tan arriscada coneixent-li les excel·lents relacions amb el rei. Creu que el trairia per l'ambició d'una corona?

—I a més a més, siguem clars, reverendíssim, també hi compten els interessos que, en veritat, són molt evidents. Ja sabeu que l'actual Papa és un decidit deixeble de Gregori el Gran, que instaurà la necessitat de defensar el regne espiritual amb l'ajut del terrenal, el magnífic Patrimoni de Sant Pere i els estats Pontificis. Des d'aleshores, alguns papes, no tots, han maldat per dominar territoris que els procuressin riqueses i exèrcits per confrontar-se amb les ambicions coronades o, almenys, defensar-se'n.

L'abat reconeix que el bisbe ho està vestint bé. Primer desvela les ambicions i després les ornamenta amb la pàtina d'una finalitat religiosa, l'anomenat Patrimoni de Sant Pere, que, certament, és una obsessió del Papa actual.

—Penseu-hi bé. Magens ocupa una zona petita, però *estratègica*, d'un Occident cristià del qual encara se'n defineixen els límits. L'enfrontament amb l'heretgia albicar, que ja predomina en un regne tan poderós com el de Llangàs, n'és l'amenaça interior i, al mateix temps, la conquesta de nous territoris als infidels musulmans del sud ens manté en constant perill a l'exterior. En aquest context, un regne de Magens d'obediència directa al Pontífex neutralitzaria les excessives pretensions d'en Frencàs i procuraria a Roma una força apreciable en una zona conflictiva. I vós en podeu ser la clau de volta. Podríeu evitar la guerra que el buit dels Albir provocaria... sempre que, evidentment, el suïcidi de la reina Bal es confirmés.

L'abat Moll sent que alguna cosa l'ofega. Primer pensa que és por, però a poc a poc s'adona que no, que és la magnitud del desafiament d'aquest pervertit.

# 15
# Dits de metall

A la seva cambra, l'Orenç escriu en el pergamí els detalls de les confessions del dia precedent, abans d'afegir-hi els d'avui:

> M. † Fornica amb un patge (reiteradament) † Dejunar dues setmanes amb frugal àpat al migdia com a fingiment.

El prevere especula si no és una penitència massa dura per a una dona tan influent, «però per un pecat tan greu i amb l'agreujament de la reiteració, que denota manca d'un sincer penediment, encara poc». A més, l'àpat que li permet a migdia servirà perquè el baró no sospiti res.

En la línia següent, escriu:

> Una serventa † Tocaments (pensant amb un noi del poble) † Dejuni d'un sopar i set avemaries.

Li resta apuntar que després s'ha confessat la Conu, que treballa el camp i que en un descuit del guaita ha robat una mica de sal guardada a la gabella...

Acabades les anotacions, repassa el feix de pergamins de les últimes setmanes, tot procurant que no se li desordenin de data. Els ressegueix metòdicament amb el dit, però no hi troba res que pugui relacionar amb la desgràcia de la reina Bal. Tanmateix, continua llegint en veu alta noms, pecats i penitències. No, definitivament no hi ha res que li cridi l'atenció ni que remotament tingui res a veure amb la seva mort.

És quan vol endreçar els escrits a la seva lleixa que s'obre la porta i, malgrat que la flama de la llàntia quasi no l'il·lumina, identifica el nouvingut pels cabells rossencs i la qualitat de les robes. El prevere s'hi acosta, àgil.

—Príncep Ínian, passeu per favor, perdoneu que us rebi entre aquest desordre. Però... entreu si us plau. Seieu... aquí.

El príncep xiuxiueja una salutació, amb la vista perduda, profundament abatut. S'acosta indecís a la cadira que l'Orenç li ofereix prop de la taula i, quan la flama li detalla la cara, se'n percep la magnitud del patiment per la mort de la mare. El blanc dels ulls ensangonat, la pell marcada per la sal de les llàgrimes que ja assenyalen un camí.

En silenci, l'Orenç omple un vas d'aigua de la gerra, però el veu tan absent que no confia que l'hi prengui de la mà i l'hi deixa a la taula. Assegut enfront seu, l'observa nu dels talents i fatuïtats que sol exhibir a la Cort. El temps passa difícilment, fins que l'Ínian abaixa el cap i amaga els dits entre els cabells:

—Canonge Orenç, amic Orenç, a la mare l'han matat...

Ho diu amb poca veu i les llàgrimes li comencen a vessar sense cap altre senyal que les acompanyi.

—No en tinc cap dubte, príncep, lluny de mi qualsevol idea que la reina s'hagués suï...

—No parlo d'això.

El tall ha sigut sec. Però, com si el pensament l'allunyés de la conversa, no continua. Davant seu, l'Orenç observa i espera. Sap que és un noi especial, contradictori, criticat per ser inexpert en la guerra, però idolatrat per ser campió en tots els tornejos de llances que s'organitzen a Magens. I en aquest contrasentit, alguns hi denoten covardia. Per una banda, aparenta humilitat i sempre es manté en un segon lloc respecte al germà primogènit. Ser el fadristern de la nissaga reial no deu ser fàcil; sempre a redós d'en Jan. Viure per si de cas el príncep hereu mor ha de ser un destí inquietant. Però, per altra banda, sedueix la Cort com ningú amb les seves dissertacions fantasioses o científiques, amb l'habilitat per als escacs o l'enginy per a les juguesques. Fibrat de cos, seductor, però amb una bellesa poc viril. El prevere recorda que en les primeres confessions s'acusà d'allitar-se amb noies i amb nois. Però, allò que l'escandalitzà no fou tant els satànics pecats com que els confessés sense mostrar cap bri de culpa o remordiment. L'Orenç ho va adduir a la condició reial, que li ha permès abusar de tot i de tothom. Recorda que tingué remordiments en absoldre'l perquè no pogué imposar-li el càstig adequat. Si el que pena la còpula amb noies ja és dur, el de la sodomia és tan elevat i notori que tota la Cort s'hauria assabentat del vici... i, pel bé del regne i el propi, no s'hi va atrevir. Ara el té al davant, amb un aspecte tan afeblit que provoca commiseració. Per fi alça el cap, lentament, i pronuncia unes paraules com si digués una sentència:

—A la mare l'han matat... gent de dins el Castell, molt propera.

—Príncep Ínian, arrisqueu molt amb l'afirmació.

—Sé de què parlo.

—Em podeu dir algun nom, algun indici?

—No puc dir-ne el nom, però el pressento.

—Príncep, ja sabeu que el vostre pare m'ha encomanat escatir l'assassinat. Em podeu concretar les vostres sospites? Res del que em digueu sortirà d'aquí.

—Des de la meva estança, que dona sobre la seva, vaig

sentir el crit de la mare abans que la llancessin per la finestra. —Les paraules li costen—. De seguit vaig entendre que era un crit de terror. Vaig posar-me una camisa i vaig córrer cap a la seva cambra.

—Quant vàreu tardar?

—No ho sé, anava mig a les fosques... però, per arribar a l'escalinata he de passar pel davant de l'estança del meu germà... la llargada del replà, l'escala, el replà principal... una estona no gaire llarga.

—Vàreu veure algú?

—Sí. Una ombra.

—Una ombra? A on i com?

—Just en el passadís d'entrada a l'estança. Tot estava molt fosc, perquè algú havia apagat feia poc la teia que sempre hi crema i l'aire en pudia. Però, creu-me, Orenç, vaig sentir una ombra.

—Sentir? Voleu dir... veure? O voleu dir pressentir... o imaginar?

—No us fieu de mi? —El prevere nota el canvi de tracte. Malgrat que ell ho fa quasi sempre, els prínceps mai el tracten de vós, fora de quan s'aixopluguen en la jerarquia.

—Príncep, no és un problema de confiança, però l'afer que ens ocupa és molt delicat. He interrogat els guaites que forcaran demà i, en el desesper de la tortura, em juren... o perjuren que ningú va entrar al Castell i que tampoc en va sortir ningú llevat del baró de Cas, que estava reunit amb el príncep Jan, per ordre del vostre pare. Així que el malfactor estava a dins i redueix les possibilitats a poques persones perquè, quan es reformà l'antiga fortalesa per transformar-la en palau reial, fou concebut com un alcàsser que protegís els membres de la dinastia i, si bé s'obriren alguns finestrals en les estances superiors, aquestes continuen essent impenetrables sense ajut de cordams. El que vull dir és que, si la persona que matà la reina és de l'interior del Castell, qualsevol indici ha d'estar ben provat.

L'Orenç no obté resposta però hi insisteix, perquè un detall que el príncep acaba d'explicar l'enderia vivament.

—I vós príncep, si ho entenc bé, entràreu a l'habitació.

L'interpel·lat, sense expressió, l'hi ratifica amb un gest.

—Ah... I estava a les fosques?

—No del tot, hi havia una llanterna encesa. Quan vaig comprovar que la reina no hi era, vaig agafar-la per mirar pel finestral, però la flama llanguia i no es veia res del fossat... només podia ser allà baix.

El prevere es retreu haver cregut que eren les mans de la reina que sostenien el llum. Eren les del seu fill.

—Però si estàveu tan segur que era morta i vàreu comprovar que no estava a l'habitació, com és que no baixàreu al fossat, per mirar si allà... potser encara era viva. Sé que l'estimàveu molt.

No pot dir més. L'Ínian s'abraona sobre seu amb un impuls salvatge. No té temps de reaccionar i a penes ofereix resistència. La lluita no ha sigut mai el seu terreny. Sent que l'Ínian l'escanya amb uns dits prims però que semblen de metall. Els seus ulls expressen més dolor que fúria. Però continua prement. Li tenalla la gorja. L'Orenç suplica amb la mirada, no pot emetre cap so, li manca l'aire, impossible de fer-ne entrar. Sent el coll trencat, que perd el coneixement, que tot s'allunya, que ja no escolta, que ja no hi veu. Sent que ja no hi és, que ja no sent res.

# 16
# El misteri d'una tela

Com si l'ànima li tornés d'un punt llunyà i blanquinós, percep reviure. S'adona que està ajaçat sobre el catre. Guarda memòria dels últims instants, a terra, quasi sota la taula, amb aquelles mans escanyant-lo. El dolor l'hi agarrota el coll. Intenta girar el cap, però una punxada el fa desistir. Sent una presència al costat, n'escolta la respiració, està molt propera. Necessita tossir, la gargamella li cou, la té engargussada i s'ofega. Quan tus, és tan intens el dolor que barreja l'esput amb un crit.

El cap de l'Ínian s'aixeca al costat del seu. Tots dos es miren fit a fit. L'Orenç està atemorit, es sap indefens, però l'Ínian li agafa les mans i comença a besar-les.

—Gràcies, Déu meu, gràcies. Perdona'm, Orenç, no et volia fer mal, perdona'm, Déu sap que no era la meva voluntat, no recordo què digueres que em feu enfollir. Gràcies, Déu meu...

S'aixeca, segueix mirant-lo mentre camina d'esquena, mussita jaculatòries fins a arribar a la porta:

—Orenç, juro per Déu que no era la meva voluntat. —I se'n va.

Sol, el prevere intenta bellugar el cos, lentament. Primer les cames, els braços, assaja un gest per incorporar-se, comprova que li és possible, que pot fer qualsevol moviment mentre mantingui el coll quiet. Tanmateix, quan el tesa per llevar el tors, la gola és un ganivet. Assegut al voral del llit, tempteja moure la testa molt lentament. De dalt a baix, d'esquerra a dreta, i a cada moviment guanya flexió. Continua provant-se i s'alça, encara desconfiat. Es sent entumit i el dolor al coll és intens. Camina fins on guarda l'espill de bronze i s'observa, tot el voltant de la nou és d'un vermellós enfosquit. S'acosta a la finestra, l'aire el beneficia. Respira fondo. Reflexiona. Sap què ha passat, però no sap què ha de fer. Li convé denunciar-ho al rei? Per obtenir-ne quins resultats? O serà més prudent callar i simular un perdó? No té una resposta clara. L'Înian semblava penedit, sincerament penedit, però, i si fos perillós? I si el canvi sobtat d'ahir fos una malaltia? El prevere articula moltes conjectures, però n'hi ha una que s'obre pas i domina el pensament: per primera vegada té una confessió directa d'algú que confirma haver entrat a la cambra de la reina Bal el dia de l'assassinat, quasi en el mateix instant que va passar. I si fos l'assassí? Costa creure d'una persona que l'estimava tant... però algú que reacciona com ha fet, sap realment què fa? I si amb la mare hagués tingut un atac semblant? Avui volia escanyar-lo i alhora regracia a Déu que sigui viu. I demà?

Tanmateix, l'ensurt comporta una conclusió: ha de solucionar l'enigma com més aviat millor. Els senyals pertorbadors que el crim remou ja són estridents. Ha de dedicar-s'hi en cos i ànima, fins i tot si ha de relaxar les seves funcions a la Reial Capella. Ningú l'hi retraurà i, en aquest cas, Déu tampoc. Es pregunta per on pot començar i el cervell només l'emplaça a un lloc: la cambra de la reina. No hi ha dormit ningú i potser guardi senyals que l'orientin. S'acosta a la gibrella, es remulla el coll, el clatell, s'endreça l'hàbit malgirbat i, quan baixa, entra a la capella. Té ganes d'encomanar-se a Déu. Qui, si no, pot il·luminar-lo?

Quan poc després travessa el pati d'armes, procura evitar que els lluitadors que s'hi entrenen li vegin el morat del coll. Els infants que tot just comencen fan servir armes de fusta, els altres empunyen ferros perillosos. Tres cavallers, entre els quals hi ha el baró de Cas, criden instruccions, els altres obeeixen. Avui, en Jan practica la lluita a la maça. Estan concentrats, tensos, un descuit pot ser dolorós o perillós. De lluny, els reülla amb deteniment, admira l'ardidesa dels cossos, però, quan passa a la vora, acota el cap. Entre els esbufecs, crits d'atac o defensa, sent la salutació d'en Jan:

—Bon dia, canonge. Un dia has de practicar amb mi.

Sap que en Jan no pot aturar-se si no vol perdre el combat, però sentir-ne l'amistat l'envaneix. No li explicarà res del que ha passat amb l'Ínian.

Entra per la porta principal del Castell, puja al replà de les estances reials i hi troba, fent guàrdia, un soldat que porta al cinturó un manyoc de claus.

—Obre'm la cambra de la reina, tinc mandat reial.

L'home no dubta, camina davant seu. Quan introdueix la clau a la porta sembla que s'enferritja, però, finalment, li obre pas.

—Voleu que em quedi aquí, canonge?

—Gràcies, sí, a fora. Ajusteu la porta i que ningú m'interrompi.

Vol estar sol i fer les coses a consciència. Treure l'entrellat d'un crim li ve de nou, però el repte no l'espanta. Més aviat l'estimula. Immòbil, examina l'espai, l'apama mentalment mentre es grata el coll ferit. Deu fer dotze passes de llarg per vuit d'ample. Observa el llit, la mampara de fusta, el finestral... si no fos pels llençols desendreçats, la taula trabucada i el terra enfosquit pels ungüents, ningú pensaria que hi hagué un assassinat. Es mou mesurant cada gest, preveient cada pas i fixant-se en qualsevol detall. Contorna el llit per si amaga algun objecte. Res. Obre un armari, roba i més roba, a banda d'alguns pergamins que, de moment, no mira. S'acosta a la mampara propera al llit que deixa un espai amb la paret. L'Orenç l'imagina destinat a les intimitats corporals i l'encerta. Hi ha una gerra, un petit tocador amb les joies del dia, dues palanganes i la sella per als secrets de natura. Res especial. Escruta el terra, que no hi hagi cap resta estranya o delatora. Res de res.

Quan està a punt de marxar, repassa les parets d'on pengen un domàs i dos tapissos florejats, es fixa en la finestra, els llums d'oli... «Valga'm Déu. La finestra.» Des d'allà algú n'espenyà el cos. Des d'allà el príncep Ínian va mirar amb la llanterna. S'hi acosta. És gran, emmarcada per dues cortines ocres. L'arc és de mig punt i la part superior corbada l'han treballat amb una llinda de fusta per quadrar el bastiment i millorar-ne el tancament durant l'hivern. Els batents estan oberts. Tot d'una l'assetja una pregunta: la reina cau viva o morta? Crida mentre la maten o amb l'espant de caure al buit? Escodrinya el fossat. L'alçada impressiona i conclou que, des de fora, és inaccessible. Tot sembla normal. És només quan s'enretira que, encastat en un dels ornaments del mateix ampit, un tros de tela li crida l'atenció. L'escruta abans de tocar-la. Una tira insignificant, mig rebregada. S'hi acosta. Sembla d'una textura sedosa i de color blau que pren un color estrany en un extrem. L'agafa delicadament. A penes té un dit d'amplada i un pam de llargada. Sí, d'un blau sedós que cap a un extrem esdevé marronós i més dens. El prevere no en té cap dubte. És sang seca.

La plega amb cura, sense tocar la part marronosa, potser

sang de la reina Bal, i la guarda al saquet de sota l'hàbit. Té, potser, una prova del crim, està emocionat, delerós... però, a qui pertany aquest trosset de tela? Perquè si no fos de la reina, seria... podria ser el primer rastre de l'assassí.

Feia molts anys que no es sentia tan excitat. S'acosta a l'armari per si hi troba un vestit amb l'estrip. Remou i repassa cada peça. Hi troba dos vestits blaus però d'una altra intensitat i textura. El prevere s'anima, si la tela no és d'un vestit de la reina, és d'algú que viu al Castell? Però on i com pot trobar una roba esqueixada, que potser l'assassí ja deu haver fet desaparèixer? Només un nom li ve al cap, com si en el cel s'obrís una tímida clariana: la Brilhèta.

Resolut, obre la porta, mana al soldat que tanqui i no deixi entrar ningú sota la seva responsabilitat. Arriba a l'escala que mena al pati d'armes on ni s'adona de la presència dels enfurismats guerrers. Gira a mà dreta i, a no gaires metres, enfila la porta de les dependències dels servents. Entra sense trucar. Troba la Murtra amb dues dones més que remenen la perolada del migdia i que el sotgen bocabadades. Encaboriat, sense saludar, demana per la Brilhèta. Una de les que cuinen en bruela dos cops el nom i, en menys d'un pensament, apareix la noia per una escala. Fa un gest de sorpresa en veure'l en un lloc tan inadequat i més quan, davant les cuineres, ell li assenyala la porta amb un gest imperatiu. Evidentment, les tres dones segueixen remenant la perola però vigilen cada moviment i malpensen. «Al final tots són iguals, aquest també», diu la més jove quan són fora.

En el pati d'armes, els crits dels lluitadors l'avisen que travessar-lo amb la Brilhèta comportarà bescantaments injuriosos, però tant li fot, l'excitació relaxa les precaucions... i ai de qui gosi. S'encamina mig corrent a la capella seguit de la noia, que no entén res. Quan hi arriben, mana al sagristà Plus que els deixi sols i, després de reüllar que no hi ha ningú, passa la balda, s'encamina a la sagristia i, només allà, s'aixeca l'hàbit per treure'n el saquet i amb una delicadesa quasi maternal, mostra la tela a la Brilhèta, que ja està totalment enguerxida i més excitada que quan en Matuis es descorda el cinyell.

—Què m'ensenyeu, mossèn?

—Déu misericordiós m'ho ha deixat a l'ampit del finestral de la reina. Crec que és de seda.

La noia l'observa un instant i exclama:

—Mossèn, això és sang!

—Brilhèta, no cridis. Se'ns ha ofert un rastre en un camí ple de matolls i ara, nosaltres, el desbrossarem. Escolta'm, procura concentrar els sentits abans de contestar res. Recordes si algun vestit o ornament de la reina, una roba que pogués dur aquella nit, coincideix amb aquest color?

La Brilhèta, ja totalment guerxa de tan concentrada com està, fa un gest per agafar-la, però l'Orenç l'esquiva. Ressentida, s'hi apropa molt, com si a més de guaitar-la, l'ensumés.

—Va, noia, digues alguna cosa.

—Pare, que estic repassant l'aixovar de la senyora i és el més atapeït de Magens. Doncs... no. Jo diria que no. És un color molt bonic, el recordaria en un vestit, túnica, camisa... No, mossèn, no puc assegurar-l'hi del tot, però diria que no pertany a cap vestimenta de la reina.

El prevere veu que se li esmuny l'únic fil del cabdell que l'encaminaria a resoldre l'enigma, no dissimula la decepció.

—Ni recordes cap roba d'algú que se l'hi assembli?

—Mossèn, al Castell hi viu un fotimer de gent, però doneu-me uns dies, i si existeix una peça de roba estripada d'aquesta tela, per Judes que ho sabré. Amb la mort de la reina vaig desenfeinada i puc acompanyar les altres serventes. Segur que m'agrairan la companyia i podré tafanejar els baguls i armaris de totes les cambres. A més a més, només he de buscar entre els homes, a una dona li hauria estat difícil alçar la reina per damunt de l'ampit. No tindria prou força.

—Brilhèta, no et precipites massa? —A l'Orenç no se li escapa la perspicàcia de la mossa.

—Ja s'ho pot ben creure, serà d'un home. —En realitat ja no ho diu al prevere. Parla amb ella—. Una tela així només pot ser d'una camisa, sí, i, per la qualitat, d'un home ric... Doneu-me uns dies.

—D'acord, Brilhèta, però sobretot, que cap serventa pugui sospitar que anem darrere d'això. En aquesta investigació, el secret és transcendental.

—No es preocupi, mossèn. I, amb la vènia, me'n vaig, que, si no, ningú podrà aturar les murmuracions... i no vull que en Matuis es posi gelós —fa, tot somrient.

—Brilhèta, ets una desvergonyida

El prevere aixeca la balda i la deixa marxar. Sí, és llesta i previsora. Li agrada, aquesta noia. Es grata el coll ressentit. Quan els ulls li van rectes, els té preciosos.

# 17
# Camí del castell de Maràs

De bon matí, algú truca a la porta mentre l'Orenç es vesteix.

—Qui hi ha?

—Jo, mossèn, en Blan, el patge del rei. El monarca us vol veure abans de marxar.

—Ara mateix vinc. No sabia que partia.

—Ho va decidir ahir vespre. —Tot dit des de l'altra banda de la porta.

—Per cert, Blan, et voldré en confessió.

—Pare, però...

—Dic que et voldré en confessió.

—Sí, pare.

S'acaba de vestir i quan surt de la cambra estén el braç perquè el patge li besi la mà. «És eixerit, aquest xicot, no és estrany que tempti la baronessa.»

El segueix en silenci pel pati d'armes i, un cop a palau, veu que el condueix directament a la cambra del rei, un lloc on normalment no es donen audiències. El patge truca a la porta, l'Ebrard respon, potent.

El prevere entra sol i resta a una certa distància. El rei no l'ha mirat, ni li cal.

—T'he fet venir per si has aclarit alguna cosa sobre la mort de la Bal. Marxo al castell fronterer de Maràs. M'hi espera el príncep Arquer de Llangàs, germà de l'Uc, i voldria partir sabent si tens l'assumpte ben encarat. La situació entre el Frencàs i l'Uc s'està tibant i els preparatius per a la guerra ja són sorollosos i, tant l'un com l'altre, em demanen que m'impliqui al seu bàndol. Mentre prenc determinacions tan delicades, no vull que m'esclati cap escàndol sobre la mort de la reina. M'entens, oi?

—Majestat, vaig a poc a poc, però avanço.

El monarca no contesta immediatament.

—Detalla-m'ho.

L'Orenç mira de col·locar les migrades conclusions que té en un ordre que aparentin algun avenç.

—D'una banda, tots els servents ja saben que, durant la lluita, l'assassí va trabucar la taula i els ungüents. Sembla que va ser un bon estratagema, perquè el rumor ja s'ha estès per la ciutat i crec que el convenciment que la reina va morir assassinada ha fet forat.

El prevere percep que la seva afirmació no alleugereix l'expressió del rei.

—De moment segueixo un rastre, majestat. Aquella nit, quan resava i vaig sentir el crit de la reina, de seguit em vaig abocar a la finestra, però a fora no es distingia res. Sense lluna, el fossat era fosc, però, quan ja m'enretirava, vaig veure que al llum d'una llanterna es movia, just en el finestral de la vostra esposa.

El rei el mira i sembla que constreny la cara. L'Orenç continua.

—Em vaig esforçar a veure qui duia el llum, però l'apagada lluentor de la flama m'impedia identificar qui era. M'he de culpar que en aquell moment això no em preocupava gaire. En la ignorància del que estava succeint, vaig suposar que era la vostra esposa. Quin error! L'endemà, en saber els terribles successos, vaig pensar que la mà que sostenia el llum potser era la de l'assassí.

El rei segueix la narració i a la cara se li accentua una ganyota.

—Doncs, senyor, he descobert qui era la persona. I ja us puc dir que no sembla que pugui ser l'assassí. Qui estava al finestral era el príncep Ínian.

El rei Ebrard, sobtadament, relaxa les faccions. Es gira i mentre es corda una capa curta de cavalcada, pregunta:

—I per què no?

—Majestat... per què no? Perquè ningú pot imaginar que el príncep matés una mare tan estimada i perquè tampoc ningú pot esperar això d'un fill vostre... i perquè després de parlar amb ell, n'estic convençut.

El rei es gira per mirar-lo fixament. L'Orenç es sent incòmode i necessita afegir quelcom que desnuï el que li sembla un malentès.

—Majestat, i perquè hi ha una prova que pot esclarir-ho tot. He trobat un tros de tela a l'ampit del finestral, una tira esquinçada durant la lluita de la reina per sobreviure. Potser va arrancar-la a l'assassí, perquè està ensangonada i no és de cap vestit de la reina. M'he cuidat d'assegurar-me'n.

Les faccions s'han tesat altra vegada.

—Has mirat en el vestuari del príncep?

El prevere procura contestar amb naturalitat.

—Majestat, penso fer-ho, però no heu de témer pel vostre fill.

—Jo no temo res de ningú, però vull que sigui investigat com qualsevol altre.

—Sí, majestat. Procuraré resoldre el misteri el més prest possible.

—Ens convé, Orenç, perquè les insinuacions em preocupen. Pels voltants de la catedral els voltors volen baix. Tinc la seguretat que l'Escorpí està maniobrant i que ja ha tocat peces cabdals de Magens.

El rei es gira per encarar-s'hi, s'ha acabat de vestir i està preparat. El fita directament als ulls.

—Seré fora tres jornades, Orenç, i, per si de cas, he donat instruccions molt estrictes a en Jan. Potser els perills no siguin immediats, però... seria bo que, al meu retorn, t'acostis a la catedral per explicar a l'Esbill que estàs a punt de solucionar els enigmes que envolten l'homicidi. Això potser el farà dubtar dels seus plans.

—Ho faré, majestat. Estic amb la vostra causa, no he oblidat tot el que heu fet per mi.

Ho ha dit amb un bri d'emoció a la veu. El rei ha rebut el missatge. Allarga el braç, que l'Orenç encaixa fortament, i surt de la cambra.

Mentre abandona el palau resta pensatiu. El monarca que acaba de marxar és el seu pare. A Roma l'instruïren per captar els estranys equilibris entre el cel i la terra; unes complexitats difícils de comprendre per als que viuen lluny dels vèrtexs de poder; uns espais misteriosos on es confronten ambicions, drets, vileses, deures i en els quals el poder de Déu i el dels reis juguen partides impenetrables. Un joc que determina la vida dels pobles sense que aquests en sàpiguen res. I ara, amb un íntim afalac, l'Orenç es sent un d'aquests jugadors, convençut que les ensenyances d'una dotzena d'anys a Roma l'han preparat per al repte. Es sent instrument de l'únic poder estructurat des de fa mil anys, d'una institució que sobrevisqué a la caiguda de l'imperi Romà, que es va adaptar als nous amos pagans fins a sotmetre'ls a Déu i que l'any 800 coronà un nou emperador per vertebrar aquesta part del món. L'Església que, sota el guiatge de sant Pere, cohesiona els afers terrenals des del poder de la fe. Ben cert que amb dificultats immenses, sí, però l'abast del projecte és prodigiós: ordenar un món caòtic i desballestat a partir de l'harmonia catòlica i romana. I avui, ell pot influir a favor dels designis de Déu en el tauler on es juga el destí. Sí, aquests pensaments el fan vorejar l'èxtasi i, per un moment, caminar mig levitant deixa de ser una tècnica apresa.

# 18
# Viaranys pecaminosos

—Canonge, m'heu manat venir per confessar-me...

L'Orenç percep que, si bé entre mossèn, prevere o canonge, li dona el de màxim tractament, en la veu del patge palpita un to esquiu i un deix d'insolència.

—Blan, suposo que vens per voluntat pròpia i que maldes per estar en gràcia de Déu, que és el que t'ofereixo... sempre que m'ho demanis. Perquè ets tu qui necessites a Déu. Ell, en la seva omnipotència, no et necessita per a res.

El patge entén que aquest bastard fill de puta va fort i dissimula la mala llet que li provoquen les darreres paraules.

—Pare, vinc cada primer dijous de mes per poder combregar el primer divendres, tal com recomaneu des de la trona.

—De quan vens, o no, ja en porto els comptes. La qüestió no és la freqüència, sinó la qualitat. Hem de parlar d'aquesta qualitat, de si la teva contrició és sincera o si, dels teus pecats, només me'n confesses els que et convenen.

—Mossèn, els confesso tots, us jur...

—No juris en fals, Blan, no em menteixis o encara empitjoraràs la condemna. Si no et sinceres penedit, no et serveix de res agenollar-te davant meu i la teva ànima sortirà de la casa de Déu més bruta de com ha entrat. No gosis rebutjar la clemència de Nostre Senyor.

En Blan és llest, el cap li va ràpid: com, si no, podria ser el patge del rei. És clar que no l'hi confessa tot, només faltaria, els cabrons després ho fan servir segons els convé... però el neguiteja no saber allò que aquest calçasses coneix d'entre les coses que li amaga. Fila una excusa.

—Canonge Orenç, vós sabeu que en el Castell tinc una responsabilitat insignificant però que m'obliga a profundes lleialtats. Com a patge del rei conec secrets que, pel bé de Magens, m'obligo a no parlar-ne. La confiança que el rei Ebrard em té s'esberlaria si sospités que els vaig explicant a qualsevol...

La veu de l'Orenç s'encrespa.

—Confessar les culpes al teu capellà no és explicar-ho a qualsevol. Faries bé de mostrar-me respecte... perquè, si no hi vens disposat, ja pots abandonar aquesta capella.

«Tant de bo pogués», pensa el patge, però comprèn que l'acaba d'esguerrar. Amb aquesta gent lletrada s'han de mesurar les paraules. Treuen punxa de qualsevol error i et fan sang.

—Perdoneu, jo no volia...

—Tant me fa el que vulguis. No et parlava dels secrets de la Cort, però, ja que ho mencions, t'adverteixo que si algun dels quefers que allà es resolen atemptés contra la moral de l'Església o la seva integritat, també m'ho hauries de confessar.

—Però mossèn, això seria tant com trair la lleialtat que, per jurament, dec al rei.

—No m'interrompis quan t'adoctrino.

L'eco de la seva veu rebotat per la volta de la capella retreu al prevere de no haver seguit una altra de les ensenyances romanes: «Com més aterridora la sentència, més serena la pronúncia». L'Orenç no entén per què l'actitud d'aquest jove li fa perdre els papers. Encalma el to.

—El rei és rei per la voluntat de Déu i l'aquiescència de

l'Església. A més a més, soc prevere de la Reial Capella, nomenat pel monarca, i, per aquest càrrec, tinc prerrogatives que em permeten oferir al sobirà uns serveis que tu ni pots abastar... però, Blan, m'estàs enredant amb qüestions de la Cort quan, en realitat, vull absoldre't d'un pecat d'impuresa, potser humà, però que, sense penediment, t'enviarà a les flames de l'infern.

Tot d'una, en Blan entén per on va. Aquella marrana de la baronessa és una bocamolla. Li agrada follar a crits, però necessita fer neteja de remordiments amb aquest malparit.

—No sé a què us podeu referir, mossèn.

—Blan, no em posis a prova. Ets un ratolí en una caixa sense sortida i Déu pot esclafar-te d'un bufet.

Fa estona que es sent acorralat, però no vol posar-l'hi tan fàcil i admetre que fornica amb la baronessa. Aquest cabró pot fer-ho servir per fotre'l quan li convingui.

—Mossèn, si almenys em donéssiu una pista, us juro, per Crist, que si veig on he errat, me'n confessaré ara mateix.

L'Orenç se'l mira inexpressiu, mentre mesura la barra d'aquest jove, que fa com si calgués que li recordin que copula amb la dona de la mà dreta del rei. Finalment, accepta el joc.

—D'acord, quan em confesses les teves culpes, sempre em dius que... et mulles sol.

—No us entenc.

—Però què pretens! Riure't del representant de Déu a la terra?

L'Orenç ni s'adona que s'està aixecant de la sella, que se li han enrogit les galtes i que crida mentre l'assenyala amb la creu.

—Sí, pare, em mullo amb la baronessa de Cas! —crida el jove, i el prevere al seu torn:

—Calla, desgraciat, que algú pot escoltar-te.

Tots dos s'adonen del batibull que munten i reüllen al voltant per confirmar que la capella està buida. No hi ha ningú, ni el sagristà, que aprofita les confessions per entonar-se la vida a la taverna d'en Mussol. El prevere recompon el posat.

—Blan, i no et sents culpable? Vull dir, no sents cap remordiment que t'obligui a demanar-me l'absolució?

Un cop descobert, el noi prefereix mostrar les cartes.

—Mossèn, jo sé que de cara als nobles i a l'església sempre seré culpable, però a fe de Déu que la baronessa m'ha perseguit com una lloba en zel. Primer amb favors i carantoines, però quan veié que no em descordava els sentits, m'amenaçà de fer servir les influències, que són moltes, ja ho sabeu, i vaig accedir a allitar-m'hi. Ja fa temps, mesos... i sempre durant les sortides que el baró acompanya el rei. La senyora és previsora.

En Blan calla, però sap que el malparit vol més tafaneria. Aquests doctorats en hipocresies s'ho passen bé, s'escalfen i si cal es posen la mà sota l'hàbit. Què no ha de saber si, encara petit, la seva, guiada per una amb anell d'or, també hi entrava.

—La baronessa sempre que pot em busca. Es veu que li desfermo el desig i és llesta. Sap quan no hi ha perill. I si us ho he de confessar tot, és massa agradós per dir-li que no. El baró de Cas la va voler jove i té un cos que engana. Fa coses que cap noia no m'havia fet, i me'n fa fer algunes que no imaginava que es podien fer. Vull dir que hi vaig perquè m'obliga, però un cop allà...

—Blan, calla.

El prevere sent encesos els sentits: durant uns instants ha imaginat els seus cossos i això l'indigna. S'ha excitat i no ha sabut aturar-ho. No és la primera vegada, però Déu és aquí per fer-lo rectificar.

—Et prohibeixo que ho expliquis així. Demostres un sentiment de plaer que encara engrandeix el pecat. Per tal com ho contes, a més a més de culpable d'adulteri amb la baronessa també caus en un pecat de lascívia. I a tot aquest terrabastall moral encara s'hi pot afegir el pecat de traïció al rei per ofendre la dignitat del seu amic més lleial.

L'Orenç nota el cos més amainat i li sembla que ha recuperat el control, però sent que l'altre continua:

—Ella em confessa que amb el seu marit no ha pogut mai... mullar-se.

El prevere dubta si reprimir-lo, però una afirmació tan inquietant l'encurioseix. En notar-ho, el patge es sent vencedor.

—Quan estem en confiança, em diu que el seu espòs s'ho passa millor amb el rei o els cavallers que amb ella.

—Blan, com goses acusar... per Déu, d'on surts, tu? Com t'hi atreveixes! No seràs un d'aquests heretges que posen en dubte qualsevol principi moral? Un d'aquests albicars que atempten contra tota autoritat?

—Mossèn, us confesso el que ella em diu, no allò que jo pugui pensar.

L'Orenç calla i cavil·la. Aquest xicot és un descregut i mereixedor de penitències exemplars, però té informacions privilegiades de la Cort com la que li acaba de confessar. Li convindria mantenir-hi una relació afable, perquè si la Brilhèta l'informa del que passa a les dependències dels servents, aquest conviu en el nucli més influent que envolta el rei. Però necessita temps. I està convençut que, ara, el noi el percep com a enemic.

—No t'absoldré, Blan. No salvaràs l'ànima fins que facis una contrició sincera. Tornaràs la setmana vinent.

El patge té ganes de fotre-li una coça als collons.

—Sí, pare, vindré.

Es persigna i se'n va. Des del setial, l'Orenç l'observa. «No és estrany que la baronessa... Oh, Déu meu, perdona'm.» I comença una pregària per tal d'allunyar els pensaments lascius que, darrerament, l'assetgen massa sovint. Durant molts anys ha sabut defugir els reclams del sexe, però quan veu la Brilhèta o, fins i tot, la nua bellesa del príncep Jan, el cos se'n deleix. Prega, prega, prega.

# 19
# Tot desbrossant enigmes

—Ave Maria Puríssima.

El prevere sent la veu com si vingués de lluny, però continua contrit per la conversa de fa una estona amb en Blan.

—Ave Maria...

Obre els ulls. Ja s'ha agenollat davant seu. No té ganes de parlar ni de confessar ningú. Voldria aixecar-se i refugiar-se a la residència per continuar el penediment, però la noia comença a xerrar sense demanar-li vènia.

—Mossèn, m'he fet totes les cambres del Castell, he tafanejat baguls, armaris, farcells, qualsevol lloc on es guarda roba, i cap blau coincideix amb el de la tela. És clar que l'assassí pot haver-la amagat, o destruït, però no hi he trobat cap peça que s'hi aparioni.

L'Orenç calla, però comença a interessar-se. Tem que quan el rei hagi descansat del retorn de Maràs, el convocarà per rebre explicacions i li convé avançar en algun sentit.

—Mossèn, i si fos algú extern al Castell?

No vol que la noia el deixi enrere.

—Ja ho he pensat i és inversemblant. Al Castell només s'hi accedeix pel pont llevadís, permanentment vigilat, i dona directament al pati d'armes, que també ho està. Durant el dia s'impedeix l'entrada a qui no tingui permís o no vingui expressament convocat. I de nit es tanca i no s'obre sense una ordre del rei o del notable de guaita.

El prevere vol demostrar-li que sap de què parla i continua:

—Però, Brilhèta, si acceptéssim que algú l'hagués pogut traspassar de dia i enfonyar-se en les dependències del servei, fins i tot si hi treballés, des d'aquestes no hi ha accés a les estances reials. Vull dir que si ja és difícil entrar al Castell, encara ho és més entrar al palau. La porta vigilada n'és l'únic accés. Està concebut per ser hermètic, inaccessible, i evitar qualsevol ensurt.

—I si ho féssim a l'inrevés, mossèn? —diu la Brilhèta mig excitada mentre comença a extraviar els ulls—. I si miréssim de destriar el perquè i no qui la va matar? Si trobem el motiu, potser ens orientarem.

—Caram, Brilhèta, sembles un agutzil experimentat. I per on començaries? —pregunta mig divertit mentre recorda que la mare de la Brilhèta era membre d'una família noble caiguda en desgràcia i que fou acollida a palau per servir la família reial.

—Doncs, en ser la víctima una reina, semblaria assenyat començar per valorar motivacions polítiques o dinàstiques o de poder.

—Per aquest cantó també hi he pensat. —El prevere marca territori abans que n'hi guanyin—. I no la crec embolicada en cap conspiració. Un marit amb qui compartia llit i projectes, mare del futur rei, en Jan, i mancat d'ell, Déu no ho vulgui, un segon fill, el seu preferit, heretaria la corona. És veritat que alguns nobles en desconfiaven per ser germanastra del rei Frencàs, que sempre ha cobejat el regne de Magens, però el nostre rei va triar-la precisament per protegir-se'n i amb raó, perquè, així, els Albir es convertien en la seva nissaga.

La Brilhèta l'escolta i gaudeix d'aquest joc. Es nota perquè regira els ulls, l'un contra l'altre, mentre deixa anar una afirmació contundent.

—Feu atenció, mossèn, no sigui que pequeu d'innocència. Es diu que era partidària de l'Ínian com a futur rei de Magens. Conxorxar amb aquest objectiu explicaria que jo ensumés el perfum del príncep tan sovint.

—Brilhèta, es diu, sí, però tinc entès que, en aquesta qüestió, la seva veu no fou mai escoltada. El rei Ebrard sempre ho ha tingut clar, i no tan sols per raons dinàstiques. El coratge i l'expertesa del príncep Jan en la guerra és indiscutible —afirma sense dissimular el cofoisme—. A més, que un fill trobi moments d'intimitat amb la mare fora dels protocols de la Cort és molt normal.

—Ben cert, el príncep Jan és un guerrer, però en canvi el príncep Ínian és galant i astut, i si bé no destaca en les batalles és vencedor en tots els tornejos d'escacs i... també en els de llances. Expert en la retòrica, es diu que bon amant... vós que fóreu educat a Roma, no hauríeu de menystenir tantes virtuts en un aspirant.

El canonge ja no es sorprèn de com aquesta noia elucubra i, si bé li parla de les virtuts de l'Ínian, comença a admirar les d'ella, i li mostra el seu reconeixement:

—Ah, Brilhèta, es nota que t'ha educat una Naïs. Mereixes...

—Per cert, és la mare qui m'ha explicat la preferència de la reina pel seu fill fadrí i també que era massa amiga del bisbe Esbill.

—És que el bisbe Esbill n'era el confessor.

—Encara pitjor.

—No exageris, Brilhèta. És cert que tenien molta intimitat i també que al bisbe li agrada conspirar —continua ja sense gaire convenciment—. Però no veig quina relació hi pot haver. A més a més, envellit com està, no crec que aspiri a altra cosa que a morir tranquil.

—Ai, mossèn, els escorpins prefereixen clavar-se l'agulló abans que rendir-se. És un depravat. No us ha arribat que fa uns set anys va escandalitzar tota la Cort quan un dels escolans l'acusà de tocaments impurs?

—Atura't, Brilhèta. Això, a banda d'aixecar falsos testimonis contra un pare de l'Església, no ens acosta a cap motiu que justifiqui la mort de la reina.

—Sí, però és bo saber que, en esclatar l'escàndol, el rei intervingué humiliant-lo. Resulta que l'adolescent era fill d'un soldat que morí en batalla per salvar-lo d'una llança. El rei manà que el traguessin de la catedral i el va posar al seu servei com a patge, càrrec que usualment correspon a nois de nissaga noble. I això fou considerat un ultratge al prelat que, per cert, té bona memòria i un cervell que destil·la verí.

La xafarderia l'agafa desprevingut i li revé la conversa de fa poc amb el patge en qüestió.

—No fotis, Brilhèta.

—Pare, el llenguatge —el talla, divertida—. No em digueu que no sabíeu que el bisbe i en Blan... i que, per això, la seva fidelitat al rei és a prova de tortura. L'Ebrard el deslliurà del malparit amb l'amenaça d'acusar-lo de sodomia públicament i davant de Roma, amb el testimoni del noi i d'una altra víctima, un company d'en Blan, però que en ser fill d'algú important es va tapar.

—I, tu, d'on ho treus tot això?

—De la mare. I la mare, de la reina, si ho voleu saber.

El prevere Orenç s'ha quedat mut. La Brilhèta continua i xerra com una mallerenga, però no la segueix. Està impressionat amb el que li acaba de noticiar. O sigui, que en Blan és un descregut perquè se li han donat motius per no creure en res ni en ningú; d'altra banda, la reina seguia confessant-se amb un bisbe corruptor d'escolans i no sols això sinó que n'era la confident. Al mateix temps, el rei escarneix el bisbe convertint l'escolà en el seu patge. Tot plegat el trasbalsa.

Però la Brilhèta segueix filant teories.

—Sabeu què penso, mossèn? Al final, allò de la reina haurà sigut pel de sempre, per un problema de calces. Ella era molt discreta i les nits, a palau, són molt fosques, però us confesso que mai la vaig enxampar en cap infidelitat.

La Brilhèta, ben enguerxida per tantes preguntes sense resposta, tot d'una relaxa les nines i el posat:

—Sap què hauria de fer, mossèn? Confessar la meva mare. No es pot moure i hauríeu de venir a casa, però a vegades, quan s'emprenya, em diu que, sabent el que sap, encara no entén com és viva... i sospito que la reina li va dar una casa per això, perquè no xerrés. I quan insisteixo que m'ho expliqui, respon que hi ha pecats que les meves orelles mai no han de sentir. Us ho dic perquè és molt devota, està malaltona i potser, a vós, us confessaria alguna cosa que ens pugui encarrilar.

Però l'Orenç no atén el consell perquè el seu senderi va per un altre camí. Recorda que l'única certesa fins ara és que l'Ínian era a la cambra, també recorda els seus dits escanyant-lo i sospita que, al príncep, el ronden enigmes que deslloriguarien l'embull.

—L'Ínian va dir que veié una ombra. Sí, que de camí cap a la cambra es creuà amb una ombra.

—Pare, les ombres sense nom només són això, ombres, i si les veuen els prínceps, són ombres principesques i prou. Avui som dimecres, pare?

—Mmm... D'on vens tu, que no saps el dia que vius?

—Demà, primer dijous de mes, tindreu moltes confessions.

—Sí, i hauré de dedicar-hi matí i tarda.

—Doncs, sabeu què faria si fos vós?

L'Orenç la mira, encuriosit: aquesta noia no para de sorprendre'l.

—Mentre confesseu, deixaria la tira blava a la vista, perquè la vegi tothom que rebi el sagrament. Tot el Castell, des dels cavallers als servents, passem per les vostres mans. Els que no sàpiguen què significa, no hi donaran importància, pensaran que se us ha enganxat a l'hàbit, però si algú hi troba alguna relació... aneu a saber. Potser la podríeu deixar aquí, al braç de la sella... o millor en algun lloc que la gent miri mentre es confessa. Quan som aquí agenollats i avergonyits, no us mirem mai als ulls, tenim la vista abaixada a les vostres mans, als baixos del vostre hàbit o a terra. Si la deixéssiu a prop dels genolls, és on es veuria més.

Definitivament, aquesta noia li cau bé. Es retreu que massa i tot.

# SEGONA PART

# 20
# Un dia transcendent

En el saló del tron s'han preparat torxes de seu, llums d'oli, llànties i els vuit canelobres d'honor que denoten el caràcter solemne de la reunió. Qui ho ha col·locat n'ha cuidat la simetria i ha tingut cura que enllumenin especialment l'espai del poder: sis escalons de gran amplada, al cim dels quals s'imposa el tro. Excepcionalment, el rei Ebrard ha convocat ensems la Cúria Reial i la Cort, és a dir, tots els notables significats del regne, i tant els preparatius com la raresa de la convocatòria prediuen que s'hi tractaran afers cabdals.

Quan, al migdia, en Blan ha comparegut a la Reial per notificar-li a l'Orenç l'obligada assistència, ha mostrat un comport exquisit, com per remarcar la transcendència que el rei l'hagi convocat en ocasió tan excepcional. A l'Orenç no se li escapa que si bé conviu amb els membres de la Cort, segons els cànons, el canonge de la Reial Capella no en forma part, i encara menys de la Cúria. L'afalaga la invitació directa del monarca. I també l'intriga. Els seus gestos no són mai casuals. Tot just finalitzada la reunió a la fortalesa fronterera de Maràs, fa tres dies, el rei envià emissaris per tot el regne advertint els notables d'aquesta convocatòria i l'obligació d'assistir-hi. Des d'abans-d'ahir que s'ha preparat el Castell amb tot el menester, per rebre'ls i aposentar-los en consonància amb el seu rang i poder, a mesura que vagin arribant.

Per fer l'espera més agradosa, s'han col·locat cadires i bancs al gran saló, a més de gerres d'aigua, plàteres de pastissos i molt de pa, però, com és tradició en aquests concilis, no s'oferirà ni vi ni ratafia fins acabada la presa de decisions. Per amenitzar els que ja han arribat dels feus propers, els saltimbanquis i els músics de la cort executen arriscades contorsions, danses i relats que sovint voregen el mal gust, però que abranden uns nobles que volen divertir-se. A mesura que la tarda avança, van arribant els dels feus més llunyans i només, quan hi seran tots, el rei es personarà.

Des de la finestra de la residència, el prevere observa el moviment dels patges i servents que reben els darrers notables. S'ha fet tard i s'han encès les torxes del pati, les de l'entrada del pont llevadís i les que remarquen el frontispici del palau. La visió impressiona: els guaites formats, les arribades de les personalitats amb l'escorta i quasi totes vestides ostentosament per a l'ocasió, muntant cavalls ornamentats i lluint el blasó del feu a la gualdrapa. Quan descavalquen, uns servents s'encarreguen de dur els animals als estables i sadollar-los, mentre que el patge del rei acompanya els pròcers al saló del tron, on cadascú tindrà el lloc pertinent segons la categoria. L'Orenç n'ha reconegut alguns, d'altres els veu per primera vegada, però no recorda un clima tan fastuós al Castell. S'hi palpa l'ambient d'una cerimònia històrica.

Per vestir-se, ha triat l'hàbit i la capa de seda amb el capell borlat que hi fa joc, tot comprat a Roma i protegit de les arnes des que en va tornar. S'ha canviat l'escapulari de diari per un dels vermellosos comprats al Laterà. L'ocasió s'ho val. Si el rei ha urgit l'aplegament de la Cúria Reial, vol dir que succeirà un fet transcendent. Segurament la guerra. Sí. La del rei Frencàs contra el rei Uc, el regne de Guifort contra el de Llangàs. Fa mesos que la dalla voleia i ja sembla esmolada. I això significa que el papa Fulgenci III ha beneït un dels bàndols. Sense el suport de Roma, cap dels dos no gosaria iniciar el conflicte armat.

A l'Orenç, tot plegat l'apassiona. Durant anys s'ha preparat per entendre el comportament dels humans i de les ànimes que els regeixen, i per preveure'n les decisions, i si no l'erra el Papa deu haver pres partit pel rei Frencàs de Guifort. I no per simpatia. A Roma temen l'ambició d'aquest dèspota que, amb un poder desmesurat, podria regirar-se contra l'autoritat del Pontífex. Però derrotar els albicars és un mandat diví i aquesta heretgia s'ha estès a Llangàs gràcies a la permissivitat, o encara pitjor, gràcies a la complicitat del rei Uc. L'Orenç recorda haver sentit el Pontífex predicar a Santa Maria la Major: «Un infidel és un enemic extern. Un heretge és verí en el propi cos». Ni tan sols la influència del rei Mir el Catòlic, amic fratern d'Uc i estendard de l'Església en la lluita contra els musulmans, al sud de les Muntanyes Blanques, pot minvar l'anhel del Sant Pare d'arrasar els albicars fins a l'aniquilació. Sí, conclou l'Orenç, sense els cismàtics pel mig, en Frencàs seria considerat enemic, però amb els heretges gaudint dels favors del rei Uc, Roma té clara la seva aposta en aquest joc de poders.

I quina decisió prendrà el rei Ebrard, íntim d'Uc, admirador de Mir el Catòlic i ferotge adversari del rei Frencàs? Vist així semblaria clar, però el monarca de Magens també és fidel a Roma. En realitat, li deu el regne. Sobre el tauler d'escacs hi juguen raons molt complexes, però l'Orenç fa una juguesca. L'Ebrard restarà neutral.

Un rebombori que prové de fora el distreu dels pensaments i l'atrau a la finestra. Una comitiva entra al pati i és de les ostentoses. La del comte de Quer, el noble més vell i el que ve de més lluny. L'Orenç considera que darrere seu ja no arribarà ningú i s'endreça per marxar. Gira el cinturó per tal que la borla quedi alineada amb les que li ornen el capell, s'emmiralla el coll per comprovar si hi queda algun senyal i baixa fins a la portalada, on troba el sagristà embabaiat amb l'activitat al pati d'armes.

—Plus, aquesta nit deixaràs oberta la capella amb tres llànties enceses, per si de cas.

Diligent, s'encamina a la porta principal. Pas elegant, esquena dreta, cap recte, mirada ferma que no traspuï massa superioritat ni massa humilitat. Passa entre les torxes enceses, els guaites el miren respectuosos i puja l'escalinata que porta al saló del tron. A mesura que s'hi acosta, sent la remor de converses reverberades. A la portada, vigilada per quatre soldats, pot gaudir de l'aspecte esplendorós de la sala, amb les parets expressament ornades amb els escuts i penons de cadascun dels feus del regne, disposats segons categoria i antigor, i amb tota la lluminària encesa. Mai l'havia vist així i tampoc amb tanta gent. Alenteix el pas. Observa que només hi ha homes i que s'han ornat amb vestits brillants i acolorits. Els velluts dominen les calces i els gecs, mentre que les sedes i teles fines confeccionen túniques i camises. La majoria de nobles transiten la maduresa, ben alimentats i forts, criden més que parlen i, com és habitual en aquests concilis, tots han deixat les armes, almenys les visibles, custodiades sota l'escala principal.

Només entrar, es sent observat. Alguns ho fan discretament, com l'abat Moll, comte de Corn, que li reülla els moviments. D'altres l'escruten francament, com el baró de Cas. Saluda amb un lleu moviment de cap els qui l'interpel·len amb la mirada. Cerca cautelós si hi ha la principal autoritat eclesiàstica per presentar-li els respectes, però no veu el bisbe Esbill enlloc. A mesura que avança, es pregunta on haurà de situar-se. Demostra un pas segur, però per dins va desorientat. No ha assistit mai a una reunió semblant i no sap si té un lloc prefixat. Tot d'una, veure en Blan que s'acosta mirant-lo el tranquil·litza. El patge no somriu però té una expressió respectuosa i es presenta amb una gestualitat d'alta consideració.

—Canonge Orenç, deixeu que us acompanyi al lloc que el rei ha marcat.

La frase el relaxa. De la seva estada romana aprengué que en aquestes cerimònies és convenient anar menat i segueix el jove que el guia dificultosament per un lateral del saló. Quan s'adona que han avançat fins a la primera fila d'assistents, es sent íntimament afalagat. D'una manera instintiva s'atura, perquè ja no hi ha un lloc més preferent. Tanmateix, el patge Blan continua, puja quatre dels sis amples escalons que enfilen cap al tron i s'atura en arribar a una sella orlada amb tela groga. És des d'allà que es gira, se'l queda mirant i, fent-ne ostentació, assenyala que és el seu lloc.

A l'Orenç li trontolla l'ànim. Està clar que en Blan no s'equivoca, però la situació li enxarxa el senderi. La sella no està situada de cara al rei sinó de cara als nobles, i els únics setials amb aquest privilegi són el mateix tron, els dels prínceps, un esglaó més avall, i aquest, un per sota del dels prínceps i lleugerament més lateral. Quelcom es redreça dins de la columna del prevere que li alça més la testa. Seurà en un dels quatre setials de la corona. Pas meditat rere pas mesurat, s'acosta al patge Blan, que seriós anuncia:

—Aquest és el vostre lloc, per voluntat del rei. —Fa una inclinació i es retira.

L'Orenç no s'hi asseu. Compon una positura digna. Nota

les llambregades dels convocats, sorpresos per la ubicació tan rellevant de qui només és el canonge de la Reial Capella. Hi ha qui ho sap dissimular amb un somriure d'acceptació i d'altres, més matussers, recorden que és un bastard i no deixen d'arquejar les celles, torbats pel que pugui significar.

Sobtadament, la remor del saló canvia. Els notables, drets, obren un passadís perquè els prínceps travessen el saló. Tots dos joves, tots dos bells, en Jan, que va al davant i trepitja ferm, mira el prevere amb un somrís mentre l'Ínian saluda els nobles a banda i banda. Una mica darrere d'ells, avança el rei Ebrard, amb en Blan i un altre patge, que porten els atributs de la seva condició. S'instal·la un gran silenci a la sala. El monarca puja lentament cap al tron i, quan s'hi asseu, en Blan li entesta la corona i li deixa el ceptre a la mà esquerra. Pausadament, el rei Ebrard mira els reunits, però en realitat no veu ningú. Ha fixat la vista en un punt d'horitzó fictici, només un bri per damunt de les testes convocades. L'Orenç se n'adona i ho valora. Com ensenyava el bisbe Arcadi: «Un esguard per damunt de tots, però tampoc no gaire, fa que se't percebi superior, tot essent proper». Sí, pensa, la litúrgia és transcendent.

Un altre senyal: el rei Ebrard vesteix amb senzillesa, amb un caire més militar que pompós. El missatge és simple: hi haurà guerra.

Quan el rei s'asseu i els prínceps l'imiten, l'Orenç es sent abassegat per la significança d'haver estat situat allà, per damunt de tothom. Tanmateix, no sap discernir-ne el motiu. Té res a veure amb l'absència del bisbe Esbill? O amb la mort de la reina? L'absència del prelat és palesa per a tothom, però no n'argüeix la relació... i respecte a la reina, l'únic que podria resoldre-li el dubte ara mateix s'alça del tron, la qual cosa també és un gest excepcional. Durant les audiències i els concilis amb els seus vassalls, el monarca roman sempre assegut. I el gest té efecte, es fa un silenci sepulcral. El rei Ebrard parla.

—Nobles, principals del regne de Magens i cavallers. Durant el meu regnat he convocat la Cúria Reial i la Cort només dues vegades i mai amb la solemnitat d'avui. Us he requerit amb tanta urgència perquè em pertoca, com a rei vostre, ara i aquí, de prendre greus determinacions que afecten el futur del nostre regne.

»Tots vosaltres m'heu fet jurament d'homenatge. A canvi de la vostra lleialtat, el meu pare, el rei Alsàs, i jo mateix us hem atorgat feus, protecció i guia. Avui, jo us reclamo que us poseu sota el meu comandament per defensar la corona, els nostres béns, les nostres famílies, en definitiva, per defensar el regne de Magens.

»Com sabeu de fa temps, el conflicte entre els regnes veïns de Llangàs i Guifort no ha deixat d'agreujar-se. Des del tron he intercedit, tantes vegades com ha calgut, amb l'intent de cercar un acord que evités la guerra. He oblidat ofenses passades, he refet lligams trencats, he rebut els adversaris a palau, he pressionat amics, tot per mor d'encaminar la pau, tot per trobar punts d'interessos comuns i allunyar aquells que provoquen conflictes. Però avui us he d'anunciar que l'esforç ha sigut balder.

»Vosaltres, notables i principals, que amb els Albir heu fundat aquest regne, sabeu que Magens ocupa un territori privilegiadament ric que el fa una joia desitjada per totes les corones que l'envolten. Hem tingut, fins ara, prou força i astúcia per defensar la nostra pervivència. Però la tempesta que es desfermarà en les properes setmanes és una amenaça que enfosqueix el futur. La primera voluntat del vostre rei era no entrar en conflicte, però aquest és ja de tals dimensions que no podem restar a l'abric del temporal sense el risc que ens engoleixi.

»Com us he dit, he parlamentat amb tots els representants en litigi des de fa mesos; i només fa tres dies, em sabíeu al castell de Maràs per tractar amb el príncep Arqués, germà del rei Uc, un amic. També he rebut els ambaixadors del rei Frencàs, de qui coneixeu les ambicions i que ens considera un impediment per expandir-se més enllà de les Muntanyes Blanques. Finalment, i amb molta discreció, no hem deixat d'enviar-nos missatgers amb el papa Fulgenci III. Justament, el mateix dia que l'ignominiós crim tenyia de dolor els murs d'aquest palau, jo em trobava a l'abadia de Corn amb el patriarca Atanasio, enviat expressament de Roma. Cap de vosaltres ignora la devoció i obediència que dec al papa Fulgenci i el privilegi que suposa la seva estima. Ell va coronar la nostra dinastia en unes circumstàncies gens favorables. I avui, ell, Summum Pontifex Maximus, ens reclama al seu costat per defensar l'Església contra l'apostasia dels albicars i, nosaltres, nobles de Magens, li serem lleials.

»Sé que compto amb l'obediència que m'heu jurat, però no he volgut estalviar-vos aquestes explicacions, donades les complexitats i riscos de la decisió que he pres. Principals, prohoms de Magens, dempeus.

Tots els homes, a l'una, s'aixequen ferms. L'Orenç els intueix exultants i disposats a rebre el manament del rei per obeir-lo.

—Jo, Ebrard, rei de Magens per la gràcia de Déu, sota la protecció i el mandat de Sa Santedat el papa Fulgenci III, Summe Pontífex de la cristiandat, i en aliança amb el rei Frencàs de Guifort, em conjuro amb tots vosaltres per entrar en guerra contra el regne de Llangàs, per alliberar-lo de l'heretgia albicar i d'aquells que la promouen o li donen suport. Aquest compromís significa, també, la signatura, sota l'auspici de

Roma, d'un tractat mitjançant el qual el rei Frencàs de Guifort i la seva nissaga ens jura reconeixement i declara inviolable el territori de Magens, sota pena d'immediata excomunió en cas d'incompliment. Aquest tractat ja s'ha signat i el té, com a garant de Roma, el patriarca Atanasio.

El rei aixeca ambdós braços i crida:

—Nobles de Magens, us conjuro a la victòria!

Una veu crida:

—Visca el rei!

La resposta unànime i ferma dels assistents confirma que el patge Blan ha encertat el moment i el to del víctor. Els nobles i cavallers profereixen expressions d'aprovació per a la guerra que, en cas de victòria, pot comportar-los beneficis i riqueses. En la confusió dels crits, un notable s'avança decidit. És l'abat de Corn. La seva alçada el fa conspicu a tothom. Puja dos escalons. S'inclina davant del rei, es gira i alça els braços per reclamar silenci. El poder que desprèn obté ràpidament la demanda. L'abat Moll imposta la veu per fer-se escoltar a tota la sala.

—Germans, nobles compatriotes. Com a abat de Corn sabeu que reuneixo dos privilegis. Com a abat soc soldat del papa Fulgenci III, però ensems, com a comte de Corn, també ho soc del nostre rei Ebrard. És per aquests atributs que goso demanar-vos, aquí i solemnement, refer el nostre homenatge envers qui ostenta la corona de Magens, el nostre monarca, l'Ebrard d'Albir.

Mentre es gira de cara al tron, el silenci es fa solemne. L'abat reülla el patge Blan, que sembla comprendre'l de seguit.

—Vinclem el genoll! —exclama.

Tots obeeixen, alguns amb expressions emocionades, d'altres segueixen allò que fa tothom i és convenient. En Blan baixa amb el llibre dels Quatre Evangelis que habitualment s'usa per al jurament de vassallatge i l'entrega a l'abat, que l'eleva per damunt de la testa mentre també s'agenolla. És aleshores que encarat al rei i amb veu potent, crida la fórmula d'homenatge del regne de Magens. La guerra ha començat.

—Nosaltres, nobles i principals del regne de Magens, som els teus homes.

Les veus rogalloses retrunyen al saló. L'abat Moll enforteix més la seva.

—Renovem el nostre homenatge, obediència i fidelitat a vós, rei Ebrard d'Albir.

I quan tots ho han repetit, finalitza.

—I us oferim les nostres armes i els nostres béns, perquè en feu la vostra voluntat i la de Déu.

Mentre els notables reiteren l'enunciat, l'abat Moll ja s'aixeca i aprofita per reblar l'homenatge:

—Llarga vida al papa Fulgenci III! Llarga vida al rei Ebrard!

La resposta eixordadora reverbera pel saló. L'Ebrard fa cara complaent, però no sembla que la intervenció de l'abat l'hagi sorprès. Al patge Blan tampoc. L'Orenç sospita que el ritual no s'ha improvisat. I amb raó. Sovint és convenient encaminar la història. És quan els ànims s'acalen, que el rei aixeca el braç. Vol parlar.

—Gràcies, nobles de Magens, no esperava menys de la vostra lleialtat. Ara, plegats, hem d'organitzar-ne els preparatius. El patriarca Atanasio ha rebut informacions de les parròquies del sud de les Muntanyes Blanques que li han confirmat que el rei Mir ha començat el trasllat de les tropes que lluitaven contra els musulmans per tal de socórrer l'Uc de Llangàs. Tampoc convé que el rei de Guifort se'ns avanci. Tenim escassos dies i una vegada s'hagi aparellat el nostre exèrcit a l'esplanada de Basti, jo mateix n'assumiré el comandament per conduir-vos a la victòria. I us faig jurament que, una vegada assolida, premiaré el vostre coratge amb tantes riqueses com el triomf ens procuri.

Els guerrers fan cara satisfeta. La majoria d'ells han acumulat poder i fortuna gràcies a l'espasa. I els botins d'un regne ric com el de Llangàs és atractiu per a tots. Però el rei té encara un altre missatge.

—Al meu costat cavalcarà el príncep Jan, segur que allà on no arribi la meva espasa arribarà la del meu primogènit.

S'escolten murmuris de conformitat, tothom coneix el coratge del príncep hereu. Però és quan s'encalmen que el rei afegeix:

—Des del mateix moment que partirem de Magens, el meu fill, el príncep Ínian, comandarà la defensa militar del regne. I el meu fill, el canonge Orenç, en tindrà cura de l'administració. I entre tots dos impartiran la justícia. He dit.

—Que Déu ens condueixi a la victòria! Visca Magens! Visca el rei! —encadena cridant el baró de Cas.

Tots contesten embriagats per l'aventura que els espera a l'horitzó, al mateix temps que una colla de patges porten més plàteres de pastissos i canvien les gerres d'aigua per les de vi i ratafia mentre els músics enceten les primeres notes. El rei, en canvi, mostra voluntat d'enretirar-se. Ho podria fer per una discreta porta lateral, però prefereix baixar solemnialment del tron i travessar la sala entre els nobles que el victoregen.

A mesura que s'allunya, alguns notables, els interessats en la política, valoren les conseqüències afalagadores d'una victòria. D'altres, amb veu prudent, comenten el perquè del reconeixement del canonge bastard davant la Cúria Reial i la Cort i en una reunió tan transcendent. Per què ara i amb quina finalitat? Sigui com sigui, el missatge ha sigut un llegat inapel·lable.

D'entre tots els assistents, l'Orenç és el més perplex. No tenia cap indici d'aquest afillament, ni tampoc hauria somiat mai un moment tan solemne per proclamar-lo. Però no té temps de pensar l'abast de tot plegat, el príncep Jan se li acosta i, sense pronunciar paraula, l'abraça tan estretament que el commou. L'ha seguit el príncep Ínian, que, prenent-li les mans, diu: «Per fi et podré dir germà». Alguns notables, que no són aptes per anar a la guerra però que es dediquen als negocis més florents de la ciutat, el saluden i li ofereixen aliança, sabedors que l'administració i la justícia són claus que obren els panys dels negocis més fecunds. Per a tothom té contestes afables, insinua somriures, reparteix compliments... i desitja que la cerimònia s'acabi, per mesurar-ne les seqüeles a soles. És jove, tothom el sabia predestinat a la catedral i ja es considerava un privilegi. Ara, amb l'expressió del rei, ha entrat a formar part de la nissaga reial. Tot d'una necessita demostrar a Déu agraïment, humilitat, i, entre els besamans de la gent, va apropant-se a la porta. Com més s'hi acosta, més necessitat sent de fugir, però inesperadament en Blan li surt a l'encontre i, a cau d'orella, li anuncia:

—Sa majestat us espera.

El noi el condueix directament a les estances privades del rei. Ja davant la cambra, en Blan truca a la porta i l'obre. Deixa passar el prevere i mentre l'ajusta sent dir:

—Majestat.

—Pare.

—Sí, pare... gràcies.

En Blan tanca la porta. Ara s'ha de fer amic del prevere, al preu que sigui.

# 21
# L'Escorpí omple el fibló

—La vostra visita és per a mi un regal, canonge Orenç. Em sap greu no haver pogut estar en el vostre reconeixement per circumstàncies *foranes* a la meva voluntat.

L'Orenç capta l'ambigüitat de l'última frase, però hi passa de llarg.

—Eminència, gràcies per la vostra cortesia. Encara visc confós pels darrers esdeveniments, però volia presentar-vos els meus respectes, interessar-me per la vostra salut, i fer-vos avinent la devoció que us dec, així com transmetre-us l'agraïment del rei pel magnífic funeral que oficiàreu per la reina, bisbe Esbill.

—Canonge, us agraeixo el gest, perquè sé que no ignoreu que, a banda d'una salut decrèpita que m'acosta a Déu, l'estatus de la meva autoritat també s'acaba. No vaig venir a la convocatòria, en què se us legitimà, ni per problemes de salut ni de voluntat. Senzillament, no hi vaig ser *convidat*.

L'Orenç intenta esquivar la queixa del bisbe i tria els mots.

—Eminència, les dissonàncies terrenals estan lluny de l'harmonia que m'uneix a vós en la fe de Crist i en el servei a l'Església.

L'Esbill se'l mira fixament. I el canonge sospita que convertirà la seva visita en un memorial de greuges.

—Gràcies, canonge Orenç, però deixem-nos de compliments. Si soc viu és perquè algú ha decidit que li convé que encara respiri, i quan aquest algú *decideixi* lliurar-me a l'altra vida, vós sereu la peça *escollida* per ocupar el meu lloc. El reconeixement que el monarca us feu ahir significa que ja us considera apte per a l'ungiment i que els *preparatius* que em són destinats s'atansen. No us ho dic pesarós, les peces ocupen els seus llocs i el final de la partida es sap d'antuvi. Tampoc us ho retrec. Només pretenc que, units en la fe de Déu, puguem parlar-ne serenament, des de les diverses posicions que ocupem en el tauler. Així que us convido, canonge, que deixem la *hipocresia* que no ens du enlloc i, ja que m'heu demanat audiència, voldria saber sobre què us puc aconsellar.

L'Orenç valora la duresa de les paraules, però no vol contradir-les, ni tan sols matisar-les. Ha vingut per passar els missatges que li ha encarregat el rei, no per entrar en discussions que el depassen.

—Eminència, vull posar-vos al dia d'un mandat que se m'atorgà per investigar la mort de la reina Bal.

—N'estava informat —el talla el bisbe, sorprenent-lo. Però no l'intimida.

—Doncs us puc notificar que, sense poder desvelar ni fets ni noms, estic a prop de saber la identitat de l'assassí. Sa majestat m'ha demanat que us n'informi i que, tan bon punt es pugui fer públic el nom, en sigueu el primer assabentat, com a màxima autoritat religiosa de Magens que sou i per qui la reina sentia una amistat deferent.

A mesura que escolta l'exposició, un lleu somriure s'instal·la dins dels ulls de l'Esbill. I és que, en realitat, comença a divertir-se. Sempre li ha passat així. És en el conflicte, que troba espais de benaurança i pot esmolar els dots que mai se li han volgut reconèixer. I ara aquest jove l'hi posa tan fàcil... Així com els camins de Déu són veritablement inexpugnables, els dels humans es veuen venir de lluny.

Quan l'Orenç pretén millorar l'exposició, el bisbe el talla amb un gest de la mà. Té ganes de moure peça i jugar fort.

—Canonge, si em veniu a dir que el suïcidi de la Bal no tingué lloc, per evitar que les meves *prerrogatives* sobre el cas no procedeixin, us he de dir que heu fet bé d'obeir el rei i presentar-vos davant meu. Moltes veus m'han ressonat a l'oïda per confessar-me el seu neguit pels rumors, cada vegada més estesos, sobre la mort de la malaurada i alguns d'ells infamen que fou un *suïcidi*. Els he escoltat per la notabilitat dels interlocutors i perquè la condició de pastor de l'Església m'hi obliga. I també perquè si es verifiquessin les acusacions, Déu no ho vulgui, els protocols canònics que desfermarien són *estrictes* i comportarien unes conseqüències *terribles*, sobretot en les actuals circumstàncies de preguerra.

Deixa que les últimes paraules ressonin en el cervell de l'Orenç i continua:

—Tanmateix, digueu al rei que, si en un terme correcte de temps, demostreu el magnicidi i me'n presenteu proves *inqüestionables*, no tan sols les beneiré com a autoritat religiosa, sinó que procuraré frenar les cada vegada més insistents sol·licituds que prengui un determini.

L'Orenç queda amb l'enteniment trastocat davant d'una amenaça tan clarament exposada. Veu aquell nyap d'ossos immòbil, mantenint un estrany somriure en la mirada. Però no es sent capaç de dir res que pugui fer-lo trontollar. En canvi, el bisbe es sent íntimament satisfet. Acaba de deixar fora de combat aquest bastard insignificant. I decideix reblar la feina.

—De totes maneres, canonge, l'Ebrard ha jugat bé les

cartes. L'aliança amb el seu gran enemic, Frencàs, demostra una tal generositat envers Roma que, segurament, li serà *recompensada* pel Papa. És palès que les forces del rei Uc més les del seu parent, el rei Mir, són superiors a les d'en Frencàs. Només l'ajut de Magens i la benedicció del Pontífex i els seus mercenaris les poden equilibrar. O sigui que, mentre duri la guerra i si no hi ha evidències *escandaloses*, digueu al rei que, sobre la mort de la seva esposa, Roma no té interès a intervenir... —Fa una pausa ostensible—. I, com Roma, jo tampoc.

Potser l'afirmació hauria de tranquil·litzar l'Orenç, però la humiliació a què el sotmet li xarbota els sentits. L'Esbill presumeix de parlar-li amb totes les peces disposades per a l'escac i mat i això el revolta.

—Però eminència, tinc proves irrefutables.

—*Irrefutables*? Ah, sí.

El somriure als ulls és ben present, l'Orenç el percep, i el depravat no es rendeix.

—*Irrefutables*. I tant. Si ho demostreu, serà magnífic per a Magens i la corona. Ho haureu de fer molt bé... perquè suposo que no heu oblidat que en vaig ser el confessor privat fins al dia abans de la seva mort. Segur, segur que no ho heu oblidat.

—Ho sé, eminència, i si sense traspassar el sigil sacramental em podeu orientar o donar algun consell que em faciliti resoldre l'enigma d'aquesta mort...

L'Orenç, només acabar la frase, s'adona de l'error. Nota que, ara, no sols li somriuen els ulls. Els llavis també s'obren indissimulats, tant, que el bisbe aixeca delicadament la mà dreta plena d'anells per tapar-se una boca que sap excessivament desdentada.

—Ah sí, podria... però el meu sigil és sagrat. De totes maneres tranquil·litzeu-vos, podeu assegurar al rei que mai pujaré a la trona catedralícia per posar-lo en perill si em demostreu, el més prest possible, que la *senyora* Bal fou assassinada.

El to amb què ha pronunciat aquest «senyora Bal» alerta el prevere, perquè, des de l'inici de la conversa, el bisbe no ha anomenat mai la reina pel seu títol. I aquesta mancança de tractament la interpreta plena de significats.

—Gràcies, eminència, m'aconhorta sentir-vos-ho dir i us asseguro que promptament ho transmetré.

L'Orenç, enverinat per dins, s'aixeca procurant amorosir els gestos per no delatar-se. Es serveix de totes les fórmules per aparentar-li respecte, li besa l'anell i manté la reverència mentre comença a enretirar-se. Quan finalment adreça la columna i es gira, li arriba la veueta aguda i impertinent del bisbe, que l'anomena pel seu títol inferior.

—Mossèn.

L'Orenç es gira, preguntant-se què vol ara aquest escorpí depravat.

—El fet que el vostre pare us hagi tret la condició de bastard és molt *interessant*.

L'Orenç sent com si la veu el flagel·lés.

—Sí —continua—, molt interessant... ha posat en el tauler d'escacs una peça *imprevista*. Ah, mossèn, prepareu-vos a viure coses impensades... molt *interessant*. Inclineu-vos, vull donar-vos la benedicció.

I comença a alçar el braç dret, mentre diu unes lletanies inaudibles. L'Orenç s'inclina ostentosament poc, i mira tan desafiador com pot el bisbe. És un fill de sa mare... els ulls li segueixen somrient i, just quan la mà acaba la benedicció, afegeix:

—Per cert, m'heu demanat si us podia orientar i ho faré:

pareu compte durant la regència, el príncep Ínian també és molt *interessant*.

El prevere camina cap a la porta, no pot sufocar una veu interior que el fa pecar contra una autoritat de l'Església, de qui no para de repetir malparit i fill de puta... però és que en veritat és un fill de puta i un malparit.

# 22
# La baronessa Mailís de Cas

Entra a la capella enverinat. Imagina que, en les batalles cos a cos, l'ésser humà sent l'espantós plaer del guerrer que, sobreposat al pànic, desitja travessar el cor de l'adversari i veure'n brollar la sang. Ara, aquest desig el posseeix. Camina trepitjant fort la pedra, com si les passions el mantinguessin arran de terra. Seu al setial de confessions, segueix regirant sentiments, no apaivaga la ràbia, en realitat no la vol apaivagar, frueix sentint-se violentament viu. Troba un plaer desconegut a blasmar la indecència del bisbe, un fill de puta, perdoneu-me, Senyor. Normalment procura no dir paraulotes, embruten l'ànima, però el pensament no n'hi estalvia cap. Busca sota l'hàbit, deixa la tira blava a la falda. Aquesta tela que no li serveix per a res, que exposa fa dies i no atrau l'interès de ningú com no sigui per fer-los pensar que el prevere descuida l'abillament. Repassa les frases del bisbe, què collons frases, perdó, Senyor, injúries i amenaces. Aquest cabró... ai, es diverteix amenaçant el rei, la nissaga, ara que ell en forma part. Es posa l'estola i els signes d'autoritat per administrar el sagrament, però té l'enteniment destarotat, els ulls encegats per aquell somriure desdentat i la veueta que li trepana el cervell. Què collons, Déu meu, ha volgut dir amb el «molt interessant», quan citava el príncep Ínian.

—Mossèn.

Què ha volgut dir...

—Mossèn.

Obre els ulls.

—Bon dia, baronessa de Cas.

—Bon dia, mossèn. Potser us hauria de tractar de príncep —diu amb un deix de coqueteria.

Té ganes de respondre un improperi, la bufetejaria. Procura un somriure, però al record de l'Esbill, aquesta dona hi afegeix el relat d'en Blan i n'hi rememora les voluptuositats. S'ha de calmar, així no pot exercir el sagrament.

—Gràcies, baronessa, però no ostento aquest títol. Quan us agenolleu davant meu, només soc el vostre confessor.

—Perdoneu, canonge, però a palau no es parla d'altra cosa i molta gent es pregunta quin tractament us pertoca, ara. Fins i tot el meu espòs m'ho ha comentat.

—Baronessa, cap dignitat és més alta que la que em concedeix aquest humil hàbit. Però entenc que les vostres expressions són d'afecte i les agraeixo. Ara, si us sembla bé, iniciarem la confessió. In nomine Patris et Filii et Spiritus Sancti.

La dona abaixa el cap per rebre la benedicció d'acollença. Li crida l'atenció una petita tira de tela que s'ha enganxat a l'hàbit del mossèn. Potser l'hauria d'avisar, però comprèn que ara no és apropiat. Hi deixa fixada la vista mentre l'Orenç acaba l'oració preparatòria a la contrició. A poc a poc, la tela pren vida i penetra en el cervell de la baronessa. És blava, sedosa, sembla que de dos colors, el blau li recorda, però no pot ser... és com el de la camisa més bonica del seu espòs, la que fa unes setmanes va trobar estripada i que li feu conjecturar mil sospites. Sí, i també tenia una taca de color marronós, i a l'esparrac hi faltava un tros de tela allargada acabada en punta, com aquesta. La Mailís de Cas té un garbuix al cap que l'ofega, sent un mareig. De primer va imaginar que se l'havia estripat amb un objecte punxegut, però després, sabent-lo malalt de sodomia, conclogué que s'hauria barallat en voler satisfer el seu vici amb nois de baixa estofa. No entén res. Sent com un defalliment. Tants anys amb un marit depravat... com ho aguanta... El desmai se l'endú.

L'Orenç, atònit, la veu caure als seus peus.

—Baronessa, baronessa, torneu en vós...

Són les primeres paraules que la Mailís escolta quan torna de l'altre món. I la ganyota d'esverament del prevere Orenç és la primera visió que en té.

—Baronessa, gràcies a Déu. Respireu fondo, no és res, baronessa, heu patit un desmai.

Ella mira d'un cantó a altre, com si volgués orientar-se. Reacciona promptament, fa un gest per incorporar-se, l'Orenç la pren del braç i l'ajuda.

—Seieu a la meva cadira, us ho prego.

Però es queda dreta. Mira si a la capella hi ha algú. Per sort està buida.

—Perdoneu, mossèn, m'he afeblit tot d'una.

—Déu meu, espero que no sigui pel dejuni que us vaig penitenciar, em sabria greu. Podeu caminar? Us acompanyo fins al vostre palau.

—Oh, gràcies, però no cal. Voldria seguir amb la confessió.

—Per favor, baronessa, ni parlar-ne, anem-nos-en, us acompanyo.

—Però, és que necessito... tranquil·litzar la consciència.

L'Orenç entén que els pecats amb en Blan deuen pesar-li molt, però la cara de cera i els ulls inexpressius li fan témer que ara se li torni a desmaiar als braços. La pren pel colze, procura aconhortar-la.

—Oblideu els pecats, baronessa, malgrat la seva gravetat són absolts... i si n'heu fet de nous, tampoc us han de preocupar, només amb la voluntat de contrició que demostreu ja estan perdonats.

La baronessa accepta les recomanacions i el segueix submisa. Tots dos callen. Però quan s'acosten a la porta, la dona s'atura. L'Orenç preveu un altre desmai i la mira. Ella també gira el cap fins a trobar-li l'esguard. Se la nota dubtosa, les belles faccions mostren un lleu tremolor. L'Orenç es prepara per mantenir-la en braços.

—Mossèn, aquella tira blava...

I calla.

L'Orenç cavil·la, ràpid. Anava errat, no la torbaven els pecats. L'ha desmaiat la tira blava. L'excitació li puja dels peus, li frisa la columna i li esclata al cervell. Ara és ell que està a punt d'esvanir-se. Medita, es gira, passa un braç per sota el de la baronessa i diu circumspecte:

—Disculpeu-me, no us havia entès. Veniu, baronessa, veniu i parlem-ne.

I tornen a l'absis, on té el parament penitencial.

—Espereu asseguda, senyora Mailís. Passaré la balda i vinc de seguit.

Un cop tanca la capella, es dirigeix a la diminuta sagristia i pren una cadira. S'asseu davant de la senyora, que mira a terra, just on ha quedat la tira blava quan ell s'ha incorporat per ajudar-la. L'Orenç no diu res, l'observa del tot absorta, a poc a poc s'ajup i agafa l'esparrac.

—Baronessa, reconeixeu aquesta tela?

—Mossèn, no us puc respondre si no m'expliqueu què hi fa aquí. Com és que estava enganxada al vostre hàbit? D'on l'heu tret? On heu estat?

—Senyora, recordeu que el confessor...

—No m'estic confessant, mossèn.

L'Orenç capta el to esquerp i li ve de nou, però no es dona per al·ludit. Que hagi reconegut la tela li interessa més que l'aspror del tracte.

—D'acord, però si la visió d'aquesta roba us provoca un desmai, us convindria explicar-me per què us inquieta fins a tal punt. Jo us asseguro que, tot i que no estem en confessió, us guardaré el secret com si d'un sigil sacramental es tractés.

L'Orenç utilitza la modulació de veu més suau, aquella que li ensenyaren a Roma per captar la confiança de les ànimes ferides. Però l'efecte és escàs, perquè l'esguard de la dona s'endureix cada vegada més i no entén el motiu.

—Mossèn, des que sou canonge de la Reial Capella heu sigut el meu confessor. Us he obert el cor en la confiança de qui es posa en mans de Déu.

—I així és, filla meva.

La mirada de la Mailís de Cas, amb aquestes darreres paraules, encara l'incomoda més. Sembla com si hagués dit quelcom improcedent i, això, ho ha d'evitar. Déu li ha portat al confessionari la primera pista seriosa d'un assassinat i cal aprofitar-la. S'ha de guanyar aquesta dona, la seva confiança, però, mentre busca de quina manera, escolta:

—Pare, us he confessat els meus pecats, però no els del meu marit.

L'Orenç no en copsa el significat. Centenars de confessions l'han avesat als camins tortuosos que el feligrès necessita per insinuar el més difícil, la veritat. Ella l'està mirant per saber l'efecte de les seves paraules.

—Baronessa, ara no us entenc.

—Es confessa amb vós, el meu marit?

—No.

La Mailís impregna els llavis d'un deix irònic.

—No s'atreveix. L'home més valent de Magens a l'hora de matar és un covard quan ha de viure amb si mateix.

L'Orenç pressent que la dona està a punt d'esbatanar finestres mai obertes. Calla.

—O sigui que vós no sabeu que el meu marit... té vicis...

El prevere nega amb el cap i procura controlar els nervis. Es pregunta com ho ha de fer per estirar el cabdell que aquesta dona ha filat durant tants anys sense que es trenqui. S'arrisca:

—Vicis... molt greus?

—Els més abjectes... els més... —La baronessa cerca la paraula, però no sap quina utilitzar que no sigui vulgar. De cop, apareix en el seu cervell, quasi lluminosa—. Antinaturals.

El silenci cau com una llosa sobre la conversa. Aquestes paraules signifiquen relacions pecaminoses entre persones del mateix sexe, sodomia i altres aberracions. L'Orenç està entre escandalitzat i incrèdul. Però ella segueix descabdellant.

—Em vaig casar amb l'home més valent del regne, el guerrer més apreciat, el braç dret del rei, però aquest heroi, mossèn, no sap estimar les dones. Les desitja tan poc que ni tan sols pot allitar-se amb l'esposa per tenir un hereu, tan necessari. Quina vergonya. No ho heu notat? No heu sentit com m'escarneixen? Soc l'única noble de Magens que amb una baronia important no té descendència... i ell me n'inculpa, el desgraciat.

Els ulls li balancegen entre el plor i la ràbia, tant que l'Orenç creu necessari intervenir-hi.

—Senyora, això que em conteu és molt greu i m'atordeix. Déu dels cels. El comte de Cas, l'amic fidel del rei.

Però la Mailís segueix mirant-lo intensament. L'Orenç no entén per què, però es prohibeix especular més. Necessita encetar el tema que, soterrat en la conversa, l'obsedeix.

—Però, baronessa, en tot això, com hi entra la tira de tela?

—Mossèn, amb els anys m'he acostumat que el meu marit desaparegui el vespre i no torni fins moltes hores després, ebri... i satisfet de sexe. Segons sembla, hi ha una taverna que quan de nit tanca...

—La del Mussol...

—Ah, la coneixeu també.

—Sé que s'hi juga, s'hi beuen alcohols i... s'hi cometen altres pecats.

—Alguns dies torna amb la roba malmesa, amb senyals al coll... i amb olor de sexe masculí. El porc... Hem de dormir al mateix llit perquè el servei no sospiti de la seva malaltia, però no té ni la decència de rentar-se. Un matí que volia recollir-li la roba, no trobava la camisa de la nit abans, la més bonica. Vaig buscar-la arreu i, finalment, la vaig trobar amagada sota el llit, l'hi havia deixat pensant que no la trobaria a faltar. És una camisa blava, de textura sedosa jo l'hi havia regalat. Estava estripada i quasi al final de l'esparrac hi havia una taca marronosa, de sang. Vaig imaginar que en el moment del pecat, potser algú se li resistí, i en forcejar...

La Mailís talla el relat. Els ulls se li enverinen. Els gira lentament fins a encarar-lo fit a fit. Aleshores, emet una veu seca, com una daga de tall fi.

—I avui, vinc a confessar-me i veig la tira estripada de la camisa del meu home, enganxada entre els plecs del vostre hàbit, o... guardada per vós per aneu a saber quin motiu... En nom de Déu, prevere Orenç, podeu justificar-vos?

A l'Orenç, que just intenta assumir l'espantós significat que la camisa de l'assassí pertanyi al baró de Cas, la pregunta l'agafa desprevingut. Però quan sobtadament comprèn què s'hi amaga, l'acusació el bufeteja.

—Justificar-me, dieu? —L'Orenç ara entén per què l'esguard de la dona vessa odi. La claror entra de cop i l'encega.

La baronessa de Cas sospita d'ell. Déu meu! S'aixeca corbant l'esquena cap a la dona. Una mà cerca l'escapulari dels de Núrsia. El prem fort amb la de Déu, la dreta, i l'estén endavant, just a tocar la cara de la dona. El braç esquerre fa un gest amenaçador, com si volgués exorcitzar-la. Està fora de si.

—Dona sacrílega. Com us atreviu a calumniar-me? Com goseu blasfemar contra un ministre de Déu?

# 23
# La carn crida la carn

L'Orenç malviu. Fa tres dies que sap qui va matar la reina Bal i només en falten quatre perquè l'exèrcit de Magens entri en combat contra el de Llangàs. Tres dies amb els sentits paralitzats. Els dubtes l'emmalalteixen. Discernir, decidir, executar, se li fa inextricable i viu aterrit. S'ha refugiat a la residència i només baixa per dir la missa matutina a la capella

A la baronessa de Cas no li digué que l'estrip de tela pertanyia a l'assassí de la reina. Per a la dona sols era una prova contra el marit que, a més a més, la feia malpensar d'ell. Però aquest malentès li assegura que el secret seguirà intacte i això és transcendent. Si algú el desvelés, posaria el regne potes enlaire. D'altra banda, les acusacions de la baronessa dificulten teoritzar que el seu home cometés el crim per impuls sexual o gelosia. També revisa altres consideracions que n'apuntalen la culpabilitat, com els esgarips dels guaites ensangonats jurant que només hi havia una persona forana al Castell reunida amb el príncep hereu, el baró. O quan l'Ínian asseverava haver vist una ombra, que digué no reconèixer, tot i afirmar que era d'algú proper a la reialesa. No devia gosar dir el nom d'algú tan pròxim al pare. Però tot plegat només són conjectures... la tira blava és l'única prova acusatòria contundent.

I com pot anunciar-ho al rei? Amb quines paraules s'acusa un amic tan dilecte, un guerrer que sempre ha lluitat valerosament al seu costat i que li ha salvat la vida més d'un cop? Com entomarà la terrible notícia? L'Orenç no tindrà més remei que exposar-li el testimoni de la baronessa Mailís, l'única prova ferma. Però... els actes de sodomia, també? Cal que el rei se n'assabenti? Això potser reforçaria l'acusació? O potser el rei ja n'està al cas? I les conseqüències polítiques? Quins efectes engendrarà l'anunci a quatre dies d'escometre la guerra més perillosa que Magens mai ha afrontat? I tanmateix, cal advertir-li que confia en un home capaç de perpetrar un magnicidi... I que no sols matà la reina Bal, sinó que la va llançar pel finestral, potser per insinuar-ne un suïcidi? I si l'assassinat formés part d'un complot amb alguna corona enemiga, que comptava amb l'Esbill perquè en el moment convenient s'encarregués d'executar les conseqüències canòniques contra la dinastia Albir? Sí, podria ser. I a qui pot interessar un daltabaix semblant? La resposta és neta: a tots els regents veïns. L'Uc i en Mir, per desactivar el perill que Magens els representa a la guerra. En Frencàs, perquè, amb la dinastia escapçada i desprotegida de Roma, s'obre el somni de fer seu el regne. I tant que podria ser... i no informar-ne al rei és una traïció.

—Mossèn, que puc entrar? —La veu de la Brilhèta sona clara. La porta no està ajustada i la noia traspassa el llindar, sense esperar vènia—. Que us passa alguna cosa?

—Bon vespre, Brilhèta. Què m'hauria de passar? —respon l'Orenç, mentre acomoda els sentits a la situació imprevista.

—Ah, no us passa res... És que a banda de la missa d'albes, ningú us ha vist en tot el dia. I ja sabeu com som la gent, corre la veu que us heu tancat a casa. He preguntat a en Plus però només m'ha alçat les celles. A més, avui és el tercer dia que em vull confessar, he anat a la capella a les hores, i tampoc. Pare, alguna cosa us passa, però si no m'ho voleu dir, callo.

Sembla aturar-se, però intueix que l'Orenç no li respondrà.

—Pateixo per vós, us tinc estima... i, a més a més, friso per si teniu alguna novetat sobre allò que ja sabeu. L'altre dia us vaig espiar quan entràveu a la catedral, però en sortíreu esperitat i amb tan mala cara que no vaig gosar acostar-m'hi. Ah, i també volia felicitar-vos perquè el vostre pare us ha legitimat com un Albir. Ostres, ha de ser molt important per a vós, tot d'una sou príncep, no?, i potser per això ja no exerciu de capellà o... és per això que ja no em voleu veure? Amb mi podeu ser clar.

L'Orenç veu com la noia compungeix la cara per entendrir-lo més i li sembla un joc innocent. És llesta. I maca. Sense el vot de castedat, s'hauria permès que li agradés una dona com ella. Fins i tot, el seu enguerxir-se li fa gràcia. Segurament poc submisa als ulls de Déu, però aquesta gosadia la fa especial. Ben curioses, les dones. Al principi d'exercir el sacerdoci no se n'adonava, perquè a Roma ningú l'hi va advertir. Però l'experiència l'ha convençut que les confessions dels homes i les dones no tenen res a veure. Les d'ells són, quasi sempre, senzilles, l'Orenç opina que primàries... o rectilínies: m'he tocat tantes vegades, o he anat amb dones públiques, o he robat... En canvi, ha observat que, amb una dona, la contrició esdevé més curvilínia, farcida de matisos i sobreentesos... més interessant perquè, si se'n vol treure suc, el confessor ha de furgar amb més expertesa l'ànima de la penitent. I no és que vulguin amagar res. Senzillament, és la seva manera d'observar i comprendre Déu i la vida, el prevere diria que d'una manera més embullada... o potser més complexa? El pare Orenç es promet que un altre dia hi meditarà, però, ara mateix, la Brilhèta n'és l'exemple. Cap dels homes amb qui conversa i es creua cada dia s'han adonat que no va bé. Ella sí.

—Brilhèta, t'agraeixo que et preocupis per mi. He patit una barreja de mal d'estómac i constipat que m'ha deixat atuït.

—Ui, no sé si creure-us. Segur que no heu menjat res.

—No, però no tinc gana.

La Brilhèta ja s'ha alçat. Aquest és el seu terreny i no hi accepta jerarquia.

—Vaig a la cuina; tot venint cap aquí he flairat la perolada que preparava la Murtra i venien ganes de fotre-hi cullerada.

—Dona, que no cal...

—Tardo una estona. Només he de travessar el pati i després m'expliqueu com està allò, que tindré temps fins al primer toc del llevadís.

El prevere calla. La Brilhèta ha girat cua sense cap intenció d'escoltar-lo, però no es sent contradit. En realitat, menjar el confortarà. S'aixeca per moure les articulacions, estirar les cames, acceptar que ha d'afrontar els reptes que té davant i que no es pot amagar rere fabulacions porugues que no el porten enlloc. Demà sol·licitarà audiència al rei i li dirà la veritat, sense embuts. Seria més greu ocultar-l'hi que el dolor que li pot infligir.

Tot d'una sent algú que puja i es sorprèn. És massa aviat perquè torni la Brilhèta. S'endreça l'hàbit i es gira per encarar-se a la porta que la serventa ha deixat oberta.

—Hola, Blan.

—Perdoneu, príncep, no em pensava trobar la porta oberta, us demano excuses.

L'Orenç fa com si la presència no el sorprengués.

—No, Blan, no et preocupis. Passa i seu. Abans que res, soc el teu canonge, rector, prevere, capellà o mossèn, i aquest és el tracte que vull. El de príncep te l'agraeixo, però no em cal, d'acord?

Veu que el patge roman dret, respectuós.

—Insisteixo, Blan, seu. Ets el servent de confiança del meu pare i voldria que establíssim una bona relació. Digues què puc fer per tu.

—Gràcies, canonge. Vinc amb un encàrrec del rei i pensava que podia aprofitar per confessar-me, tal com em manàreu. Fa una estona he passat per la capella, però, ara, en veure que tampoc hi éreu, he decidit pujar.

—D'acord, d'acord, però seu.

L'Orenç vol ser afable. Fa pocs dies se'n volia guanyar la confiança per informar-se sobre l'entorn més íntim del rei, però, ara que el pare l'ha reconegut, també en voldria l'aliança.

—Et vull agrair que m'orientessis durant la cerimònia de l'altre vespre. Tot m'agafà desprevingut i em va semblar que, més enllà de les teves obligacions, eres amatent amb mi. Però deixem-nos de foteses i compliments. Anuncia'm l'encàrrec del rei.

—Sí, canonge.

L'Orenç mou la cadira per seure encarat a ell, que amb un gest es treu els rínxols del front.

—El rei m'ha manat convocar-vos per a demà de bon matí. M'ha dit que vol tenir una reunió discreta amb vós, i m'ha remarcat discreta. Us espera just quan despuntin les albes. Si voleu, us vinc a buscar. M'ha fet responsable que arribeu a l'hora.

—No et preocupis, inicio les meves oracions abans de les primeres clarors.

—Si voleu, em puc quedar i sempre serà més fàcil que...

—Gràcies, però no cal, Blan, no faré tard. Bé, encetem l'altre tema, em deies que vols confessar-te. Em complau, però et proposo que sigui una xerrada franca i, si al final, tots dos convenim convertir-la en un acte de contrició, jo t'absoldré. Digue'm de què vols parlar.

—Canonge, entenc que per a un home de fe com vós, el que faig amb la baronessa és condemnable, però us demano que no ho noticieu al meu senyor. Sabeu que va protegir-me en un moment delicat de la vida i no voldria per res del món que es sentís traït... I amb el baró té un pacte de sang.

L'Orenç pensa que la traïció del patge és ben petita comparada amb la del baró. Tanmateix, el temor del noi li confirma que denunciar en Cas com a assassí de la reina Bal serà un cop mortal per a l'Ebrard.

—Blan, jo no puc trencar el secret de confessió. Els capellans en diem sigil sacramental i violar-lo és penat amb l'excomunió. Allò que tu em confessis queda entre Déu, tu i jo. D'altra banda, la meva fidelitat al rei, el meu pare, m'obliga a defensar-lo de qualsevol perill i a qualsevol preu. Però no considero que els teus pecats amb la baronessa el posin en risc. Tingue'm confiança, el rei no ho sabrà per mi.

En Blan es distén, li canvia l'expressió i els ulls mostren agraïment. Superat el primer escull, arriba el moment d'ablanir l'Orenç i desvetllar-li commiseració. Els capellans bons, i sembla que aquest ho és, te'ls congracies fàcilment si provoques que et compadeixin.

—Us ho agraeixo, perquè em demostreu que a l'Església hi ha persones bondadoses, com vós, que mereixen estima. Jo... em vaig allunyar de Déu perquè he patit sobre meu els actes impurs d'un... representant... important... —fa en un to d'aparent commoció.

—Ho sé, Blan. A mi no cal amagar-me el nom del bisbe Esbill.

L'Orenç se'l queda mirant. El noi alça el cap i posa un

especial afectament en l'esguard que ha obtingut en sentir el que volia.

—Sí. Ho sé, i en nom de l'Església et demano perdó. Que algú abusés de la teva innocent pubertat amb actes abjectes ja és un pecat ignominiós, però que l'abusador sigui una alta dignitat de l'Església aleshores és el pitjor i més execrable dels pecats. No n'existeix cap de més vil i sòrdid que aquest.

L'Orenç no sap si ha de continuar parlant del tema, però el silenci del patge l'obliga.

—Va durar molt temps?

—Cinc anys, canonge. Jo vinc d'una família de serfs del comtat de Quer. Una tia monja, germana gran de la mare, va aconseguir que m'admetessin entre els vint escolans de la catedral. Els pares em donaren de grat, perquè no podien oferir-me menjar cada dia. Tot s'encarrilava bé, i podria dir que, per primera vegada, vaig viure en la benaurança fins que el pare va morir en una guerra.

—Blan, no passis pel dolor de detallar-m'ho. Sé com va morir i també com el rei t'agraí que li salvés la vida. Continua.

El patge es sent contradit. Preveia que la història de la mort del progenitor, que a penes va conèixer, cooperaria en les tasques d'entendriment. Però el que encara té per explicar també farà efecte.

—El canonge que tenia cura de nosaltres em va triar per fer els serveis religiosos amb el bisbe, no sé si per indicació seva, o... aneu a saber. I aquí va començar tot.

—Segons tinc entès, amb tu i un altre noi. No?

—Sí, l'Arga, però en el seu cas es preferí tapar.

—Em dol preguntar-ho, però he de conèixer la magnitud del pecat. Què et feia?

En Blan utilitza un to de veu amansit, com si l'avergonyís explicar-ho.

—Al principi es conformava amb tocaments, li agradava tenir el meu sexe a la mà. Però aviat em prengué la meva per menar-la a les seves parts, i em demanava que li manipulés...

—Valga'm Déu. Devies patir molt. Quin depravat, imposar-te aquestes porqueries.

—Sí, canonge, molt... us puc obrir el cor?

L'Orenç pressent que haurà de sentir coses horribles, però és pastor i ha de confortar les seves ovelles.

—Blan, hi estic obligat. Parla.

—Si us enutja el que sentiu, per favor, atureu-me. Res més lluny de mi que ofendre-us.

L'Orenç pensa que el patge no parla amb l'aresta d'agressivitat del dia anterior. El seu comport és respectuós, diria que de penediment.

—M'avergonyeix confessar-vos-ho... però que el bisbe em toqués no em desagradava. En aquells moments no podia mesurar, com ara, la baixesa dels seus actes. Esglaia imaginar els anys que deu portar abusant d'innocents com jo, nens que no li poden dir que no. Però, si he de fer una contrició sincera, algunes coses que em feia m'agradaven. En canvi, tot ell em repel·lia, la pell, les formes, el to de veu...

—Atura't, Blan, a partir d'ara tot el que em diràs quedarà sota el sigil sacramental. Senya't.

El patge el mira sorprès. A ell tant li fa. Allò que li agrada és observar com el mossèn es trasbalsa escoltant-lo. Ell, aquestes coses, les nota. Es senya mentre el canonge diu unes jaculatòries i el beneeix.

—Obre el cor, fill meu.

—Vull dir que a l'edat de vuit o nou anys, a banda de les primeres vergonyes, aviat t'acostumes a qualsevol cosa i, si la situació sovinteja, com era el cas, distingeixes allò que et dona plaer del que no. Jo, quan se la posava a la boca, sentia gust...

—Calla, Blan, Déu meu. Quin horror.

El patge s'atura, però sap que l'Orenç li demanarà que continuï, n'està segur. I un lleu gest de cap del mossèn l'hi confirma.

—Pare, doncs més endavant em feu coses pitjors a les quals també em vaig acostumar i, ja que estem en confessió, us he de dir que una vegada avesat, alguna m'agradava perquè ja es sap que el dimoni omple els pecats de plaer per esclavitzar-nos millor.

L'Orenç està astorat, no dels pecats que ja coneixia, els havia estudiat i alguna vegada, a Roma, el vorejaren. Però que un bisbe es servís de l'autoritat religiosa per enllotar la puresa d'un nen amb tanta degeneració ho troba atroç, despietat, ignominiós.

—Blan, suposo que estàs parlant de sodomia i totes les aberracions amb què el cos pot pecar.

—Sí, pare.

—Després, quan acabàveu, te'n penedies?

En Blan sap que, ara sí, camina pel caire del precipici. Ha de prendre cura.

—No sé si la paraula és la precisa, pare, però, en tot cas, era el bisbe qui em confessava i m'absolia. Jo quedava net de culpa i, amb el temps, de remordiments.

—Valga'm Déu, Verge Santíssima. Això que expliques és espantós.

—Sí, ara me n'adono més que abans —diu mansament.

L'Orenç té ganes d'acabar la confessió, però dins seu hi ha una pregunta que necessita fer. No sap si amb afany de perdonar o de saber.

—I d'aquell temps, t'han quedat ganes de... ganes de fer-ho?

—Pare, m'agraden les dones, bé... ja ho sabeu. —En Blan el mira insinuant picardia. Sap que és un noi de bon veure i fa estona que l'hi mostra tant com pot.

L'Orenç es relaxa, alguna cosa interior se li ha alliberat. Definitivament, millor deixar-ho aquí, pensa. Però sent que el patge continua:

—A vegades tinc ganes de fer-ho... puc fer-ho... recordo aquell plaer... però me'n retinc.

—Déu sigui lloat, Blan! I jo pregaré perquè així sigui. Aquests mals instints no són tant culpa teva com de la llavor que aquell depravat t'ha deixat dins el cos. Confia en mi. Jo t'ajudaré. Ara abans de marxar et donaré un escapulari que duràs sempre al pit per protegir-te.

—Gràcies. Així, tot i la gravetat dels pecats, em doneu l'absolució?

—Sí, Blan, agenolla't. L'absolució dels que m'has confessat ara i la dels pecats que l'Esbill no et pogué absoldre, perquè ja no hi tenia dret.

L'Orenç s'aixeca i comença una oració. En Blan s'agenolla davant seu, a frec del seu hàbit. El canonge, confós i sentint una emoció especial, imposa les mans sobre els cabells rinxolats del noi...

—Ego te absolvo a peccatis tuis...

Quan el noi s'incorpora, se'l mira amb ulls lluminosos. L'Orenç interpreta que d'agraïment i va fins a la lleixa que hi ha al costat de la finestra. D'un petit cofre treu un dels escapularis beneïts pel mateix Pontífex en Dijous Sant. L'atragué que fossin vermellosos, no n'havia vist mai amb aquest color. Dels cinc, un el col·locà sobre el pit de la reina difunta, un altre és el que porta ell en ocasions assenyalades i, aquest tercer, servirà per netejar aquest noi d'un greuge sacríleg.

—Porta'l en tot moment, et protegirà.

L'hi ofereix, però en Blan no el pren. Es posa de cara a ell, molt a prop, i, fitant-li els ulls, acota una mica el cap. L'Orenç es sent envaït per la força de l'esguard. Li passa l'escapulari, neguitós. Observa el coll del noi, sí, el penjoll és prou llarg. Fa un somriure nerviós, no volgut, i el beneeix.

Sap que la Brilhèta tardarà poc a aparèixer i tot d'una el contraria que els vegi. S'encamina cap a la porta. Vol acabar la visita i alça el braç per rebre el besamans.

El patge fa el petó marcant els llavis i, quan alça el cap, mussita:

—Pare, voleu que em quedi per fer-vos companyia i despertar-vos a les albes?

L'Orenç sent una força estranya, no sap discernir si en la veu del noi o en el seu interior.

—Gràcies, Blan, he de fer unes feines preparatòries per a la visita al rei i em cal estar sol.

Un silenci curt, un somriure lleu.

—Bona nit, pare.

—Ves en pau, Blan. Compta amb mi i el meu aixopluc.

L'Orenç ho diu d'esma, dins seu passen coses que no controla, un buit a l'estómac, una tibantor. El segueix amb la vista fins als darrers escalons i, quan sap que el perdrà, repeteix:

—Ves amb Déu.

—Passeu bona nit, príncep.

L'Orenç es gira a poc a poc. Està confós, la conversa ha remogut zones ombrívoles en les quals mai ha volgut entrar. Sentiments tèrbols que, de tant en tant, treuen el cap i l'inquieten, però que, avui, tampoc l'han de guanyar. S'acosta a la palangana, es tira aigua a la cara i al clatell, i a mesura que es tranquil·litza pensa que el jove, des d'una condició aparentment humil, coneix molts ressorts del regne, però també de les persones, i se'n serveix quan li és convenient.

Ha procurat despertar-li sentiments d'amistat... o de tendresa. Sí, clarament. Fins i tot s'ha ofert a quedar-se per ferli companyia tota la nit.

S'asseu. Sent que algú puja. La Brilhèta. Aprofita per recordar l'última frase «passeu bona nit, príncep». I el buit persisteix.

—Ja soc aquí, mossèn. Ho he tapat perquè ningú sabés què hi duia. He hagut d'esperar l'últim bull però ja veureu com ha valgut la pena.

—Gràcies, Brilhèta.

—N'he agafat una mica més, perquè sentir tan bona flaire m'ha obert la gana... i, si no us sap greu, us hi acompanyaria... No m'ha vist ningú.

—N'estàs segura?

—No patiu, només en Blan, que entrava a palau just quan jo sortia de les dependències. A banda dels guaites, ni una ànima.

La Brilhèta desfà el farcell i ensenya una bacina plena d'un menjar flairós.

—Teniu alguna cullera?

—La meva.

—Millor, el menjar és més gustós amb els dits. Només faig anar la cullera quan m'ha de veure gent fina... com vós —somriu la Brilhèta.

—Si t'he de ser sincer, tens raó. Menjar amb la mà és més gustós. Ho recordo de petit.

El canonge ho expressa amb timidesa, en realitat són coses personals que mai comenta amb ningú. Beneeix la menja i la Brilhèta l'ataca amb uns dits àgils que la trien i la premen fins a fer-ne una bola que s'emboca ajudant-se del dit gros i sense perdre'n pel camí. Tot d'una l'Orenç voldria fer com ella, menjar amb els dits, li passa pel cap en el temps que cau un llampec. Però no s'ho ha de permetre i pren la cullera de fusta. Mentre la noia mastega, l'inquireix.

—Digueu-me mossèn, hi ha alguna novetat d'allò?

L'Orenç tem que la noia no sàpiga guardar el secret. Però tampoc li convé mentir a la persona que més l'ajuda i, amb una mica de solemnitat, espigola prudentment les paraules.

—Demà veuré el rei. Tinc la resposta, Brilhèta, però la sabràs després d'ell.

La jove se'l queda mirant.

—No m'ho direu?

—No. Si el nom de l'assassí li arribés abans que jo l'informi, pensaria que el traeixo. I això no ha de passar.

—Veieu? És un home. Us ho vaig dir, havia de ser un home.

El prevere somriu.

—Sí, en això també l'has encertat. I un home important, com tu vas dir.

—Proper a la reina.

L'Orenç es pregunta si la Brilhèta funciona per intuïció o per deducció, però sempre burxa devora la veritat.

—I això com ho saps?

—Perquè, si vós no haguéssiu trabucat la taula, la cambra estaria intacta i això indica que no es va espantar en veure'l.

—Doncs va per aquí. —Si fos una mica més submisa, valdria un tresor.

—Vós descarteu el príncep Ínian?

—Sí, no en tinc cap dubte. —L'Orenç, només per entretenir-se, l'enreda—. Podria ser un guaita... o un servent...

—Ah, no. Si fos un dels meus, un pobre, no l'hauria matat per deixar les joies del tocador intactes i no robar-li res. A més a més, qualsevol que treballi al Castell sap que, en aquelles hores, la trobaria dins i que hauria d'estabornir-la o matar-la per evitar que els crits alarmessin els guaites i, un cop a dins, res no li faria oblidar les joies. Mossèn, no la varen matar per robar-la, segur.

—Déu-n'hi-do com t'empatolles. I on vols anar a parar?

La jove es grata el clatell i ja té enguerxits els ulls, com si el cervell, en dedicar-se a resoldre un enigma, s'oblidés de mantenir-los a la via. L'Orenç es sorprèn que el gest no la faci lletja, sinó més graciosa. A més a més, reconeix no haver parat esment a les deduccions de la noia... I són molt encertades.

—Vull anar a petar que fou algú important, que ella coneixia, del cercle íntim.

—Molt bé. No vas desencertada. Però qui? —Ja enjogassat.

La Brilhèta, guenya fins a creuar un ull contra l'altre com si el nas la molestés, no l'escolta.

—Ha de ser un cavaller important, però quin... quin? Tampoc n'hi havia tants, el noble encarregat de guaita que ja és a l'exili, els que formen el cos personal del rei, que són dotze com els apòstols i dormen plegats. Si un s'hagués aixecat, corria el perill que algun altre l'espiés. Arribats aquí ja no avanço més. Jo... jo... només és una intuïció i ja sé que em direu que no, però penso que ha de ser algú de molta confiança i això vol dir el príncep Jan, el príncep Ínian o el baró de Cas.

—Dos prínceps i el cap de l'exèrcit. No t'hi poses per poc. Vinga, explica'm com hi arribes, no perquè l'encertis, només per divertir-me.

—Molt senzill, mossèn. Ja sé que l'estimeu, però d'en Jan se'n coneix la seva crueltat i, a més a més, tothom a la Cort sap que la reina maniobrava a favor de l'Ínian, el seu fill preferit. L'ambició més la gelosia fan una poció perillosa. D'altra banda, l'Ínian us va confessar haver baixat a la cambra atret pel crit d'espant de la reina i que, en no trobar-la, va mirar per la finestra amb la famosa llanterna. Però, i si hagués sigut ell per raons que desconeixem i que, en anar a la finestra, tot d'una es sentís descobert? No heu pensat que de la mateixa manera que vós el vèieu, ell també us devia veure retallat a la vostra? I finalment, queda el baró de Cas. Ningú l'imagina matant la dona del seu amic, però recordeu que no va acompanyar-lo per una indisposició que, tanmateix, li permeté sopar amb el príncep Jan abundosament, segons comentaven a la cuina. I, mossèn, que jo sàpiga, ningú va preguntar als guaites forcats a quina hora va sortir. I si tingué temps d'enllestir l'assassinat abans de marxar?

La Brilhèta fa una pausa. I amb un enguerximent extrem, s'arrisca.

—No em feu gaire cas però, al meu parer, dels tres, qui té més motivacions és en Jan, perquè els homes són uns caps calents... ai, perdoneu, mossèn.

L'Orenç es confessa admirat mentre procura que la seva cara no doni cap pista. Tot d'una sona el repic d'una campana. A la Brilhèta els ulls se li posen a la via de cop.

—Mossèn, he de marxar, que sona el primer toc per abaixar el llevadís.

—D'acord, Brilhèta. I gràcies, m'ha anat molt bé que vinguessis. M'has calmat la gana i m'has entretingut amb la teva imaginació.

La Brilhèta es lleva aparentment per marxar. S'ajusta la camisa i amb el gest remarca uns pits sensuals i generosos.

—Gràcies, mossèn, si voleu que em quedi a fer-vos companyia només m'ho heu de dir.

L'Orenç li reconeix en la mirada la mateixa expressió que fa una estona hi havia en la d'en Blan. I també l'envaeix la mateixa confusió. La noia insisteix amb un to de veu adequat.

—Si voleu xerrar una estona més, em puc quedar.

El prevere fa com si no sentís la provocació ni entengués l'abast de l'oferiment.

—Gràcies, Brilhèta, però no és bo que et quedis... per les murmuracions —l'Orenç dubta, però acaba dient-ho—, i perquè, encara que sé que la teva oferta no és impura, és millor evitar les temptacions de la carn.

La Brilhèta s'aixeca, refà el farcell amb la bacina a dins i, amb una cara inexpressiva, s'encamina a la porta sense dir res, com si no hagués sentit que el prevere li acaba de dir que li remou les temptacions de la carn. I tant que ho ha sentit, tan fort... que ha oblidat fer-li el besamà.

Sol, l'Orenç torna a sentir-se confós, trastocat. Decideix rentar-se sencer per no desbaratar-se més, tal com li ensenyaren a Roma. Es treu tota la roba menys les calces, nota el cos atabalat, prepara la gerra d'aigua, entra en el bocoi de fusta, mulla un drap de fil i comença a fregar i a pregar. Prega i es refrega de cap a peus, quasi convulsivament, com si el pecat se li arrapés a la pell. Quan acaba d'eixugar-se, es posa la camisa de dormir, es treu les calces i bufa el ble del llum. La nit serà ardorosa i desitja que un son l'alliberi de pensar i de sentir. Tria una pregària i enceta les paraules pronunciant-les al detall, obligant-se a pensar el significat de cadascuna. Sap que, si no ho fa així, el senderi li lliscarà cap al precipici. Que dues companyies se li hagin ofert en una mateixa nit i que això li enardeixi el desig, delata que Llucifer el ronda. I a un esperit tan malèfic, només se'l venç amb oracions... i l'ajut de Déu.

A fora, la Brilhèta camina desvetllada barrinant altres raons. Travessa el pont, fa xerinola amb els guaites, que, com cada dia, li fan bromes barroeres, que si bamboleja el cul millor que una euga, que si els pits li esbotzaran la camisa... Bons nois, però pel que li poden donar prefereix en Matuis.

—Hola, filla, vens tard i trobaràs refredat el brou. Mira si queden brases i l'escalfes.

—Gràcies, mare, no tinc gana. Que has passat un bon dia?

—No gaire, em sembla que vaig a pitjor. Però deixa-ho... explica'm tu, d'on vens?

—M'he vist amb el nou príncep de Magens, l'Orenç d'Albir. —Tot pompejant el cognom.

—Només t'hi has vist?

—Mare, ets malpensada de mena.

—Nena, jo haguí de fer molts disbarats en quedar vídua, arruïnada i sense feu. A la Cort, o t'espaviles o no sobrevius, i les defenses d'una dona ja saps on són. El teu problema no és que no te'n sàpigues servir, el teu problema és que t'has enamorat, filla meva. I mira, allitar-te amb un capellà pot ser beneficiós i procurar rendes... però enamorar-te'n només et portarà maldecaps. Fixa't amb la cara d'amargada que tragina la Murtra.

—Mare, no et preocupis que en veig els perills, però d'entre els homes que conec és el més llest, el que parla millor... i si mai arriba allò, ja l'hi ensenyaré jo, que el suposo escàs de pràctiques.

—Però, nena, si no fos que se t'esguerren els ulls, ets la noia més maca de Magens i no t'han de faltar pretendents. Però triar no és fàcil i apuntes massa alt. Mira el teu pare, que s'equivocà de bàndol i ho perdé tot.

—Un príncep, mare! És un príncep culte, educat, parla amb una veu harmoniosa, sap de món, ha viscut a Roma... I quan em mira parlant de l'assassinat de la reina, té una lluïssor als ulls que vull fer meva. Vull que l'hi lluïn així per mi.

—Ai, nena, però si parles com una bleda! N'estàs enamorada i això et perdrà. Mira qui t'ho diu. Per cert, ahir em comentaves que allò de la reina s'ha aturat. Que t'ha dit res de nou?

—No, però sembla que ha solucionat l'enigma i que demà el dirà al rei.

—Li has comentat res del que vam xerrar ahir?

—Sí, i no m'ha contradit quan li he anomenat en Cas, l'Ínian i en Jan... i he afegit que a primera vista qui té més motius és l'hereu.

La mare fa una ganyota disconforme.

—Mira, Brilhèta, jo sé qui és i el perquè ho va fer... però no ho puc explicar.

—Cony, mare, ja surts amb els espantosos secrets de sempre. Podries dir-los a ta filla, i si això ajudés l'Orenç, guanyaria peça davant seu.

La senyora de Naïs es senya tres vegades, com si volgués vedar el record.

—Nena, el que jo sé les teves orelles no ho han d'escoltar. I s'ha acabat. Hi ha pecats que les penitències més terribles no abasten.

# 24
# A l'audiència

La veu del rei sona potent i segura.

—Orenç, partim a la guerra d'aquí a quatre dies. Me'n vaig a l'esplanada de Basti per revisar-ho tot. Demà s'hi reunirà bona part de l'exèrcit, però per guanyar una guerra són quasi més importants els preparatius a la rereguarda que les espases. Les armes serveixen de tant en tant, però els estómacs mengen cada dia i, més enllà del que puguem requisar pel camí, cal prevenir les necessitats.

El rei Ebrard s'abilla sense gaire pompa i parla d'esma. Com si fos un assumpte més dels que avui haurà de resoldre.

—Bé, anem al gra. En vista que no em dius res sobre l'assassinat de la Bal, he decidit desbrossar-te el camí. Es dona el cas que la setmana passada vàrem caçar un lladregot. Havia matat dues famílies de pagesos per robar-los i, com que hem de forcar-lo de totes maneres, he decidit presentar-lo culpable de la mort de la reina, sense més dilacions. És un desgraciat que té la família morta de fam. En Cas ja ha tractat amb ell i, a canvi de no torturar-lo i d'una suma prou important de diners, que en presència seva li darem a la muller, es declararà públicament culpable, avui mateix. Així, l'assumpte queda tancat d'una vegada.

Es col·loca la cota de malla amb una mica d'esforç. Normalment l'hauria d'ajudar en Blan, però no deu voler-lo a la conversa. Davant seu, l'Orenç es sent menystingut quan dona per descomptat que la seva investigació no avança.

—Majestat, tinc notícies que són convenients que conegueu, fins i tot si us causen dolor.

Però el rei no sembla copsar el to greu de l'Orenç i respon en un de familiar.

—Orenç, els meus fills, quan estem a soles i no estic emprenyat —mig somriu—, em diuen pare o senyor. Tu també pots fer-ho, però no hi insistiré més. Tracta'm segons t'acordi l'enteniment. En tot cas, quan hi hagi gent, encara que només sigui una persona, em daràs el tractament reial, com també fan els prínceps.

S'agenolla per calçar-se uns escarpins de cuiro, però amb la vestimenta posada l'estómac reial li fa nosa i esbufega una mica. És només quan s'incorpora que sembla interessat.

—I què és això que m'has d'anunciar? De quines notícies parles?

—Senyor, ja us puc confirmar que la reina no va atemptar contra la seva pròpia vida i també puc dir-vos qui la va assassinar.

El rei Ebrard s'acosta a una cadira i seu. Se li han tesat les faccions, la comissura dels llavis s'ha premut fins a fer-ne una línia recta i amb un gest del braç el convida a continuar.

—En una inspecció de la cambra de la reina, i quan menys m'ho esperava, vaig descobrir en l'ampit del finestral una tela blava. Una tira de roba, que, segurament, va estripar-se de la camisa de l'assassí en un forcejament amb la reina.

La cara del rei s'entenebra a mesura que l'escolta. L'Orenç no vol deixar-se cap detall, té ganes d'exhibir-se davant del seu pare i solucionar-li l'envit més greu que l'assetja, potser més que la mateixa guerra.

—Dic forcejament, senyor, perquè en un extrem de la tela hi havia sang. Els primers dies, després de no trobar cap peça que s'hi acoblés entre les robes de la reina, no vaig saber com continuar. Però aviat vaig deduir que l'assassí era algú de la seva confiança o que almenys la coneixia, perquè li obrí la balda per deixar-lo entrar. També vaig deduir que no pretenia robar-la, perquè l'endemà les joies eren ben visibles al tocador. Això descartava els servents, guaites o patges, que, a més a més, tampoc haurien entrat en aquelles hores, en saber que la reina era a dins. Qui ho feu hi va anar per matar-la. Això em feu dirigir l'atenció a la gent més poderosa i propera a la família reial.

L'Orenç, de tant en tant, espaia l'explicació per si el rei vol preguntar-li alguna cosa. Però aquest ja no el mira als ulls. Ha fixat la vista a terra i té la cara envermellida, el prevere imagina que d'indignació. Quan acaba d'exposar, com a seus, els arguments de la Brilhèta, detalla el tram final.

—Senyor, després de moltes indagacions, he descobert a qui pertany el tros de tela. Tinc, per testimoniar-ho, una persona fidedigna, la muller de l'assassí. En confessió, ha reconegut que la camisa pertany al seu marit, amb un estrip tacat de sang, que s'acobla perfectament a la tira blava. Això descarta qualsevol incertesa sobre la identitat de l'assassí.

L'Orenç fa una petita pausa, per remarcar la transcendència del moment... i també per prendre l'aire i el coratge que necessita per fer una acusació tan greu.

—Així, senyor, em dol confirmar-vos que qui va matar la vostra muller fou el...

—Orenç! —El seu nom, cridat com un udol i amb tanta força, el deixa emmudit, paralitzat, sense saber a què atenir-se.

El monarca s'ha aixecat en emetre el bruel. El mira amenaçador. El silenci es fa sòlid, ocupa tot l'espai, i l'Orenç entén que no hi caben paraules. Mut i sense enteniment per comprendre res, veu com l'Ebrard se li acosta fins a un pam de la cara, comminatori, i que, quan finalment parla, reté la veu per no cridar el manament.

—Orenç, soc el teu rei i soc el teu pare. Amb l'autoritat que ambdós atributs em donen, et dicto una sola voluntat: oblida-ho. Et mano que ho callis i que ho esborris de la teva ment. Això és tot. Res del que em volies dir, el nom que volies pronunciar, no existeix. Queda clar?

L'Orenç està espantat. Els pensaments galopen desbocats, incapaços de confluir en una resposta.

—M'has entès? Et mano com a pare, t'ordeno com a rei, que posis en un racó de la memòria això que saps i el cloguis per sempre més. Repeteixo, queda clar?

—Sí, majestat. Soc el vostre fill i soc el vostre súbdit.

L'Ebrard es gira d'esquena. Es refrega les mans ansiosament.

—Pots marxar.

L'Orenç inclina el cap, es gira i tentineja atordit vers la porta. Quan manipula la maneta del pany, sent altre cop el seu nom. Es gira. El rei segueix d'esquena.

—Vindrà un dia que et podré explicar tot el que ara et confon. Te'n faig jurament. Però has de confiar en mi i en les determinacions que prenc.

—Sí, majestat.

Quan obre la porta, en Blan l'espera. Potser ho ha escoltat tot, però no es creuen paraula mentre l'acompanya a la porta principal. Segueix sol pel pati d'armes. Alguns cavallers s'hi preparen per començar els exercicis d'armes. Però no mira ningú, no veu ningú, no sent una veu que crida: «Quan acabi vindré a visitar-te». L'obsedeix arribar a la capella. Dins el cap li bullen contradiccions, indignacions, temors, tot barrejat. Necessita arribar-hi.

En entrar a la Reial, mana al sagristà que el deixi sol. Passa la balda, camina apressat, corre els darrers passos per caure de genolls sobre l'escaló que emmarca el petit presbiteri i s'ajeu de bocaterrosa, estén els braços i, només aleshores, arrenca a plorar. L'alabastre de la finestra mitiga el sol del migdia i, per una estona, els sanglots del prevere reverberen llastimosos entre els frescos pintats dels murs. Passada una estona, els espasmes s'encalmen. Alça el tors, posa els braços en creu i mira la imatge tallada del Crist moribund. L'únic Ésser vivent. A qui altre podria interpel·lar que no fos Ell? L'Estimat que impera sobre el destí dels humans i de l'univers. Necessita enfortir l'amor que els uneix. I l'amor amb Jesús només té una clau, la fe. La fe preludia l'amor i l'amor nodreix la fe. La fe per sobreviure en un món desgavellat, ple d'absurditats; la fe per surar damunt de la ignorància que tot ho enterboleix; la fe per creure en un ésser humà confós i espaordit; la fe per menysprear la mort, perquè, si Ell espera, la mort és llum. No li cal la raó, només necessita fe. No vol saber per què el rei no vol saber. No vol aclarir què s'amaga darrere l'assassinat de la reina Bal. No vol comprendre la relació d'en Cas amb l'Ebrard. Només vol fe i, en aquesta determinació i recerca, l'ànima retroba lentament la pau.

Després d'una estona en pregària, s'aixeca, cerca a la sagristia la vella bíblia que li regalà el bisbe Arcadi en deixar Roma, i s'asseu a terra, a redós de l'altar, amb l'esquena contra la pedra sagrada. L'obre a l'atzar i s'endinsa en el llibre origen de tota saviesa i veritat. Suaument, la testa li capcineja fins que es decanta definitivament. L'ànima s'ha asserenat.

# 25
# La confessió d'en Jan

Fa calor. Amb el sol al zenit, el príncep Jan troba la porta de la Reial tancada. L'amic és dins i no està avesat a esperar. Aixeca el picaporta i l'espetega contra el cap de clau. Una, dues, tres vegades. Puja la mà per intentar-ho de nou, però sent que algú manipula la balda.

—Hola, germà.

Tot i que la claror li ofèn la vista, l'Orenç rep la salutació com un consol.

—Fas cara d'adormit i no m'estranya, et passes el dia repetint unes lletanies que sufoquen d'avorriment. Què fas mirant-me com un estaquirot, no em convides a passar?

—Sí, és clar, passa, passa... però pugem a dalt, parlarem tranquils i deixaré la capella oberta. Ha estat tancada mig matí.

—Som-hi —replica un príncep animós, amb l'energia marcant-li les faccions—. D'aquí a una estona aniré a l'esplanada de Basti per trobar-hi el pare. Cal revistar la tropa nouvinguda, distribuir els comandaments, triar els bons cavalls, repassar armadures... preparar una matança porta feina, Orenç, molta més que anar salvant ànimes amb beneiteries.

En Jan accentua el somriure mentre espera una resposta que no obté. Intueix que l'amic està capficat i continua explicant-li els preparatius. L'ha vist sortir de la reunió amb el pare i sospita que l'abatiment li ve d'aquí. Puja els escalons darrere seu i, en arribar a dalt, l'Orenç s'aparta per deixar-li pas. Entra resolut. Té comport de príncep, gestos ferms, mirada decidida, ningú li ha de donar instruccions ni tampoc les espera. Seu directament en una de les cadires disposades al voltant de la taula i observa. Mai no havia pujat a la residència i li sembla espaiosa. Repassa l'armari tosc, el catre estret, la taula no gaire gran però de bona fusta, dos baguls idèntics amb l'escut del Papa i un altre més senzill amb el blasó dels Albir, del dia en què el nen Orenç partia cap al centre del món. L'atrau la quantitat de llibres i de pergamins disposats en unes lleixes contra la paret. Identifica la finestra que dona al pati d'armes en un cantó i la que dona al fossat en l'altre, i, presidint-ho tot, un crucifix ostentós, més propi d'una capella que d'una cambra. En Jan pensa que és més airosa que la seva, sempre enfarfegada d'armes, escuts, robes i cuirasses.

Quan el canonge li ofereix una gerra d'aigua, s'hi amorra. Els jocs d'armes el deixen assedegat, afamat i excitat dels baixos. Malgrat la fatiga, la violència li excita els sentits.

—Jan, perdona la rebuda, he dormit malament...

—I aquest matí has vist el pare.

—Sí.

L'expressió de l'Orenç i no rebre més explicacions li confirmen una trobada difícil, però no s'hi vol encaparrar. Ha vingut per prendre comiat del seu amic abans d'anar a la guerra i ha preparat la trobada amb un sentiment tan intens que ha assajat unes paraules. Quan pren la mà de l'Orenç per dir-les i nota que el gest el sorprèn, encara la prem més fort i, només quan les mirades s'han entreteixit profundament, diu:

—Orenç, he vingut a dir-te que l'amor que et tinc va més

enllà de l'obligació d'estimar-te com a germà. Des que el pare et reconegué davant la Cúria que desitjava dir-t'ho. M'entens bé, Orenç? El meu deure d'estimar-te com a germà el bescanvio per l'estima lliure a l'amic. Quan d'aquí a una estona t'hagi dit adeu, no em quedarà res tan valuós per retornar com l'amor que et tinc.

Pausa el discurs i obre un somriure.

—Com l'amor que et tinc... i el cul de la Mela.

Malgrat la impudícia, l'Orenç sent que les paraules l'amanyaguen. El coneix prou per saber que, quan s'expressa sensiblement, li cal desvirtuar-ho tot seguit de forma barroera o barrejant humor i transcendència com qui fa un joc de màgia. Dins del temerari guerrer palpita el cor d'un jove sobrepassat pel destí i menat pels avatars.

—T'agraeixo que m'ho diguis, Jan. I, posats a despullar sentiments, sàpigues que et corresponc i que ets el meu amic per damunt de tot i de tothom. Però em preocupes, perquè si has necessitat dir-m'ho així, sense estirabots i alguna empenta, deu ser perquè...

—Perquè vaig a la guerra i pressento que no en tornaré. Així de senzill. No diguis res, perquè la mort no em preocupa gaire. Ha vingut cada vegada que l'he cridat amb l'espasa i, de trobar-m'hi cara a cara, n'he fet una rutina. Per això volia veure't, confessar-me amb l'amic, amb benedicció o sense, i acomiadar-me fins que em rebis vencedor o m'enyoris per sempre.

El dramatisme amb què entona la darrera frase l'esmuny amb un somriure i un gest ridícul, com si amb el dit es tallés el ganyot, per reprendre encara més distès.

—Volia que escoltessis aquestes bajanades, no tindré un altre moment. Un cop a l'esplanada, m'hi quedaré. Vull conviure amb els homes, és bo que s'acostumin a mi. El pare m'ha encarregat comandar la cavalleria i no vull que se m'escapi res de les mans. És l'arma més determinant que tenim.

—Te'n sortiràs, no en tinc cap dubte. A més a més, la nostra cavalleria lleugera té una anomenada que contraresta la la de Llangàs, que és més nombrosa. M'han assegurat que és degut al fet que la feu servir amb noves estratègies.

—Cert! Veig que fins i tot una monja com tu n'està assabentat. És una eina més ràpida i dúctil, però difícil de servir-se'n. En realitat, n'hem après dels musulmans.

Novament, se'l mira entre tendre i entremaliat.

—Et trobaré a faltar. Tu i la Mela sou les úniques persones amb qui em desfogo, un per a les coses banals... i la Mela per a les transcendents —riu sorollosament, però de seguit continua amb la disfressa seriosa—. Orenç, ja saps que amb Déu no m'hi faig gaire. Em manca la fe que a tu et sobra, però abans de partir voldria confessar-me. Potser et pregaria que fos així, cara a cara, com dos amics que som. Ets l'única persona del món amb qui em sento distès d'esperit, en pau... o per dir-ho en el teu llenguatge, amb qui em sento absolt de tanta burreria.

—Com vulguis, Jan. Parlem, i si al final vols fer contrició, jo t'absoldré en nom de Déu... i si has acabat de fer disbarats amb la Mela, guerrejaràs lliure de pecat.

Tots dos somriuen, jovialment còmplices.

—Per on comences?

—Doncs volia comentar-te un sentiment que com més va més m'obsedeix. Alguna vegada ja t'ho he insinuat, però ho he guarnit més d'acudit que d'amoïnament.

—Vinga, buida el pap. Me n'has dit de tan grosses que res m'espantarà.

En Jan no esborra el somriure, però el fita dret als ulls i pronuncia el pensament.

—Germà, maleeixo haver de ser rei.

L'Orenç l'escolta sorprès, però es mostra impertèrrit. No sap què respondre a una afirmació tan inesperada.

—Així com ho sents, amic. Ser el futur monarca m'afeixuga l'ànim. A més a més, en ser la corona una gràcia de Déu, rebutjar-la deu ser pecat, oi? O sigui que em sento atrapat entre Déu i la corona.

—Jan, ets un irrespectuós i un consentit. Qualsevol estaria agraït de ser un dels poderosos de la terra.

—No ho ambiciono, germà, o potser és que no entenc la vida. He viscut la meva preparant-me per a la guerra, cada dia, cada hora, fins a embrutar-me prou per afrontar-la i, ara que en soc mestre, no li sé trobar sentit. Els meus sempre m'asseguren que la guerra em farà poderós i temible. Els teus hi afegeixen que si defenso els interessos de Roma, acabaré essent un rei sant. Mai no he gosat contestar-los que canviaria temible per respectat i sant per just. —Les seves faccions es trasmuden de la gravetat al somriure segons cada frase—. Quan em trec l'armadura i em despullo de la condició de príncep, el meu destí no m'apassiona. Ni ser senyor de Magens, ni disposar sobre la vida dels que hi viuen, ni de la virginitat de les seves filles. La doctrina de l'Església afirma que, per voluntat de Déu, els *bellatores* com jo vetllem amb les armes per la seguretat, els *oratores* com tu vetlleu per acostar-nos al cel i queden els *laboratores*, que vetllen la misèria perquè uns pocs puguem guerrejar i orar sense passar fam. Doncs bé, després de dir amén, d'un món així no ambiciono ser-ne rei. Gens. Però, si bé soc valent per clavar la daga al cor d'un enemic, soc covard per trencar les cadenes que em predestinen. Per això em sento perdut, extraviat, si la paraula és justa... i, segurament per això, el pressentiment de la mort no m'espanta.

S'atura uns instants, com si dins seu continués parlant. Es miren llargament. L'Orenç encara no sap com contradir el que ha escoltat. El príncep, inevitablement, afegeix un comentari tot somrient.

—Diuen que Déu descansà al setè dia, collons, hauria anat bé que continués uns dies més.

—No siguis sacríleg, Jan.

—No ho pretenc, germà, ni em convé, sobretot ara que em perilla la vida i friso per anar al cel... i esperar-hi la Mela.

L'Orenç no es sent còmode en el constant vaivé d'ironies i transcendències. Es manté seriós mentre inicia l'única resposta que se li acut. La raó per la qual, a Roma, va abraçar Jesús.

—Jan, Déu es feu home i patí tortura i mort per ensenyar-nos a redreçar el món i donar-nos uns manaments per polir el comportament humà, uns manaments per teixir la convivència, i l'Església per guiar-nos fins a la salvació. Mai abans se'ns havia manat estimar, compartir, curar, donar, com a raons fonamentals de la nostra vida. Ell ens convida a un altre món, a una altra manera d'entendre la vida. Per què no hi confies? Posa la teva corona sota el seu aixopluc. Si el segueixes, fins i tot quan vacil·lis sabràs que vas orientat per Crist.

—Ah, sí. Dius paraules belles, Orenç, molt belles. Però si fas memòria dels teus anys a Roma i recordes la realitat, més enllà de llibres, teories i sermons, m'acceptaràs que tot es fa en nom seu, però del Crist profund n'hi queda ben poc. El luxe, el despotisme, el vici, la conspiració, el poder, són el nou evangeli. Posar el regne sota la protecció de Crist vol dir obeir una Roma amb tanta ambició terrenal com el pitjor de nosaltres. Consagra reis... també els mata. Conquereix territoris... també els ven. Per favor, no cal que ens enganyem.

L'Orenç sap que l'amic, mancat de fe, només pot atendre a raons. I les intenta.

—Sí, és cert que són temps desorientats, tèrbols, però, si bé fas afirmacions motivades, l'Església és l'eina que ens ha donat Déu per reordenar aquest tros de món caigut en el caos. L'única, que no ho veus? Què seria de la nostra societat sense l'Església i el seu mestratge? Ella és, en el terreny espiritual, l'hereva de l'antic imperi, i n'ha guardat la cohesió i estructura. En el vuit-cents, s'obrí una esperança quan Roma coronà un nou emperador, però fracassà, i avui Magens, Llangàs, Guifort i altres regnes en són les restes. Creu-me, només queda l'Església per envigorir l'ordre moral del món. I referent a les pompes i riqueses, que com tu crec excessives, tingues en compte que la visió de l'ésser humà és tan curta com ho és la seva vida i, en canvi, l'Església és una magnitud eterna. T'ho dic perquè l'últim any a Roma vingué un frare de la regió d'Úmbria que atreia molts seguidors i va exposar-nos les teories d'un tal Francesc, que predica la necessitat de retrobar i retornar al significat pur de la paraula de Crist. M'entens? L'Església es regenera contínuament.

Veu que el príncep l'escolta interessat, però en la mirada no hi palpita cap bri d'esperança. I això mig el resigna i mig el rebel·la, perquè si bé els ideals d'ambdós són pareguts, la diferència en les percepcions només rau en la possessió de la fe. Què va passar en l'ànima de l'amic perquè la fe el desemparés? Què el feu bascular de la bondat a la crueltat? Què devia provocar aquell canvi sobtat que escandalitzà tota la cort magensina i de la qual fou informat a Roma pel comptable Alberg? L'Orenç, animat per la franca intimitat de la conversa, necessita preguntar-li allò que fa massa temps que el neguiteja i que mai no ha gosat exposar-li.

—Amic estimat, abans t'he acusat de sacríleg i no és cert.

Ets irreverent perquè no sents temor de Déu, però sempre em sorprens amb idees que, si bé ronden el sacrilegi, tenen un rerefons netament cristià i diria que valuós. Però ningú dels teus súbdits, companys o familiars, t'imagina amb aquesta concepció del món. El príncep furient, t'anomenen. Insensible, cruel i despreocupat de tot... I, tanmateix, tothom recorda que no eres així. Fa sis anys, potser set, els visitants de Magens em parlaven discretament d'un canvi sobtat que t'havia convertit en un dèspota. Jan, mai no m'has confiat què et provocà aquell capgirament. Si avui ho fessis, seria un obsequi inestimable d'amistat.

El posat seriós amb què en Jan escolta li fa pensar que ha encertat la clau per obrir l'amagatall fins avui inexpugnable. Quan el príncep respon, abaixa la veu, com intimidat.

—Ah, germà, sabia que un dia m'ho demanaries, però fou... fou un descobriment tan incoporat i l'he portat tan callat que potser no sabré...

Abandona l'esguard en un punt imprecís i contesta amb una pregunta.

—Em pots dir què en saps de la mort de la mare?... I si n'has parlat amb el pare.

La pregunta sorprèn l'Orenç, que tanca els ulls, sospesa i, finalment, es decanta.

—Sé qui la va matar.

El príncep resta silent.

—I és una persona important i propera.

—No cal que me'n diguis el nom, Orenç. L'hi has dit al pare?

—Li he exposat les proves, les circumstàncies, les certeses, però quan anava a dir-li qui va matar-la, m'ha prohibit anomenar-lo. T'ho imagines? No ha volgut que li reveli el nom de l'assassí de la seva esposa. No entenc res.

—Potser millor que no ho entenguis, Orenç, que ho deixis

estar. Aquesta tarda forcaran el culpable i l'assumpte quedarà tancat. Per cert, els agutzils han convocat el poble per escarnir-lo. Aniràs a donar-li els auxilis?

—No, he demanat que ho encarreguin a un canonge de la catedral. No podria. Aquest no és el culpable, Jan. És un lladregot que havien d'executar igualment i se li ha comprat una confessió a canvi d'un manteniment per a la família.

En Jan sent llàstima per l'amic, que arribà de Roma envoltat d'un exèrcit d'àngels i que, a poc a poc, es descobreix envoltat de carronyaires. Potser perquè el veu tan perdut, decideix sincerar-se-li.

—Molt bé, Orenç. Sigui. Dius que la gent t'explicava que vaig mudar el caràcter. Doncs és cert. Encara no havia fet divuit anys, però per explicar-t'ho bé, me n'he d'anar més enllà.

Fa una respiració fonda i parla com si narrés un conte.

—Aquell mateix dia que marxares a Roma, vaig començar l'aprenentatge de les armes. Era la voluntat del pare i, per ell, acceptava qualsevol sacrifici. Al principi, aliar-me amb l'odi, encara que portés nom d'enemic, em fou dificultós. Recordes que era un vailet de poc físic, amb un cos que no m'acompanyava? Vaig haver de transformar-lo per poder complaure'l. El pare era el meu referent, el meu heroi, i vaig entendre que Déu volia que m'hi assemblés.

Fa una pausa, beu de la gerra i continua el relat sense cap afectació.

—Amb el temps, el pare, en Cas, els nobles, tots es preguntaven d'on em sorgia la força, meravellats pel canvi físic. La resposta era un secret, un elixir que m'alimentava. I heus aquí que, aquest elixir, me'l procurava la mare. Sí, Orenç, la mare... i tu. Recordes els vespres, quan érem petits? Tu potser t'avorries havent-los de llegir, però jo fruïa podent-los escoltar. El meu elixir secret eren els llibres. Quan vares partir, la mare va continuar proposant-me lectures que es feia dur de l'abadia de Corn. Fins i tot quan més tard em deixà de banda per dedicar-se millor a l'Ínian, sempre va seguir aconsellant-me lectures. En realitat, era l'últim lligam que ens quedava. Vaig tenir accés als millors textos de l'imperi, del món grec, de l'Orient i, també, a les traduccions més recents dels escrits musulmans. Poemes, llibres d'aventures, tractats de filosofia i, gràcies a ells, l'esperit que em recordes creixia tan fort com el meu cos. De fet, les armes del pare i els llibres de la mare convivien dins meu en un esplèndid equilibri en què, com més creixia un, més necessitava l'altre. Però un dia qualsevol arribà l'infortuni, abruptament, com arriba la mort. Jo volia consultar un llibre que la mare m'havia aconsellat i que em guardava a la taula del seu dormitori. Era de nit, havia llegit unes cartes de Ciceró i estava tan excitat que necessitava continuar la lectura. Hi vaig anar sense avisar-la. No vaig trobar la porta barrada, cosa que em va estranyar, però vaig entrar prenent molta cura de no fer soroll per si se n'havia descuidat i dormia. Un cop a dins, hi havia una llàntia amb molt poc ble, que a penes feia llum. Em va semblar sentir dues veus. Parlaven fluix.

La veu del príncep s'esmorteeix. Desvela per segona vegada el secret més punyent de la seva vida.

—Estimat Orenç, només et diré, i no em preguntis res més, que entre les paraules que vaig sentir n'hi hagué tres que van decidir aquest canvi que t'interessa tant. Vaig escoltar perfectament una veu que deia: «Tu seràs rei».

—Valga'm Déu!

—L'endemà, les armes em semblaven inofensives i no crec que fos perquè em volguessin arrabassar la corona, sinó per la profunda traïció de la gent que més estimava. I és veritat, vaig desfermar l'endimoniat que tenia a dins i, des d'aleshores, cada vegada que amb l'espasa travesso un contrari, faig allò que aquella nit no vaig gosar fer. No sé si m'entens. I en realitat no sé si vull que m'entenguis, tu ets més pur que tot això. Vaig bandejar els bons sentiments, vaig tancar els llibres, vaig foragitar les bones paraules del lèxic i així he malviscut fins al dia que vas arribar, recordes? No t'ho he dit mai, però quan el pare em notificà que venies, vaig decidir destruir-te. M'havia acomodat a un món cruel i no volia cap referència d'un altre que m'afeblís... i tu, sense saber-ho, n'eres l'única. Volia que els gossos t'arranquessin els braços, ho confesso. Però els amansires, Orenç, a ells... i a mi. Vaig veure't dempeus, serè, digne, i vaig dir-me que era l'hora de confiar en algú, una persona neta, que m'havia protegit d'infant i que potser tornava per continuar fent-ho.

En Jan, sense deixar de mirar-lo, refà el somriure, però l'Orenç resta seriós. Per un moment, dubta si els seus sentiments tenen la fondària dels de l'amic, i això el fa sentir innoble. D'infant, l'estimava com a taula de salvació, una amistat convenient, i, tot d'una, es pregunta si encara no és així.

—Ho vas explicar a algú?

—Sí. Malauradament. Fou un error. No m'adonava que encenia un infern. Vaig explicar-ho al pare.

—I?

—Va cridar, em va bufetejar i, agafant-me pel clatell, m'arrossegà fins al saló del tron. Va prendre el llibre dels Evangelis, m'esclafà el cap sobre ells i em feu jurar que guardaria el secret, tres cops, i cada vegada m'obligava a alçar més la veu. Després, ell mateix hi feu un jurament, la cara envermellida i tremolosa de ràbia, mig bavejant, tancant els ulls i sense pronunciar-ho... no et puc dir què va jurar. —Deixa passar uns segons—. I quan no ha volgut saber el nom de l'assassí, no t'ha dit res?

—Sí, que l'oblidi.

—Fes-ho, Orenç, deixa-ho córrer. Ara ets fill seu, li deus obediència. No entris en el pou, és profund i llotós. T'engolirà.

L'Orenç abaixa la vista a terra i, mentre fa un gest afirmatiu amb el cap, llança una altra pregunta.

—I tu, saps per què m'ha reconegut com a fill seu davant la Cúria?

—Ah! És un rei previsor, els dos caps de la dinastia anem a una guerra incerta, tothom ens diu que l'exèrcit enemic és més poderós que el nostre. Si les coses es capgiren, a Magens li queden dos prínceps, bé... mig i mig.

I enceta un somriure obert, seguit d'un cop amistós a l'espatlla.

—Em dones l'absolució o no?

—Això és tot el que em volies explicar?

—Doncs semblaria que sí. No en tens prou?

Somriu descaradament, vol esvair la tensió i l'Orenç pensa que té raó.

—Pel que m'has confessat fins ara, Déu no té res a perdonar-te... però digues, mentider, quants cops has copulat amb la Mela?

—Ah, és veritat que de la joia del cos en feu pecat. Aviam, amb la reina de les meves nits, doncs... no ho sé, no en porto els comptes...

—Un cop per setmana? —pregunta l'amic, retenint el somriure.

—Malparit, però com t'atreveixes a ofendre'm la virilitat? Tres cops al dia, com a mínim!

Tots dos s'enriolen uns instants, però el canonge s'incorpora per imposar cerimoniosament les mans sobre el cap de l'amic i s'emociona quan n'alça la dreta per iniciar el senyal de la creu i declama l'absolució. Mai havia dit «Vade in Pace» amb tant convenciment.

En Jan s'aixeca i sense dir res l'abraça. L'Orenç també el prem contra seu com mai ho havia fet amb ningú. Quan es separen i s'encaminen a la porta, en Jan torna a somriure.

—No m'has imposat penitència.

—Sí que ho faig. T'imposo que tornis viu.

# 26
# Preparatius de guerra

Magens és una festa. La ciutat està engalanada, s'ha prohibit llençar els orins a la via i els magensins omplen els carrers per festejar els armats que hi desfilaran abans de partir contra Llangàs. No vindran totes les forces, no hi cabrien. El baró de Cas ha escollit una representació selecta dels nobles i de la mainada: quaranta cavallers cuirassats amb armadura pesant, una seixantena d'armadura lleugera, cent ballesters i el mateix nombre d'arquers, i el grup més nombrós, el de la infanteria, de la qual només s'han triat els components de la mainada prescindint dels serfs sense instrucció militar, que no llueixen prou.

A les dependències del Castell, set dones treballen de valent mentre xafardegen els detalls del dia. Una d'elles, que té el marit a l'esplanada de Basti, comenta que tot està a punt per a la partida i que, amb tants homes vinguts d'arreu, l'exèrcit fa molta patxoca.

—Entre tants, es deu poder triar —diu una.

—Sort que hi ha el riu, que si no la pudor arribaria fins aquí —comenta la segona.

—Mira-la ella, la primmirada, com si anés satisfeta amb el penjoll que té a casa...

I així, entre bromes i escarnis, assuaveixen la feina. Certament, ni els magensins més ancians recorden una munió de guerrers i d'armes com aquesta. La Murtra, que és la que més en sap i té connexió directa amb el bisbe, assegura que la parada militar tindrà lloc al migdia, a la plaça de la Catedral, on es farà un gran parament. Allà rebran la benedicció de l'Esbill, però, a més a més, i ho remarca com un secret, anunciarà una mena d'absolució col·lectiva, una butlla especial del Papa, per mor que guerregin lleugers de remordiments i amb salvació d'ànima garantida. També comenta que, un cop beneïts, pujaran pel carrer Major fins aquí, al pati d'armes, on els rebrà el rei que els menarà personalment a l'esplanada de Basti.

La Brilhèta tresca de valent, però a mesura que els tafaneigs enlluenten els detalls, les ganes de gaudir-ne se li fan irresistibles. Al cap de poca estona ja ho té decidit, s'escaparà al primer descuit de la Murtra... i que la busquin. Cavil·la que la farga del Matuis, a la cantonada de la plaça, serà un lloc privilegiat per assistir al cerimonial.

Quan poca estona després travessa el pont llevadís amb posat d'anar a un encàrrec, es deixa engolir per la gentada predisposada a la festa. Tothom sap que serà una guerra important i que poques vegades es veurà una parada com la d'avui.

En tot el regne no hi ha un sol pagès saludable sense reclutar, ni cavalls ni carretes sense requisar, per no parlar dels molts quintars de blat que s'han confiscat de l'excel·lent collita de fa dos mesos. A qualsevol família hi tenen algun membre compromès i, si d'una banda temen perdre'l, de l'altra esperancen que torni enriquit pels botins de la victòria, que, en això, el rei Ebrard sempre ha sigut generós. Al bàndol dels que no hi aniran, també estan contents. Celebren amb discreció que la guerra serà lluny i que, a banda de no saber mai per què la fan, aquesta vegada els seus camps i les seves cases restaran indemnes. Amén.

La Brilhèta desitja trobar-se amb en Matuis, però no pot evitar entretenir-se amb un contorsionista que amb el cos fa coses inexplicables, o amb l'home que l'embadoca quan s'empassa un llarg punyal fins a l'empunyadura i que el vomita al cap d'uns segons sense senyals de sang, però encara l'ha impressionat més un foraster d'aspecte oriental que escup foc per la boca com un dimoni i que l'ha fet enguerxir per dilucidar per què no es crema. Prop de la catedral, un joglar canta històries picants i, ja a la plaça, un grup de saltimbanquis salten i ballen vestits de colors al ritme d'un pandero i la tonada d'un sac de gemecs. La gresca vessa arreu i la Brilhèta ho aprofita, perquè, fora de quan s'ho fa amb en Matuis, les alegries escassegen. És així, amb els sentits incandescents, que arriba al casalot del ferrer.

Hi entra per la banda de la farga, on només troba el pare, que hi manipula la manxa com si l'apedacés. Té un posat seriós, preocupat, i, quan la veu, amb un gest de cap li indica que el té a dins. En Matuis és fill únic. L'esposa li morí en perdre el segon i no ha volgut saber res més de dones, a banda d'alguns esbravaments que negocia al Mussol. A l'home li agrada la Brilhèta i la tracta bé. Sap que, amb ella, en Matuis no corre perill i queda ben desfogat.

Quan la noia aixeca la cortina que separa la farga de l'estança, veu en Matuis en calces, que col·loca algunes robes en un mocador de farcell estès damunt la màrfega. Ningú li ha d'explicar res, ho entén de seguit.

—Matuis, però què cony fas? No em diguis que fotràs el camp i ni m'has avisat.

El noi, que comptava amb la renyada, li recita d'esma l'excusa.

—Brilhèta, un bon exèrcit necessita ferrers —diu, donant-se ínfules—. I fins ara hi anava el pare, però es fa gran i, com que aquesta guerra pot anar per llarg, he decidit que em toca a mi. No li comentis res perquè, tot i saber que ja no està per anar enlloc, el tinc d'una mala llet que fon l'enclusa.

Però el noi veu que l'empipament encara endureix la cara de la xicota i comprèn que mereix més explicacions.

—La nostra farga és la més important de Magens. I si el rei ens requereix, hi estem obligats pel jurament. Tothom sap que una batalla sense ferrers es pot guanyar, però una guerra, Brilhèta, d'una guerra, sense ferrers és impossible sortir-ne victoriós. He d'anar-hi, a més, en aquesta ens hi va la vida.

Veu que la pena comença a amorosir els ulls de la Brilhèta i ho rebla per entendrir-la millor.

—Ara ja soc mestre ferrer i no em faria res sacrificar la vida per ser útil. N'hauries d'estar orgullosa. Altrament, no hi aniré sol, me'n duc tres manyans i dos aprenents, i farem colla amb en Forllat i els seus fusters.

Ho diu amb el pit inflat d'orgull, un pit ben forjat que commou tots els arguments de la Brilhèta. Accepta que aquesta batalla no la guanyarà, s'acosta al noi i amb la veu més sensual que sap emetre li diu:

—I les tres carretes que hi ha fora, també són per a tu?

Ja li passa un dit a prop del mugró.

El noi sent que el cos se li abriva, però intenta respondre.

—Sí, hi portem ferro... malls —cada vegada més excitat—, carbó... Una manxa manual. —La mà de la Brilhèta baixa fins al sexe que està ben disposat—. Dues encluses... —Mentrestant, toca els pits de la Brilhèta, que ja té ganes de ser satisfeta—, martells, estenalles... —mussita el noi sense control mentre la Brilhèta sent el penis d'en Matuis clavat a la roba.

Atrafegats, es deslliuren els baixos de robes, ell li toca aquell botó que ella li ha ensenyat i queda desficiada, les poderoses cames d'en Matuis l'aguanten eixancarrada i, en poca estona de moviments ritmats, els seus cossos es vinclen d'espasmes i plaer. El noi pensa que de totes les xicotes amb qui ho ha fet, la Brilhèta és de lluny la millor, la que l'encén més. I la noia, que el pecat d'avui deu ocupar el vèrtex de la jerarquia dels mortals, perquè el gaudi l'ha traspassat des de les entranyes fins a les puntes dels cabells, i el canonge Orenç l'hi va deixar ben clar: com més gaudi, més infern.

La calor de finals d'agost els ha xopat els cossos, acoblats com només queden els enamorats després de fluir.

—Fes el favor de cuidar-te i no posar-te en perill.

—No et preocupis, soc ferrer i una espasa no té secret per a mi.

—Vindré sovint a cuinar pel teu pare i si...

Tot d'una, els timbals retrunyen a la plaça i escampen un batibull de sons greus i profunds. El renou sacseja l'espai. Els joves s'arrangen tan ràpidament com poden. Ella l'ajuda a nuar el farcell i ell tanca l'alforja amb els estris de feina. En sortir a la plaça, queden meravellats. L'aspecte és majestuós; colors, flaires, crits i retrunys de tambors es barregen en una cerimònia mai vista a Magens.

Dalt de les escalinates, i emmarcats pel frontispici de la catedral, s'hi han disposat quatre principals del regne. Els cossos espigats i el vent que en mou els vestits perfilen els personatges com vinguts d'un altre món. El bisbe Esbill, al mig, va abillat tan pomposament com pertoca en una solemnitat de la qual és l'actor principal. El flanquegen tots dos prínceps. En Jan llueix una figura potent, bella, vestit amb blaus luminosos i ocres pàl·lids, sense armadura que el cobreixi, talment com si no la necessités. El príncep Ínian, a l'altre costat del bisbe, sembla el contrapunt del prelat, per l'elegància que no necessita ornaments i el comport de qui ja exerceix la regència de Magens. Finalment, al costat del príncep Jan, amb l'hàbit negre de Sant Benet i la caputxa posada, l'Orenç dona una pinzellada d'adusta moralitat al quadre.

Al peu de la gran escalinata, quaranta cavallers amb armadura pesant ocupen el centre. Tots vesteixen cuirasses de metall que, articulades, envolten el cos per fer-lo inaccessible al tall de les armes, però s'han desencasquetat l'elm per a la benedicció. N'hi ha que fan mitja por per les formes i la grandària de l'armadura. Són enginys de guerra temibles que només es poden permetre els més rics. Munten cavalls que també van cuirassats en els llocs més vulnerables. La Brilhèta s'impressiona amb les testeres que protegeixen els caps. Tenen formes paoroses i, amb els moviments neguitosos dels animals, aparenten monstres endimoniats. Està convençuda que, només en veure'ls, els adversaris de peu bescanviaran armes per pregàries.

Repartits als seus flancs i en perfecta simetria, hi ha els cavallers d'armadures més lleugeres que, si bé no tenen tanta potència, guanyen en agilitat i mobilitat, unes virtuts cada dia més valorades en les batalles. Només van coberts amb cotes de malla que els protegeixen de cap a peus i també part dels cavalls. A la Brilhèta li agraden més que els pesants, perquè quan els raigs de sol s'hi reflecteixen, les malles centellegen i semblen d'argent. Al contrari d'en Matuis, que com més cuirassa i metall porta el cavaller més el valora per a la guerra.

Tots dos miren d'avançar amb ganes de millorar la posició i, a força d'empentes i somriures, arriben a les primeres files pel cantó on paren els ballesters. Els ulls de la Brilhèta ho revisen tot, mentre frueix dels dits d'en Matuis, que aprofita els cossos premuts per la gentada per repassar-li les intimitats. Malgrat els fogots, pregunta que com és que entre les ballestes no n'hi ha dues d'iguals. En Matuis se li acosta a l'orella i talment com si li besés, explica que la qualitat de cadascuna depèn de la riquesa del noble que l'arma. Que n'hi ha de fusta treballada, d'altres tenen unes manetes per tesar millor l'arc, algunes s'ornen fins i tot amb marqueteria, i les més cares tenen l'arc de metall. El noi en sap, perquè una de les feines més difícils de l'ofici de ferrer és trempar l'arc d'una ballesta d'acer, «quasi més difícil que fer una bona espasa i molt més car», diu ja ben envermellit. «Però la majoria són fetes de fustes i de pells que s'han de tractar i macerar convenientment», ja a punt de tocar el cel... Però, tot d'una, els tambors s'aturen en sec. Instintivament, les mans abandonen els racons que manipulen i, com tothom, fixen la vista en les quatre personalitats.

El bisbe Esbill, cobert amb la mitra, arrossegant una capa excessiva que li enfarfega els moviments i ajudant-se del bàcul, avança tres passes. Sembla no tenir pressa, coneix bé la importància dels tempos, mira l'estol armat que té als peus, com revistant-lo, i després comença la prèdica. En Matuis i la Brilhèta, que estan plaçats prou endavant, veuen que diu alguna cosa pel moviment dels llavis, però no el senten. I és que la veu esquerdada, que a dins del temple ja costa de copsar, en aquell espai obert no arriba a ningú. Quan dos canonges li acosten l'aigua beneita i el salpasser, tothom entén que és el senyal per a la benedicció solemne. Els cavallers acoten el cap i abaten les llances en senyal de submissió, els arquers i ballesters vinclen un genoll i la majoria de gent es descobreix i es persigna. El silenci és absolut. El bisbe anuncia, inútilment, que el Summe Pontífex Fulgenci III ha concedit la butlla especial als soldats de Magens que garantirà la salvació de l'ànima en cas de morir durant la croada. Finalment, clou la seva intervenció nomenant-los «cèlics soldats enviats per Déu contra l'heretgia albicar, la lepra més perniciosa que assetja l'Església».

El príncep Jan s'adona que la gentada no l'ha sentit i que l'envellida fragilitat dels gestos no ha provocat l'entusiasme necessari, i entén que cal engrescar els ànims dels magensins per evitar que marxin amb el cor encongit. L'Orenç, que li llegeix el pensament, observa que avança dues passes per davant de l'Esbill i improvisa una arenga. La veu ressona clara, potent. Tothom l'entén i tothom el vol entendre. La seva figura desplega energia, pregona coratge i embelleix la crueltat que se li coneix.

—Gent de Magens, en nom del rei Ebrard i del papa Fulgenci III, demà partim a una guerra santa contra els heretges. Lluitarem en terres de la pèrfida Llangàs que els protegeix i no en tornarem sense la victòria. Perquè aquesta no sols és una guerra santa, també lluitarem pel futur de Magens...

Mentre en Jan perora, l'Orenç abasta la complexitat del governant. En realitat, en Jan no té res contra els heretges, i molt menys contra Llangàs. Però té un compromís de sang amb el poder i, per ser-li lleial, s'exposarà fins a la mort i, si cal, també serà més catòlic que el bisbe Esbill, cosa que no jutja gens dificultosa.

—Ja heu sentit el nostre bisbe. Som l'exèrcit del Summe Pontífex. Ell ens fa soldats de Déu. Però el meu pare, el rei invicte, ens dona un altre poder: també som soldats de Magens. Déu i el rei ens demanden la victòria! I nosaltres els la donarem! Vencerem! Tornarem rics de botins i d'honor! Visca el rei Ebrard! Visca el papa Fulgenci! I visca Magens!

# 27
# Un ambaixador especial

Entre la cridòria exaltada, el príncep Jan baixa les escales parsimoniosament. Sent que el seu cos imanta l'energia que desprèn la plaça i es deixa victorejar fins a arribar on li han preparat el cavall. Quan la plebs el veu muntat, l'imaginen molt més que un príncep. Criden el seu nom i llancen robes al seu pas perquè les trepitgi. Al so dels grans timbals, els nobles cuirassats el segueixen encapçalats pel baró de Cas. Amb els elms encasquetats, les llances relluents i els blasons del feu que defensen en cada escut, avancen convençuts de la victòria. Rere hi van els ballesters i els arquers en dues formacions separades. Seguidament, la cavalleria lleugera arrenca l'entusiasme amb el relluir de les malles. El príncep Ínian, amb la seva escorta, i el príncep Orenç, des d'una cadira romana amb quatre portadors, tanquen la comitiva escortats per la infanteria.

Però aquesta disposició ordenada dura poc i a mesura que passa l'estona, el rigor de la formació s'esvaeix. Més o menys agrupats, però cadascú al seu pas, els soldats xerren amb les dones, fills, parents o veïns. Fan befes a les xicotes. Accepten alguna menja... I a mig camí, fins i tot els timbalers han deixat de batre les pells.

L'Orenç, darrere el cortinatge de la cadira, n'observa el desmanec, nostàlgic de quan a Roma estudiava com, en l'antic imperi, les legions desfilaven amb un pas tan poderós que feia tremolar el terra, amb files ordenades, sincronia perfecta i simetria estudiada. «Però els bàrbars ho destrossaren tot. La força salvatge venç la força de l'ordre, quan l'ordre no l'inspira Déu.» Tot semblava redreçar-se quan Lleó III coronà Carlemany emperador, però fou un miratge. «Una petita remuntada en un perenne pendent vers el desgavell on som ara.» L'Orenç es demana què en dirà, la història, d'aquest segle que tot just comença. Un segle obscur i promiscu en què la ignorància preval sobre la saviesa dels antics, i en què els plaers concupiscents ofusquen el gust per l'enaltiment espiritual. Sí. Algú escriurà que fou un segle caòtic en el qual només quedava l'Església per confortar la gent. O, com li deia el vell tutor Arcadi, «per modular la por, per controlar la ignorància, per reprimir la natura, només hi ha l'Església, la resta s'ha esfondrat».

El camí que separa la catedral del Castell s'enfila a poc a poc. Rere les cortines, observa sense ser observat, i en passar davant la farga ha vist els dos joves. En Matuis estava distret, però la Brilhèta no i en veure'l ha insinuat un senyal amb la mà. No l'ha correspost, ha seguit endavant amb un estrany sentiment de gelosia, convençut que l'escena dels joves amb el desig als ulls i l'escalfor al ventre mai no seria per a ell.

Sent renillar el cavall de l'Ínian a prop seu. Se'l mira, jove, l'esquena dreta, les faccions suaus, sempre atent, sempre educat, sempre afablement distant... però tot d'una, capaç d'una violència extrema. No ha pogut intimar-hi mai ni compartir-hi quasi res. Potser ara que ambdós hauran de regir Magens, tindran ocasió de tractar-se assíduament. Ha de ser prudent. En absència dels dos caps dinàstics, la qualitat de la seva relació serà delicada. Prendrà cura a respectar-lo, encara que només sigui per contradir l'Escorpí.

Quan entre els cortinatges observa que travessa el pont llevadís, besa l'escapulari vermellós i es prepara per al darrer acte d'avui. Pel que té entès, el rei farà una arenga als armats abans de menar-los a l'esplanada de Basti i, segurament, voldrà que ell els beneeixi. Veu que, en el pati d'armes, soldats i cavallers s'han reordenat, però allò que li fixa l'atenció és a l'altra banda, al costat dels estables. Són dos carruatges notables, luxosos. D'un, en distingeix l'escut del comtat de Corn, però de l'altre, tapat per la gernació d'armats, no en reconeix els detalls, tot i ser ostentós. Prop de la porta del palau, veu preparat el cadafal i, al costat, el cavall del monarca, el Branga. Revestit amb els atributs de guerra, el cos del tot cuirassat, amb la testera ornada amb una banya metàl·lica i els dos orificis dels ulls envoltats de punxes per fer-los més demoníacs, aparenta una eina mortífera. «Segur que el pare hi farà l'arenga muntat, no existeix un cadafal més imponent que el Branga.»

Quan els portadors abaixen la cadira i en descendeix, l'Orenç pensa dirigir-se cap a on veu els altres prínceps i el baró de Cas, que en Blan situa en ordre protocol·lari dalt del cadafal. Però quan s'hi encamina, el patge s'afanya a trobar-lo per dir-li a cau d'orella.

—Príncep Orenç, a vós, el rei us espera al saló del tron. Seguiu-me.

El canonge, una mica sorprès, reülla el cadafal. L'Ínian no se n'ha adonat, en Jan sí, i li somriu obertament.

Només entrar al saló del tron, reconeix de seguit dues de les tres persones reunides a peu dret. A banda del rei Ebrard, hi ha l'abat Moll, però no identifica la tercera. Tanmateix, ha de ser un gran personatge de l'Església, perquè va cobert amb vestimentes sumptuoses, però que no es corresponen ni a les d'un bisbe ni a les d'un cardenal. L'Orenç s'ho retreu, ell hauria de saber a qui pertanyen unes robes eclesiàstiques tan notòries. Quan comença a sospitar-ne l'origen, l'abat Moll l'adverteix i ho assenyala al rei, que amb un gest amable li demana d'acostar-s'hi. Pren pel braç l'il·lustre visitant i avança unes passes mentre anuncia solemne:

—Príncep Orenç, tinc l'honor de presentar-te l'eminentíssim patriarca del Grado i d'Aquilea, l'excel·lentíssim Atanasio Bellozzi, que ens ha volgut beneir abans de la partida. Eminència, aquest és el meu fill i canonge, el príncep Orenç.

L'home és alt i corpulent, d'avançada edat. L'observa de dalt a baix, com només gosen els poderosos. Sí, ara reconeix la vestimenta i els símbols del patriarca del Grado, que recentment ostenta també el patriarcat d'Aquilea. Com li podia passar per alt. Ell és l'únic patriarca d'Occident, a banda del mateix papa Fulgenci, que ho és de Roma. L'Orenç s'agenolla, li besa l'anell i s'apresta a rebre la benedicció que Atanasio li dona d'esma.

—Teníem moltes ganes de conèixer-vos, príncep. Per les moltes qualitats que nos ha detallat el vostre pare i amic nostre, però també nos ha parlat de les vostres excel·lències un dels tutors que tinguéreu a Roma i gran amic, el bisbe Arcadi, que nos ha posat en precedents de les vostres virtuts i que nos ha delegat les salutacions més afectuoses per a vós i el desig d'un esdevenir magnífic al servei de l'Església.

La finor del llatí i el tractament majestàtic que utilitza el patriarca sonen a les orelles de l'Orenç com música celestial.

—Gràcies, excel·lència. No sabeu com m'honoren i reconforten les vostres paraules.

Per l'actitud del patriarca, s'endevina un encadenat de compliments i cortesies, però la veu del rei Ebrard les interromp, potser mancat de finesa. El neguitegen un seguit d'obligacions que no pot atardar i l'apressa definir l'objectiu de la reunió:

—Fill, tot el que ara parlaràs amb el patriarca Atanasio i l'abat Moll està acordat d'antuvi. Accepta-ho confiat. Eminentíssim, com ja sabeu, tinc el millor de l'exèrcit formant al pati d'armes i, si m'excuseu, ens cal retirar-nos a l'esplanada de Basti abans que fosquegi. Havent segellat totes les condicions del nostre acord, us prego que em permeteu partir mentre assabenteu el príncep del que, junts, hem convingut.

Totes dues autoritats fan un gest d'aquiescència. Aleshores el rei s'agenolla amb volguda aparatositat i el patriarca inicia una salmòdia tot alçant els braços. Els murs nobles d'aquell saló testimonien com el poder cèlic beneeix el poder terrenal per a una guerra que tant convé allà dalt com aquí baix. En acabar, el rei es gira i crida:

—Escuder!

No ho ha de repetir, en Blan entra immediatament i fent una inclinació només diu:

—Maneu, senyor.

—Prepara'm la cuirassa, vull arengar la mainada muntat al Branga, amb tota l'armadura excepte l'elm.

—Sereu obeït, senyor.

Quan es gira, l'antic patge reülla l'Orenç. El prevere li percep un somriure, lleu per fora, però, per dins, una rialla. En Blan ja és l'escuder del rei, una dignitat que només s'atorga als fills de l'alta noblesa. Ben cert que el pare sabé morir travessat per una llança destinada a l'Ebrard però, ell, n'ha tret tot el suc possible.

El monarca fa els últims comiats, besa l'anell del patriarca, prem fraternalment les mans de l'abat i, finalment, s'acosta a l'Orenç:

—Fill, abraça'm i accepta les determinacions que hem pres

i que ara et notificaran. Sigues ferm durant aquestes setmanes que seré fora. Les finances que et deixem són escasses, però tot està previst i el comptable Alberg et posarà al dia. Imparteix justícia, sé que ho faràs encertadament.

Se'l mira solemnial. El pren pels braços.

—I, ara, escolta'm l'últim manament: si no tornéssim ni en Jan ni jo d'aquesta guerra, Déu no ho permeti, no et faci por, repeteixo, no et faci por prendre les regnes.

Es gira i mentre se'n va, tots tres l'observen sabent que l'esquena del monarca carrega preguntes que el destí contestarà ben aviat. Durant el respectuós silenci, l'Orenç repassa com li ha donat tractament de príncep i de fill, i que això l'escalona definitivament en el tercer lloc dinàstic. Tampoc se li ha escapat la darrera frase, si ell i en Jan no tornen «no et faci por prendre les regnes», les quals, legítimament, corresponen a l'Ínian. I ho ha dit en veu alta, sabent que el patriarca i l'abat l'escoltaven.

Quan el rei traspassa la porta, el patriarca Atanasio pren immediatament la iniciativa. Se'l veu avesat a manar.

—Senyors, us demanaríem de seure, no som jove i anem una mica atuïts pel llarg trajecte.

L'Orenç es sent cohibit. En jerarquia, només el Pontífex supera aquest personatge. Que sigui aquí, viatjant amb un carruatge sumptuós i ben escortat, però lluny dels luxes que li correspondrien a Roma o a la seva seu veneciana, assenyala la magnitud de l'interès del Papa pel que succeeix a Magens. Segons què determini la guerra, l'equilibri de poders terrenals i religiosos pot canviar abruptament en aquesta part del continent. Un triomf de l'Uc comportaria l'arrelament de les teories albicars a Occident i, sota la protecció d'un reialme vencedor, s'expandirien com la pesta. Però, a més a més, aquesta desfeta embrutaria la pàgina que en Fulgenci III vol ocupar en els llibres d'història, jutjant-lo incapaç d'aturar l'heretgia. Per això ha delegat un patriarca, perquè deu haver sigut intricat i laboriós convèncer l'Ebrard d'una aliança amb el seu enemic natural, en Frencàs, i enderrocar els seus sentiments fraterns envers els reis Uc i Mir.

—Benvolgut abat, ara passaré a exposar al príncep la finalitat d'aquesta reunió. Si me'n doneu vènia, ho farem amb un llenguatge planer, deixant de banda tractaments i protocols, no fos que darrere d'algun amanerament es perdés l'essència del contingut. Voldria que vós, Moll, resseguíssiu la meva exposició. Heu estat present en la preparació de tot el pactat des de l'inici i en coneixeu els detalls millor que jo. Si manqués algun matís, o aprecieu algun desviament en el relat, us pregaria que, una vegada finit, en milloréssiu allò que judiqueu convenient, fins i tot si m'heu de contradir.

—Ho faré, patriarca. Si m'ho maneu, no em permetré el dubte.

—Us ho prego en nom de Déu. Príncep Orenç, us imagino assabentat de tots els interessos i entrellats que es juguen en la guerra que avui s'inicia. Segurament és, o serà, un dels fets més lamentables o transcendents del segle que encetem. També us imagino assabentat de l'amor especial que el Papa professa per Magens i per la dinastia Albir, de la qual, des de fa poc i sortosament, en formeu part.

L'Orenç escolta aquests prolegòmens amb el posat d'estar avesat als assumptes d'estat, però, en realitat, desconeix molt del que s'hi complota.

—Els rumors d'un suïcidi de la reina Bal han preocupat profundament la Cúria i el mateix Pontífex. Al principi imaginàvem que ens arribaven del mateix Magens. Coneixent l'Esbill i les seves dèries, els suposàrem una maniobra de venjança envers el rei per qüestions que venen de lluny. Però, aviat, els mateixos rumors vingueren de la cort de Guifort i això agreujava la dimensió del conflicte. Afegiré, sense aprofundir-hi, que fa pocs anys hem conegut, en el cercle més íntim del Papa, unes informacions terribles sobre la vida privada de la reina Bal que vàrem preferir obviar, però que potser ara prenen rellevància. Finalment, un cop estudiades i destriades totes les ressenyes dels nostres prelats i preveres als tres regnes, sospitem que l'assassinat de la reina Bal s'aprofita per endegar una conxorxa entre el seu germanastre, el rei Frencàs de Guifort, i l'Esbill, a qui el suïcidi donaria el poder de deslegitimar la dinastia dels Albir... i satisfer la set de venjança d'aquest pervertit contra el rei Ebrard i el mateix Papa. Més o menys resumit escaientment, príncep.

El patriarca fa una pausa. Respira feixugament, el relat l'ha deixat cansat. Tot d'una es dirigeix al prevere amb una entonació humil:

—Príncep, necessitaria un vas d'aigua, em pot la fatiga i m'he de prendre unes gotes medicinals.

L'Orenç s'aixeca sol·lícit i travessa el saló per arribar a l'estança on es guarden les gerres. Pel camí, sent una ovació que li arriba del pati d'armes, això vol dir que l'arenga del rei ha sigut curta i que ara sentirà el pas dels cavalls i els visques de la gent. Ho encerta. Mentrestant, sacseja una a una les tres gerres per triar-ne la més buida i poder inclinar-la sense treure-la del gerrer. Omple el vas d'argila més gran que troba i se li acut omplir-ne un altre per a l'abat. Ja de tornada al saló, veu les dues venerables testes l'una a frec de l'altra: els dos prohoms xiuxiuegen. A mesura que s'acosta es separen, però sense pressa per dissimular.

—Gràcies, príncep. Molt amable. Beveu, abat, que ha sigut un dia farragós.

El patriarca Atanasio treu un flascó de sota el faixí i en

vessa unes gotes que compta una a una amb el moviment dels llavis i que li calmaran la coïssor de les parts més personals. Es sent cansat d'anar per aquests mons de Déu amb un carruatge que, si bé és còmode i luxós, transita per uns camins que, amb el tracaleig, li aguditzen la malaltia. Secretament, anhela acabar aquesta ambaixada del Pontífex per retornar al confort de la seu veneciana.

—Doncs, com us deia, príncep, entre totes les peces que hem d'encaixar, n'hi ha una que ens preocupa especialment: l'Esbill. Temem, amb raons fonamentades que, en absència dels dos caps dinàstics, no maquini alguna maniobra perillosa. En tenim indicis, però de moment no sabem amb quines accions. I aquí és quan comptem amb vós, príncep, per assegurar que aquesta baula putrescent no malmeti allò que Déu ja ha disposat.

—I de ben segur que també podeu comptar amb el príncep Ínian —afegeix l'Orenç.

El vell patriarca se'l mira i, sense donar-hi cap èmfasi, només respon:

—Confiem en vós, príncep.

L'Orenç entén que el patriarca li ha fet un advertiment seriós. Mira l'abat, que fa un gest d'assentiment. Rumia una resposta que correspongui a tanta confiança.

—Eminència, soc soldat de l'Església i, fins fa ben poc, aquest era l'únic manament que em guiava. Com vós sabeu i per la voluntat del pare, he passat a formar part de la seva nissaga, amb tots els drets i obligacions corresponents. Ara, aquí i davant vostre, us declaro que la meva lleialtat envers l'Església serà primigènia i que la meva fe en Crist va més enllà de tots els títols terrenals que em corresponguin.

Quan acaba, l'abat Moll s'avança al patriarca, que anava a intervenir.

—Us comprenc perfectament, príncep. Jo, que en una posició més humil serveixo ensems el rei i Déu, us puc assegurar que en el tram d'història que vivim els dos serveis es conjuminen harmoniosament. No en tingueu dubte. Servir Déu us farà servir el vostre pare, i la lleialtat al vostre pare comportarà lleialtat al Pontífex.

El patriarca, que en un primer moment s'ha sentit molest per la interrupció, agraeix unes paraules tan favorables al seu propòsit.

—Expressat tot això, i sense que calgui concretar més detalls, us exigeixo obediència a Roma.

—La teniu tota, eminència. En faig jurament.

—Doncs, en acompliment de les instruccions que porto... Abat, m'acosteu l'alforja, la més gran de les dues que he fet pujar?

L'abat s'aixeca i s'acosta al finestral. Sota l'ampit hi ha una bossa d'embalum considerable marcada amb l'escut patriarcal. L'agafa i la dona al patriarca Atanasio.

Un cop la té a les mans, aquest la recolza a la falda i en treu uns quants pergamins que denoten especial qualitat per les cal·ligrafies que els intitulen, els lacats ostentosos que els asseguren i alguns distintius que l'Orenç reconeix immediatament.

—Príncep, el vostre pare, com a rei de Magens, ha exercit les seves atribucions i us ha concedit ser bisbe de Magens. Aquí tenim els documents signats per ell. D'altra banda, l'acceptació romana s'expressa en aquests altres documents, signats pel Summe Pontífex, en els quals la Santa Seu us reconeix com a príncep de l'Església i us nomena, momentàniament, bisbe d'anell. El vostre enaltiment, i en això us reclamo absoluta obediència, no es farà públic fins al moment que la titularitat del bisbat de Magens quedi vacant, amb el benentès que, quan es donin aquestes circumstàncies, perdreu la condició de bisbe d'anell per ocupar immediatament la prelatura titular de Magens i la seu de la catedral, per a la qual cosa també m'assisteixen tots els documents necessaris, que, mentre no s'hagin d'executar, l'abat Moll tindrà a bon resguard a l'abadia de Corn.

El patriarca Atanasio s'atura i el fita. Aprofita per respirar profundament.

—Príncep, heu entès el significat i les conseqüències del que us he exposat?

L'Orenç voldria fer moltes preguntes, però comprèn que ara només procedeix entendre que el designen recanvi de l'Esbill per ocupar-ne el lloc, tan prest com convingui, i evitar que hi hagi un buit de poder eclesiàstic... pel motiu que sigui. Fa una inclinació de cap afirmativa.

—Pare abat, vós sereu testimoni de la cerimònia. Així, príncep, abans d'ungir-vos, és preceptiu que confirmeu acceptar-ne la responsabilitat.

—És un honor. L'accepto humilment i amb esperit de servei.

El patriarca l'escolta com si hagués sentit aquest gènere de formulacions moltes vegades sense que mai ningú hagués rebutjat un tal oferiment.

—Agenolleu-vos.

El patriarca s'aixeca feixugament, ajudant-se dels braços del setial, mentre el fregadís de la roba li fa un brogit curiós. Quan s'ha redreçat del tot, es gira envers l'abat.

—Reverendíssim, em doneu els olis per a la unció? Els trobareu embolicats amb tripa a la bosseta esquerra de l'alforja... I perdoneu, Moll, conec bé la dignitat que us sustenta, però necessitaré el vostre ajut en una cerimònia tan poc usual.

—No us amoïneu, tots tres som benedictins i el servei als

designis de l'Església és la màxima distinció que se'ns pot atorgar.

—Pastor Orenç, feu acte de contrició dels vostres pecats. Abans d'ungir-vos us absoldré perquè pugueu entrar sense màcula al principat de l'Església.

L'Orenç acota el cap i mira de concentrar-se, tanmateix reülla com la vestimenta farragosa del patriarca i la negra de l'abat es desplacen tot preparant la cerimònia. Les potes de la cadira on s'asseia l'eminència es mouen ensems amb la roba negra i queda col·locada al costat de la sotana púrpura, que hi deixa uns recipients, flascons i uns pergamins enrotllats.

Tot d'una sent la mà del bisbe que s'imposa sobre el seu cap i escolta unes oracions insinuades, al principi, però que a mesura que gasta l'aire es fan inaudibles. Finalment, i malgrat que es sap protagonista de la cerimònia, el seu senderi s'entreté a desxifrar l'entramat d'esdeveniments que li basculen la vida. Fa un mes era un simple prevere. La mort de la reina no fou un suïcidi, però la calúmnia posa en perill tot el regne i dona oportunitat al bisbe Esbill d'executar una venjança de la qual no coneix les raons profundes. Tanmateix, qui l'ha matada és el baró de Cas, l'íntim del rei. Tot plegat, vertiginós. I el rei decideix passar-lo de bastard a príncep de Magens, tercer en drets dinàstics. No sols això, Roma envia un patriarca per ungir-lo a cuita-corrents. Finalment, el fan bisbe d'anell perquè la trona del bisbat està ocupada i a un bisbe només el retira la mort... que tothom pressuposa que serà oportuna. Sí, vertiginós.

Tampoc abandonen la memòria algunes frases, com la que en Jan escoltà de la seva mare, «tu seràs rei», o la del pare manant-li de «prendre les regnes», o el jurament solemne del rei quan va prohibir-li mencionar el nom de l'assassí. I la confusió augmenta davant la pregunta que ningú respon.

Per què el baró de Cas ha matat la reina? El senderi el retorna a la cerimònia quan sent la veu del patriarca, que apuja el volum de veu, talment com si ho proclamés en una catedral atapeïda de feligresos.

—... nou Príncep de l'Església i Vicari de Crist, sa eminència el bisbe Orenç d'Albir.

# 28
# Visita de cortesia

Segon dia de setembre. La nit ha sigut xardorosa i l'Orenç no ha descansat bé. S'ha llevat fatigosament, ha orinat i s'ha mullat generosament el clatell i la cara. Es posa l'hàbit més senzill per baixar a dir missa, però, en passar davant de la finestra del pati, veu que el príncep Ínian l'està travessant i s'acosta a la portalada de la capella. Quan el sent pujar les escales, enretira alguns pergamins de la taula, que endreça entre les lleixes de llibres, com ordenant-los, fins que els trucs a la porta es fan sonors.

—Passeu.

—Molesto, germà?

—De cap manera, Ínian, m'ha semblat des de la finestra que veníeu, però he cregut que anàveu a la capella. —L'Orenç vol parlar amb naturalitat, però té present que la darrera visita quasi li costa la vida—. Seieu...

—Germà, encara em tractes de vós.

—Perdona, Ínian, tot em ve de nou.

—Però ho fas molt bé, Orenç. Ets discret, efectiu i bon organitzador. Sé que convoques aquí el comptable Alberg i el recaptador de tributs, en Cusme.

—Sí. És més pràctic si no vull negligir el servei de la capella. Seu, per favor. Digues, a què dec la visita?

—De fet, vinc perquè trobaria convenient que vinguessis i visquessis a palau, Orenç. Et correspon per llinatge i per les noves responsabilitats que tens. Exerceixes de copríncep i aquesta estança no és la que et correspon.

L'Ínian procura revestir les seves paraules amb un aire amistós. En realitat no ha pogut congeniar mai amb qui, ara, és el seu germà i comparteix regència. En la fina visió que té de les coses, podia entendre que el rei volgués protegir-lo amb una canongia, però del fet que l'afillés en un Consell de la Cúria Reial i en presència de la Cort, col·locant-lo just darrere seu en drets dinàstics, no sap copsar-ne les raons, l'abast ni tampoc les conseqüències. Per això és aquí. Per entendre millor el personatge.

L'Orenç tria les paraules, no en va l'Ínian és el seu superior dinàstic.

—T'agraeixo, i molt, el teu oferiment, Ínian, però estic avesat a aquest lloc i segueixo essent el prevere de la Reial Capella, càrrec que m'obliga a dir-hi missa cada matí, a assistir els feligresos en confessió i a estar disponible per a tothom que em necessiti. Si residís a palau, la gent no gosaria requerir-me. Però en tot cas t'agraeixo l'oferiment.

Per dissimular la negativa, l'Orenç encadena una pregunta.

—Per cert, germà, tens notícies del pare?

—Segons el darrer emissari, el rei va sortir del castell de Maràs fa cinc dies per entrar en territori de Llangàs sense trobar-hi resistència seriosa. Semblaria que l'Uc ha concentrat les seves forces mentre espera l'arribada del rei Catòlic, i que l'enfrontament, a diferència d'altres vegades, es resoldrà en una gran batalla... Això vol dir que ni en Frencàs, que ha entrat pel nord, ni el pare trobaran gaire resistència pel camí.

—M'han arribat veus que les tropes de l'adversari són superiors a les nostres i que, en aquest gènere de batalles, el nombre és important.

—Sí, per les informacions que tinc, la proporció seria el doble... hi ha qui diu que més i tot.

L'Orenç és un bon observador i les faccions del príncep no mostren ni afectació ni inquietud. Insisteix.

—Però, això vol dir que una victòria serà difícil?

—Sembla que molt, segons l'Esbill quasi impossible. —L'Ínian s'adona que anomenar el prelat ha sigut improcedent. I l'Orenç nota que ho vol corregir—. Vaig dos cops per setmana a confessió. Se li esllangueix la flama molt de pressa i procuro donar-li conversa.

L'Orenç el segueix.

—Fas santament. Passaré a veure'l tan prest com pugui. L'he conegut poc. Amb mi sempre ha sigut afable, tot i els antics conflictes amb el nostre pare que no conec i... d'algun escàndol.

—La gent malparla massa. Bé, aleshores no mano que et preparin una cambra?

—No, gràcies, Ínian, aquí estic bé.

—D'acord. Que tinguis un bon dia, jo el passaré de cacera.

Avança cap a la porta, decidit, però en el llindar es gira i, sense demostrar gaire interès, comenta:

—M'han comunicat que l'altre dia, mentre el pare, en Jan i jo fèiem el comiat al pati d'armes, dins el Castell hi havia un personatge molt important, el patriarca del Grado. Pogueres veure'l?

—Sí, però no gaire estona. Com que vosaltres estàveu compromesos, el pare va pensar que l'abat i jo li seríem una companyia adequada. No el coneixia de res, semblava que l'abat de Corn hi tenia més tracte.

L'Ínian se'l queda mirant uns instants, pocs, com si esperés la continuació del relat, però l'Orenç no diu res.

—Bon dia, germà.

Quan l'Orenç es queda sol, està convençut que l'oferiment d'anar a palau no era la motivació profunda de la visita.

# 29
# L'abadia de Corn

Fa tres hores que viatja i encara en queden moltes per arribar a l'abadia de Corn. Es necessita quasi una jornada per fer el camí i, dins del carruatge, el tracaleig de les rodes li aguditza les ganes d'orinar. Ordena que el seguici s'aturi, baixa i, després d'apartar-se discretament, mana que el segueixin mentre avança a peu.

El camí voreja la llera del riu Basti i només de tant en tant adreça algun meandre per tornar-s'hi a aparellar. Prop de la ruta es veu alguna cabana i gent que feineja al camp, talla fusta o porta aigua, quasi sempre dones, criatures i vells. Camina íntimament feliç, retorna a un lloc simbòlic de la seva vida i es pren el viatge com si fos un ritual. Admira el paisatge. El riu s'escola flanquejat d'arbres fins a perdre's, però allà on vagi, el Basti trobarà la seva destinació.

Al cap d'una estona, per recuperar temps i alhora evitar el suplici dels sotracs, decideix muntar a cavall. Quan l'hi presenten, un dels escortes li vol fer la cadireta per pujar més fàcilment, però el cavalca d'un salt, com quan tenia nou anys. Això el complau, sabia que les sensacions de menar un cavall no s'obliden, però es sorprèn de sentir-s'hi tan còmode. A Roma pregonen que una autoritat religiosa no ha de muntar eixancarrada i s'aconsella el carruatge o la cadira. Intueix que aquests usos s'han emmotllat més a les necessitats dels sedentaris ventres romans que a les d'ensenyar el catecisme sobre el terreny. Nota que cavalcar li esvaeix l'enfarfegament de l'estatus i retroba un sentiment de llibertat i de comunió amb l'animal.

Tot d'una, entre l'arbreda, distingeix un pont de pedra d'arcades rodones i el camí que hi passa mostra unes roderes profundes. «Ah, sí, du a la mina de sal», li aclareix un escorta. La famosa mina d'Embucat, la font de riquesa més important del regne i que dona renom i poder a l'abadia que la gestiona. Des d'aquí, les carretes transporten la sal a tot Magens i als països veïns des de temps remots. Recorda que, a Roma, alliçonaven els novicis que, durant les campanyes imperials, es pagaven els soldats amb sal, de tant valor que tenia, i que, d'aquest hàbit, en nasqué la paraula salari. O quan l'arxidiaca Rambaldi els desvelava que, després de la conquesta d'un nou país, era preceptiu construir les noves ciutats a prop de salines o de muntanyes que en fossin riques.

Calcula que l'abadia de Corn ha d'estar a tocar i es prepara l'ànim. Preveu que no en reconeixerà res, tenia un any i mig quan hi morí la seva mare... i com sempre que ho recorda, sent que se li buida el pit. Ella ha sigut la gran absent, la gran desconeguda, de qui no guarda evocacions ni referències. Però no només el torba la mancança. Molt secretament, s'acusa d'haver tractat el seu record com un llast. Un llast del qual calia desprendre's per poder sobreviure i ser admès entre els coixins dels Albir. Quan l'Orenç es sincera així, el buit es fa insuportable.

És en arribar dalt d'un turó de pendents amables que l'abadia es presenta harmònica i prodigiosa, com si el conjunt monàstic s'hagués projectat per fascinar la mirada del pelegrí. Envoltat de planures suaus, la petita vall per on transcorre el

Basti guia la mirada fins a l'abadia, que irradia espiritualitat. L'Orenç no preveia un impacte tan captivador.

A mesura que s'hi apropa i en detalla l'observació, adverteix que les estructures de defensa no són ostentoses ni ofeguen la visió dels edificis religiosos, «potser perquè una abadia amb el poder de la de Corn no necessita amagar-se entre murades i pot mostrar-se als quatre vents». Ara mateix, el perfil de l'església, enrogida pel sol minvant, es veu coronada per un cimbori octogonal grandiós. Diuen que l'abadia fou construïda seguint l'estil d'un abat arquitecte que n'edificà algunes de magnífiques al voltant de les Muntanyes Blanques, però que la de Corn les supera totes.

El riu Basti dibuixa una giragonsa i corre paral·lel a la muralla nord servint-li de fossat protector. Un pont llevadís protegeix la gran portalada que mira a ponent i que dos monjos mantenen abaixat en senyal d'acollença. Només quan entra en el recinte, l'Orenç en percep la generosa vastitud que acull un gran nombre d'edificis, a banda de corrals, estables, pallers, un molí i prou terra per conrear els horts i una vinya. Tot el conjunt traspua el mític poder de l'abadia de Corn. La disposició de les perspectives és estudiada i el lloc més conspicu l'ocupa la façana de l'església, emmarcada per dos edificis. El de l'esquerra és el famós castell palau de l'últim comte de Corn no benedictí i, segons diuen, el més sumptuós de Magens. És just sota la seva portalada recarregada d'ornaments i escuts que l'espera l'abat Moll, amb el seu posat bonhomiós, la creu de la reverendíssima condició a la pitrera i l'alçada que el destaca. L'Orenç, que l'observa, ja ha après que, sota aquest tarannà senzill, quan a Magens es mouen peces importants del tauler d'escacs, la mà de l'abat sempre hi té un paper rellevant. Per això creu peremptori trobar-s'hi calmosament. Vol nuar tantes afinitats com pugui amb qui sospita que té una resposta avinent per a cada incògnita que l'assetja. A més a més, arriba aixoplugat per una excusa: és el nou administrador de Magens i ha de conèixer l'estat dels comptes entre la corona i l'abadia.

Amb una clara gestualitat acollidora, l'abat de Corn li demostra la joia de rebre'l. Quan descavalca, l'Orenç veu que l'abat inicia l'agenollament.

—Abat, què feu?

—Mostrar submissió al bisbe Orenç d'Albir, superior meu en rang religiós i a qui dec respecte.

—Valga'm Déu, Moll, oblideu els protocols, si us plau. Gràcies per acollir-me a casa vostra.

L'abat respon amb un to volgudament baix.

—Teniu raó. Us donaré tracte de príncep. La joia de veure-us quasi m'ha fet trencar el secret.

De seguit alça de nou la veu:

—Benvingut a Corn, que també fou casa vostra, príncep. Perdoneu que us rebi només acompanyat pel germà Savaric, la resta de monjos ens espera al refetor.

L'Orenç l'escolta agraït, però la vista li queda fascinada per la bellesa de la façana del palau. L'abat de Corn, que se n'adona, n'hi glossa els detalls.

—L'edifici era la residència dels antics comtes de Corn. Us he de confessar que abans encara era més ostentós. Hem procurat enretirar i vendre els objectes més valuosos o inútilment fatxenders per sufragar la reforma i l'engrandiment de l'abadia. Canviar-ne la prevalença terrenal per l'espiritual ha sigut difícil, com quasi sempre —somriu, afable.

A mesura que entren, i en veure el seu hoste encara embadocat, continua d'esma.

—Actualment, una part important serveix per a les funcions de la comunitat, l'antic saló noble l'hem convertit en la sala capitular i moltes de les dependències dels baixos formen part de l'hospital, la infermeria i el magatzem d'armes, ara pràcticament buit.

El pati interior per als carruatges és ampli. L'abat l'agafa del braç i continua el guiatge fins a l'escalinata, que l'Orenç percep més sumptuosa que la del Castell.

—Al principi, quan l'abadia passà a ser titular del comtat, els monjos vivíem al pis principal, però no és un edifici pràctic per un orde tan estricte com el nostre i amb horaris tan regulats. Per això, part del conjunt monàstic és recent. Fou concebut pel meu predecessor i primer abat comte, l'abat Pella, que fa molts anys inicià el nou convent, simètric a aquest palau respecte de l'església i que jo vaig acabar. Ara ja en fa dotze que hi vivim. L'abat Pella afirmava que els edificis parlen i que havíem de substituir el llenguatge de la guerra pel llenguatge de la pau, de l'oració i de l'acolliment. Vaig entendre millor què volia dir quan, sense rebaixar la muralla que ens protegeix, en tragué la majoria de les torres. Tot d'una, el missatge de les pedres era un altre.

L'Orenç l'escolta atent. Haver vingut li permet comprendre millor què representa Corn per a Magens, el predomini que exerceix i per què tothom mostra un gran respecte per aquest home.

—Pugem, ja hi som.

L'escalinata mena a un replà on es distribueixen simètricament cinc portes. L'abat es dirigeix a la central i l'obre. Quan l'Orenç la travessa es veu sorprès per una cambra grandiosa, desproveïda de luxes, però d'una estructura de voltes, columnes i finestrals que en si mateixes són un decorat superb.

—Caram, abat, definitivament teniu un palau portentós.

—Sí, sovint el mateix Ebrard em confessa que hi viuria millor que al Castell, però sospito que no són les qüestions estètiques que l'atrauen, sinó fugir dels compromisos de la Cort. Com bé dieu, és portentós... i, per als seguidors de Núrsia, excessiu. Ara dediquem aquestes estances a les visites importants, ja sigui per honorar-los la jerarquia, com a vós, o per afalagar la riquesa dels comerciants amb qui tanquem els tractes de la mina. Sí, tothom en queda impressionat, no en va era la residència del comte més poderós de l'actual Magens. El regne no es pogué fundar fins que el rei Alsàs va esclafar-lo... i matar-lo, a ell i els seus descendents. El vell comte no tan sols era el més potentat, també el més despòtic... mireu si n'era que aconseguí que tots els altres nobles s'aliessin amb l'Alsàs per derrotar-lo.

—I, si ho entenc bé, també és el més extens i el més ric.

—No, príncep, el més extens és el comtat de Quer i val a dir que amb planures més profitoses. Però príncep, i perdoneu la pressa, hauríem de dirigir-nos al refetor. Hem endarrerit la menja de mitja tarda per acollir-vos més endreçadament. En el vostre honor, avui no llegirem les santes escriptures i conversarem sobre aquell any i mig que visquéreu entre nosaltres. Per cert, sempre que no em digueu el contrari, alguns monjos m'han demanat vènia per parlar-vos de quan éreu infantó. D'alguna manera fóreu una criatura compartida per la comunitat... i, a més a més, la reina Alaís era molt apreciada. Jo tenia vint-i-set anys, valga'm Déu.

Per primera vegada, l'Orenç ha sentit el nom de la mare amb tractament de reina. I el buit li guanya de nou l'espai més íntim. Arribats al refetor, els monjos, ordenadament entaulats, s'alcen i reben el príncep Orenç d'Albir amb un interès poc dissimulat. L'abat li presenta els trenta-dos frares un a un, pel seu nom. La majoria són fills de la noblesa magensina, uns quants estrangers, alguns vinguts de molt lluny. Les inclinacions de cap es succeeixen i, si bé tots li palesen respecte, nota que els més grans busquen en les seves faccions algun traç que els desvetlli records de fa molt temps. A la presidència de la taula els espera el prior Vesiat, fadristern del comte d'Esdràs, que serà l'encarregat de beneir els aliments enmig del silenci.

És aleshores que l'abat li adreça unes paraules de benvinguda «a la seva primera llar», i dona permís per abandonar l'habitual emmudiment. Molts dels que depassen els quaranta frisen per saludar-lo, però el primer a prendre la paraula és el prior Vesiat, que s'interessa per si guarda algun record de l'estada a Corn. L'Orenç prefereix ser sincer i confessa que, fins ara, res del que ha vist li ha remogut la memòria. Aquesta resposta desferma la dels monjos de més edat, que competeixen per encadenar històries del nadó i la mare, prenent cadascú la paraula a indicació de l'abat. Que si se l'enduien a l'hort i li feien un llit de fulles de col per protegir-lo de la brutícia del terra, que si bevia la millor llet de la comarca perquè fra Mast li munyia les vaques de millor pastura, que si un monjo anomenat Moll i un altre anomenat Malic es barallaven per tenir-lo en braços. L'Orenç somriu quan mira l'actual abat, tot envermellit, i se li fa difícil d'imaginar-lo bambolejant una criatura. De sobte, algú parla de la brusca mort de la reina Alaís, però un ràpid entramat de reüllades els retorna a l'anecdotari. L'Orenç s'hi sent a gust, d'alguna manera recupera pàgines del seu passat que ni tan sols sospitava i, sobretot, refà el perfil borrós d'una mare que reviu dolça, culta i riallera.

Quan l'abat dona per conclòs el sopar, l'Orenç acompanya la comunitat que, en fila i entonant un salm, es dirigeix al temple per resar les Vespres. Ja és fosca nit. Dues llànties enceses en el cor remarquen les penombres. La negror dels hàbits dilueix els perfils i tot esdevé imprecís. Tant l'himne com les pregàries s'enfilen entre murs i columnes, sumant un tornaveu que sembla una resposta del més enllà. L'Orenç hi assisteix emocionat. Des que partí de Roma que no pot pregar en comunitat i, aquí, sentint que les seves paraules són les paraules dels altres i que junts combreguen els mateixos sentiments i la mateixa fe, exulta. Ja més tard, en acabar les Completes, l'abat l'acompanya a la cambra. Hi van callats, és l'hora del Gran Silenci, però, tanmateix, quan arriben a la porta, en Moll el trenca per acomiadar-se.

—Bona nit, príncep. Demà us mostraré els edificis. M'agradarà ensenyar-vos el noviciat, l'hem acabat fa poc, els temps caòtics afavoreixen les vocacions. Ah, i la Biblioteca, que hem engrandit per enquibir-hi escrits valuosos que provenen del sud. Us agradarà i, si us interessa, us mostraré els complicats mecanismes del molí que construí l'abat Pella. Va idear uns conductes subterranis que travessen la muralla, molt atrevits en la concepció, i que, a banda de moure la roda, ens permeten regadiu tot l'any sense deixar-nos desprotegits... Però, perdoneu, us atabalo en excés. Bona nit, príncep.

Quan l'Orenç tanca la porta, pensa que no s'ha equivocat de venir. A més a més, sent una creixent consideració per l'abat. Quan parla de la comunitat i l'abadia, la veu li pren un to d'amorosa exaltació. El percep afable, senzill, pràctic... i una columna decisiva en la jerarquia de Magens. L'ambient del monestir, la comunió amb Déu a través dels cants i les pregàries, l'autoritat amable de l'abat Moll, tot li augura un repòs en pau.

# 30
# La rancúnia ve de lluny

L'endemà, prou abans del migdia, visita les moltes dependències monàstiques guiat per un abat entusiasta que no n'hi estalvia quasi cap: biblioteca, celler, molí, cuina, dormitori, infermeria, hospital, cementiri, claustre, noviciat, església, sala capitular... i, finalment, el du a l'escriptori, on l'espera en Josut, el monjo que manega els comptes de la comunitat i que, segons en Moll, és el millor miniaturista per ornamentar els llibres musulmans que es transcriuen a la biblioteca. Després de presentar-li un feix de pergamins curosament relligats sobre el pupitre més espaiós, en Josut l'assabenta de cadascun dels delmes i arbitris que l'abadia abona a la corona i, com l'Orenç ja sospitava, els números confirmen que cap institució magensina participa amb més tributs al sosteniment del regne. Quan ja ha complimentat la feina i en Josut s'acomiada, pot seure cara a cara amb l'abat, a soles. Un moment d'intimitat que, per a l'Orenç, és el veritable motiu del viatge.

—Abat, us agraeixo les deferències amb què m'heu acollit, però m'hauria d'enretirar aviat. Tot i la bona lluna, vull arribar al Castell no gaire entrada la nit i m'agradaria aprofitar aquesta estona que ens queda per parlamentar amb vós d'assumptes que necessiten discreció i franquesa.

—Sentiu-vos en plena confiança. —No són només les paraules, l'actitud de l'abat també el convida a un col·loqui franc.

—Suposo que em comprendreu si us exposo el meu atordiment pels esdeveniments que, de fa poc temps, m'afecten. Alguns m'atenyen en el terreny personal, d'altres en el polític i, també, en el religiós. Vós conjumineu de fa temps, i judico que amb encert, els deures espirituals i polítics. Us demano, humilment, si em podeu aconsellar sobre alguns assumptes que em preocupen... tot assegurant-vos la discreció.

—Príncep, no tinc cap inconvenient a respondre-us qualsevol requeriment... però com que em demaneu franquesa, m'obligo a advertir-vos que, si en algun moment no puc contestar, serà per lleialtat a promeses o engatjaments que em són cars o pels quals he fet jurament.

—Gràcies, abat. Us exposaré el primer quefer que m'inquieta. Crec que comprendria millor la crisi que ens ocupa i l'abast del meu paper, si m'ampliéssiu els referents sobre el bisbe Esbill. N'he sentit molts rumors, alguns de greus, d'altres difícils de creure, però desconec les arrels que fonamenten el comportament de l'home que he de substituir.

L'abat es pren un temps de reflexió abans de respondre.

—Mmm... és que les arrels són profundes... en el temps i en la geografia. En realitat, tot el que ara ens condiciona va començar a Roma fa més de trenta anys. Procuraré ser concís, però no podré ser breu. Veureu, en morir el papa Humbert II, Déu tingui en la Glòria, es desfermà una lluita entre les grans famílies romanes per col·locar un dels seus adlàters a la Sella de Sant Pere. Lamentablement, res de nou sota el cel de la Ciutat Santa. Doncs bé, una vegada garbellades qualitats i ambicions, sobresortiren dos aspirants per damunt dels altres. Un era el jove cardenal Lorenzo Serlupi. L'altre també era jove i brillant, romà d'adopció però de procedència milanesa i emparentat amb la casa que governava gran part de Renània. Un jove amb un nom poc italià, Esbill, però que darrere seu tenia els Cobona, els Costaguti, els Naro... Si hem de ser sincers, la confrontació entre ells i les famílies que representaven sempre fou pel poder, però el camp de discussió escollit, l'excusa formal pel decantament envers una candidatura o l'altra, es centrà en la conveniència de continuar amb el Patrimoni de Sant Pere, els territoris del qual el Papa és sobirà.

L'abat pren un respir per observar si el príncep segueix el relat, però els ulls de l'Orenç no el deixen dubtar.

—Ara se us faria difícil imaginar el bisbe Esbill com un jove cardenal, seductor, bon retòric, agut filòsof i millor teòleg, molt dotat intel·lectualment. Tot i no amagar-vos que el rerefons que importava era el dels interessos, la discussió s'establí de la següent manera: l'aspirant Serlupi era partidari d'engrandir el Patrimoni i seguir les ensenyances de Gregori el Gran, que es resumirien, com ja sabeu, en el fet que una Església forta necessita un poder fort que la defensi. Les seves teories satisfeien la pràctica majoria del cardenalat i també dels bisbes, per als quals renunciar als impostos, riqueses i prebendes que els confereixen aquests territoris no ha sigut mai un problema teològic, sinó d'ambició.

—Caram, abat, sou molt dur en les vostres apreciacions —no pot evitar comentar el príncep, amb un deix de satisfacció de sentir quelcom que ell només gosa pensar secretament i que se li exposa de manera tan diàfana.

—Príncep, espero que la fascinació que Roma exerceix sobre els que la coneixem no ens ofusqui el bon senderi. —Somriu l'abat—. Continuo. L'altra opció, renunciar o rebaixar el Patrimoni, era molt menys apreciada per la majoria de la Cúria, però heus aquí que l'agilitat, la intel·ligència, l'entramat retòric i teològic que el cardenal Esbill desplegà fou de tal qualitat que en fascinà una gran part. Feu la defensa d'una Església al servei de les idees més cristianes i evangèliques, predicava la necessitat de despullar les institucions eclesiàstiques de la «parafernàlia de riqueses que l'empresonen», però, a més a més, abandonava la teologia i entrava agosaradament en la política quan defensava que, en perseguir el poder terrenal, Roma es feia enemiga competidora de les corones més poderoses d'Europa i que, a la llarga, això la destruiria. Ho reblava tot afirmant la tesi contrària, que una Església apartada del poder temporal augmentaria en autoritat moral i que, precisament aquesta autoritat, li donaria la clau d'un poder més integral del món, més indestructible i més al servei de la seva funció pastoral i ecumènica.

—Estic molt sorprès, abat Moll.

—No m'estranya, canonge, perdoneu, príncep.

—No us preocupeu, abat, continueu.

—Aquesta discussió s'expandí per tots els cenacles de Roma amb la complicitat d'alguns ordes religiosos, el nostre també, i quan finalment la Cúria s'enclaustrà com a Conclave Elector, la discussió fou més arrauxada del previsible. En Serlupi sabia que les seves tesis s'acordaven millor amb les ambicions de la Cúria, però, també, que era poc dotat per a l'eloqüència. En canvi, la brillant oratòria de l'Esbill feu creure als cardenals que optava a moltes més possibilitats de les que en realitat tenia. Jo, dels fets finals, només en tinc referències llunyanes i no sé fins a quin punt són certes. Però es diu que, allà dins i tancats, el debat fou tan viu i acalorat que hi moriren dos cardenals, ningú sap com, i que a la ciutat hi hagué incendis i matances pels dos bàndols, fins que, davant la gravetat dels fets, la Cúria s'imposà nomenar el nou Papa, que no fou altre que Lorenzo Serlupi, que trià proclamar-se com a Fulgenci III, que Déu guardi per molts anys.

—Així sia.

—Un cop ungit el nou Pontífex, i com passa habitualment, les famílies romanes que protegien l'Esbill caigueren en desgràcia... i avui, quan es repassa el repartiment del poder a la Ciutat Santa, es nota que encara no se n'han refet. Però, segons es conta, l'Esbill no s'hi resignà i conxorxà contra la vida del Papa, que, en tenir-ne proves verificades, l'exilià de per vida a canvi de lliurar-lo de la pena de mort i de l'excomunió. D'altres afirmen que la humiliació dialèctica i semàntica a què sotmeté les idees del papa Fulgenci en són les profundes i veritables raons.

—I no em digueu que el lloc triat per a l'exili fou Magens.

—Exactament. D'entre tots els aliats, el Papa escollí el rei Alsàs perquè en fos el carceller i, en agraïment al servei, el coronà amb tota pompa a Roma, cosa que, a més a més, frenava l'expansió de Guifort.

—Valga'm Déu.

—No sé, príncep, si en aquesta història Déu hi té res a veure, malgrat que dubtar-ne és quasi sacríleg perquè Ell està per tot i en tot. El fet és que l'Esbill no tingué més remei que acceptar-ho perquè, malgrat les ganes d'escapolir-se, sabia que els Albir l'haurien matat al menor intent sense que calgués una ordre del papat. I aquell bisbe brillant, que havia aspirat a tot, s'ha consumit aquí, en una catedral que, en el fons, l'humilia aixoplugant-lo. I ha acumulat tant de fel, tant de verí, que s'ha convertit en l'ésser abjecte i depravat que coneixeu. Assedegat de venjança, encara que ho hagi de pagar amb la vida. Va tenir una gran oportunitat fa més de vint anys, amb la mort d'una reina, i, ara, en té una altra.

L'Orenç entén que ha fet referència a la seva mare, però no vol entrar-hi. Té por.

—Gràcies, abat. I si no és excessiu, penseu que el càstig fou procedent?

—Jo no m'atreviré a qüestionar allò que ha sentenciat el Papa, però, a més a més, no fa gaires setmanes, l'Esbill gosà proposar-me com a futur monarca de Magens, adduint que, en cas que el suïcidi l'obligués a deslegitimar la nissaga Albir, jo era el més poderós entre els comtes. I per convèncer-me, es servia de la tesi contrària que amb tant encert havia defensat en el conclave. Que, amb un abat comte al poder, s'afegiria un altre regne al Patrimoni Pontifical. —Els ulls de l'Orenç estan tan oberts que provoquen un dubte a l'abat—. Em creieu, príncep?

—No sols us crec, abat, sinó que, com a enquestador de la mort de la reina Bal, això que em conteu augmenta molt les meves temences.

L'abat abaixa la veu i el mira fixament:

—Pel que jo sé, la visita que li féreu anunciant-li que havíeu solucionat l'enigma de l'assassinat li apaivagà els ànims. Això, i la imprudència que seria escapçar la monarquia abans d'entrar en guerra sota la protecció de Roma li frenaren determinacions que ja tenia preses.

—No em contesteu si no heu de fer-ho. En vàreu informar el rei?

—Immediatament.

—O sigui que estàveu preparats per si persistia en l'intent.

—Tots. Cadascú des del seu paper. En el meu cas, i si la seva proposta tenia alguna possibilitat, jo li era una peça insubstituïble i no podia iniciar cap moviment sense el meu acord d'assumir el tron. Sortosament, el rei em feu absoluta confiança.

—Valga'm Déu. I si ho entenc bé, tot s'ha previst per si l'home volgués...

—Tot, príncep. I amb la vostra ascensió al principat de l'Església, el cercle s'ha tancat. L'Esbill no se'n sortirà.

Malgrat que la conversa s'aparenta calmosa, el silenci que segueix mesura la tempesta dels significats. Dels significats i dels llots. L'abat ho deu percebre perquè afegeix:

—Jo soc aquí, i seré aquí, per ajudar-vos, príncep, i, com us vaig dir el dia de la vostra unció, ajudant-vos seré lleial al rei Ebrard i a l'Església.

—Gràcies, abat de Corn. Hi ha una altra qüestió relacionada amb això que parlem i em convindria esclarir-la. Amb la vostra coneixença de la Cort, teniu alguna teoria versemblant sobre la mort de la reina Bal?

L'abat se'l mira fixament, sense semblar sorprès. Tanmateix li costa respondre i, quan ho fa, contesta en llatí.

—Príncep, toqueu un tema extremosament delicat que m'és difícil contestar-vos...

—Per raons de lleialtat?

—No tan sols, també d'honestedat. En aquest afer, del poc que en sé, dec sigil sacramental.

L'Orenç percep que l'assumpte l'incomoda. Potser no l'hi ha sabut enfocar adequadament.

—Potser m'he excedit apreguntar-vos-ho i us en demano perdó. Però heu de saber que, finalment, he descobert el nom de l'assassí.

L'abat Moll fa un gest de congratulació, però no diu ni demana res. Com el rei, com en Jan, mai ningú no n'hi demana el nom.

Suavitza el to de veu tant com pot.

—Si voleu, i només si podeu, m'hauríeu de respondre una qüestió que em turmenta. Quan vaig saber-ne el nom i vaig voler dir-lo al pare, el rei no va acceptar d'escoltar-lo. Em podeu dir per què?

L'abat deixa passar una estona i abaixa la mirada.

—No.

L'Orenç no endevina si la negativa vol dir que ho desconeix o que no vol contestar, però decideix no insistir-hi. Jugarà la carta més forta que li queda.

—Molt bé, abat Moll, ara us parlo com a príncep Albir i com a bisbe d'anell. No se m'escapa que, després del rei, sou l'home més poderós de Magens. Però jo conec el nom de l'assassí i aviat es decidirà la guerra amb Llangàs i tots dos ignorem com es decantaran les coses. Repeteixo, com a bisbe i com a príncep, tinc la convicció que, davant d'un futur tan incert, és del tot convenient que vós en sapigueu el nom. Us ho demano solemnement, accepteu d'escoltar-lo?

Torna el silenci. L'abat Moll ajunta les mans, les acosta al pit i finalment confirma.

—Sí, ho accepto... però només si m'ho dieu en confessió.

L'Orenç calcula en veu alta l'abast de la resposta.

—Accepteu saber-lo, però lligat al sigil sacramental que no us permetrà dir-lo mai. Això farà que no pugueu ser deslleial... en realitat... m'esteu dient que ja sabeu qui és?

—No, no ho sé.

—Però... imagineu de qui es tracta?

—Sí.

—Molt bé, pare abat, vull confessar-me.

# 31
# La contrició de l'Esbill

Fa estona que la comitiva avança a la llum de la lluna. Quan encara lluny s'albiren les torxes que assenyalen el pont llevadís de la muralla, un escorta s'avança per demanar-ne entrada. L'Orenç sent fatiga, però el viatge se li ha fet curt. Ha pogut repassar converses, situacions, sentiments, i pensa que l'entesa amb en Moll ha sigut franca i mútua. La darrera conversa la considera de vital importància. D'aquesta manera, i davant de qualsevol contingència, l'abat comte coneix totes les peces en joc i podrà jugar millor les seves. Fa un somriure quan pensa que una de les contingències és la seva pròpia desaparició i per primera vegada es pregunta si la mort el ronda.

Aturats davant del fossat, contempla com el pesant pont de fusta i ferralla baixa sostingut per cadenes i contrapesos. Abans que toqui terra, un escorta s'avança per avisar els guaites del pont llevadís del Castell, més petit, però que també pren el seu temps. Quan finalment entra al pati d'armes, l'Orenç es dirigeix a la Reial, i només empènyer el picaporta sent el moviment d'en Plus, que s'alça de la màrfega per obrir-lo.

—Gràcies, Plus. Vull allitar-me de seguit. De bon matí, abans de la missa, arriba't a la catedral i pregunta al vicari Prot quina hora és l'adequada per visitar el senyor bisbe.

—Sí, mossèn, no us preocupeu.

L'Orenç puja a la cambra i no deixa de pensar en la història de l'Esbill optant a la Sella de Sant Pere. Té ganes de calibrar-lo des de la nova perspectiva. A vegades, quan s'estudien els comportaments religiosos o polítics de les personalitats, no es tenen en compte unes feres que tot humà dissimula dins seu: les passions. I, sovint, aquestes regeixen les vides per damunt del raciocini. El sexe, l'enveja, la rancúnia, l'ambició i un llarg reguitzell de feres que acaben per encegar les decisions dels qui han de resoldre els afers més importants. Com, si no, es podrien explicar les conductes de l'Esbill, del mateix rei, del baró de Cas i d'una gran part dels notables que degeneren llurs comportaments amb prejudicis irracionals, sòrdids, deixant-hi sovint l'honor o la mateixa vida?

S'agenolla al costat del llit, pren l'escapulari de sant Benet i dona gràcies a Déu per permetre que el serveixi des d'un lloc tan estimulant.

Els cortinatges fan la cambra ombrívola, però la qualitat dels mobles, la fina marqueteria, la bellesa dels objectes, els emmarcats i daurats, vesteixen l'estança amb un aire egregi. El retrat d'un jove cardenal, que posa davant d'un paisatge romà, presideix la cambra i assenyala la nostàlgia del bisbe jacent. Malgrat la poca llum, els llençols i els coixins de setí blanc, la camisa de dormir sedosa i també blanca, enmig dels tons ocres i vermellosos dominants, atrauen la mirada només entrar.

—Ah, canonge Orenç, veig que les tasques de copríncep no us malmeten l'aspecte. Seieu aquí a la vora, em sentireu millor i així us podré veure. Perdoneu-me que us rebi a la cambra més privada, però ja fa quatre dies que no m'aixeco. Em trobo malament i la lumbàlgia em paralitza una cama.

La cadira preparada tan a la vora del llit fa que s'hi assegui una mica violentat. Val a dir que, tot i l'advertiment del vicari Prot, no l'imaginava en un estat tan decrèpit. Estirat al llit, el llençol li cobreix una carcassa insignificant. La cara és un garbuix d'angles amb la pell estropellada i solcada de petites venes que semblen a punt d'esclatar. Costa sentir-li la veu. Tanmateix, en aquesta aparença agònica, els ulls li són vius. Potser per la morbidesa del cos, sembla com si l'Esbill visqués pels ulls.

L'Orenç li respon amb la formalitat que requereix l'ocasió.

—Gràcies per l'acolliment, eminència. I si la visita us inoportuna o us afeixuga, només m'ho heu de dir, que puc tornar quan la salut us hagi millorat. Sou vós que m'heu de perdonar, no us sabia prostrat i me n'excuso.

—A l'inrevés, canonge, sou benvingut com una flor en un jardí erm. A més a més, recordo que, en la vostra darrera visita, tinguí una conducta esquiva... i veure-us em permet l'ocasió de demanar-vos perdó.

L'Orenç queda estranyat. L'Escorpí ha perdut el verí? O només vol que abaixi els braços per saltar-li al coll?

—Eminència, no heu de rectificar res...

—No cal que fingiu, canonge. Fa uns dies, massa pocs, que he decidit encarar la mort despullant-me d'enganyifes. Si pogués, rectificaria mitja vida, però ja no hi soc a temps, s'esmuny massa de pressa. —Unes arrugues a la comissura insinuen un somriure.

—Com us trobeu?

—Ja fa setmanes que cada dia em sento més afeblit... em sembla que la gran dama ja ha esmolat la dalla... també és possible que algú l'ajudi, però ja m'hi he resignat, fins i tot ho trobo bé. —El bisbe mou una mirada que insinua sobreentesos—. Però insisteixo, celebro la vostra vinguda. A banda de la Murtra, que em du el menjar, i el vicari Prot, que em diu missa, poca gent em visita i, malauradament, el cos i el cap no em van aparionats. Com més sembla claudicar el primer, més vida em pren l'altre. Només visc per la testa i la nostra entrevista no sols la distraurà sinó que la reviscolareu. I ara que ja sabeu els motius de la meva bona acollença, podeu dir-me en què us puc servir?

Tot d'una, l'Orenç s'adona que no ha preparat cap excusa. En realitat, ve encuriosit pel testimoniatge de l'abat Moll sobre el passat romà d'un antic aspirant a Papa. Es sent vorejant el ridícul, però prefereix ser sincer:

—Per conèixer-vos millor, eminència.

Els músculs i tendons de la cara de l'Esbill ja expressen ben poc, però la mirada transmet l'alegria d'una sorpresa inesperada. Quasi una rialla.

Per Déu, canonge, i què us fa pensar que val la pena de conèixer millor aquest sac de gemecs agònic? Què ha canviat des de la darrera trobada en què vaig intentar humiliar-vos? Què us ha desvetllat tant interès per la persona que heu de succeir? Potser... això, precisament?

—No, eminència, el motiu és més prosaic. Ahir vaig visitar l'abadia de Corn com a administrador del regne. Volia conèixer l'abast dels seus recursos i repassar l'estat dels seus comptes amb la corona. En una de les estones somortes, vaig demanar al reverendíssim abat que em posés en antecedents de la vostra persona, precisament arran de l'anterior visita que heu esmentat.

—I us ho concedí?

—Sí, eminència. Em va explicar, crec que honestament, el que coneix de la vostra vida romana, des de la mort de Sa Santedat Humbert II, i que us confesso que ignorava.

A mesura que parlen, la mirada del bisbe guanya llum.

—Tinc entès que us formaren en el lloc més privilegiat, a Sant Joan del Laterà, al costat del mateix palau Pontifi. I durant aquells anys, ningú us parlà de mi ni del meu pas per Roma?

—No, eminència, fins ahir no vaig saber res de la vostra vida anterior a Magens.

—Ni quan, no fa gaire, us trobàreu secretament amb el patriarca del Grado?

L'Orenç procura passar per alt un to que no sap interpretar.

—No, eminència.

—Ah, l'oblit. No hi ha sentència més cruel... I, digueu, em podeu explicar com em definí l'abat Moll?

—Com un cardenal brillant, intel·ligent, bon retòric, magnífic teòleg i amb unes idees que va resumir com a «potser equivocades, però avançades al seu temps».

La mirada barreja sorpresa amb un deix de nostàlgia. Fa molt que el bisbe Esbill no aspira que ningú el valori així.

—Ah, en Moll, un gran abat. Només li criticaria haver-se emmotllat massa fàcilment a sostenir els Albir. No fa gaire vaig pensar que... però tant se val. En Moll em jutja massa generosament perquè, si hagués posseït les virtuts que em descriu, hauria sabut servir l'Església des d'instàncies més importants que la catedral de Magens... i no sols per les meves ambicions juvenívoles, canonge. Per corregir una mica el rumb de l'Església es necessita molt de poder, i jo, en aquell moment de la vida, ambicionava abastar-lo... i em vaig equivocar.

Mentre parla, l'escruta intensament. L'Orenç no es mou, es deixa escodrinyar per demostrar-li que no ha vingut a lluitar. A poc a poc, la mirada del bisbe l'abandona, s'enlaira i es concentra en el relat.

—Sí, jo era un dels cardenals més joves. —Fa un lleu gest

indicant el quadre—. Força preparat i amb un conjunt d'interessos ben travats al meu voltant... Suposo que no us escandalitza que us parli així, a Roma els interessos s'eleven aparellats amb les pregàries.

S'acosta un mocador de seda a la boca, esput feblement, però no abandona el fil. L'Orenç n'observa l'estat llastimós i adverteix que, en aquesta visita, ja no remarca les paraules com feia sempre.

—En veritat, jo era el cardenal preferit d'Humbert II, que, com altres papes, havia intentat canviar alguns assumptes de l'Església sense gaire fortuna. El Pontífex em considerava el cardenal idoni per combinar els fonaments teològics amb les reformes necessàries per adaptar l'Església als nous temps. Si heu estudiat a Sant Joan del Laterà, deveu saber que, tot i el seu immens poder, el Papa viu enmig d'una teranyina d'aparença quasi imperceptible, però que paralitza sense treva qualsevol voluntat que erosioni els privilegis establerts. Sa Santedat Humbert en fou víctima i per rescabalar-se del fracàs, m'esperonava a conxorxar-me amb les famílies més interessades a aprofitar els nous canvis que, amb l'aparició de les ciutats, trastocaven i trastoquen el vell món. Un tema apassionant, canonge, molt apassionant... Preneu exemple del mateix Magens. Tot i que la pesta de fa vint-i-set anys delmà un terç de la població, en la ciutat es viu una realitat que ja no té res a veure amb el funcionament dels feus acastellats de fa mig segle. Ara que en sou copríncep administrador, demaneu al comptable Alberg d'on prové la riquesa del regne en el dia d'avui. Ben segur que us citarà Corn, però tot seguit us dirà... la ciutat. Sí. El comerç, les botigues, els petits tallers, emmallen uns interessos cada dia més valuosos... i en el futur... Perdoneu, prevere, m'acosteu aquell got d'aigua i així no caldrà que cridi ningú?

L'Orenç s'aixeca ràpidament i s'acosta a la tauleta on hi ha un got de cristall fi. L'hi acosta a la mà dreta, que tremola. Quan se l'apropa a la boca, l'excessiva horitzontalitat del cos li fa difícil engolir líquid.

—Voleu que us incorpori una mica el cap?

—Per favor, si no us fa basarda, prefereixo la humiliació a quedar xop.

L'Orenç no gosa manipular-li el cap directament i empeny el coixí sencer amunt, delicadament. Malgrat la tremolor del got, el bisbe aconsegueix beure i, només abaixat el coixí, insinua una mirada agraïda... i continua.

—Sí. M'afavorien diverses circumstàncies. La més important era que els cinc darrers papes s'havien proclamat tan vells que els regnats foren irrisòriament breus i, entre la Cúria, s'imposà la conveniència d'un pontífex jove que estalviés les lluites fratricides que cada relleu comportava. Jo quedí ben situat i, d'entre els possibles rivals, de seguida es perfilà la figura d'en Fulgenci, que no era el millor, i em sembla que ho dic sense rancúnia, però sí el més conservador i el més fanàtic defensor de l'statu quo.

El bisbe de nou s'acosta la mà dreta als llavis amb el mocador de seda blanc-beix. Gira una mica el cap de la vista del prevere per tossir. Ho intenta unes quantes vegades, però el cos no té prou força per a l'espasme i finalment s'escura els humors al mocador. Tanmateix, quan es gira, la mirada segueix viva.

—I això... Gran part del nostre enfrontament versà sobre el famós Patrimoni de Sant Pere. Jo defensava que l'Església abandonés l'obsessió pel poder terrenal. Sostenia que dissipava la nostra acció apostòlica i que enfosquia el vertader missatge de Crist, l'evangèlic, el profund.

El bisbe està fruint en plena agonia i l'Orenç n'és conscient.

—Evidentment, si volia tenir èxit entre els més poderosos de la Cúria, calia reforçar-ho amb arguments mundans, polítics, i argumentava que, en abandonar el poder terrenal i no ser un perill per als interessos de les dinasties dominants, aquestes deixarien de veure'ns com uns adversaris, amb els antagonismes que això comporta. Ja sabeu que, el darrer segle, la Ciutat Santa ha sofert dos setges i que en alguna ocasió el Papa ha salvat la vida per un pèl... a Roma, per un miracle.

L'Orenç té la sensació que el bisbe s'ha fet gràcia a si mateix, perquè ha amagat una rialla que l'ha fet tossir de nou. Pren el seu temps per eixugar-se la boca.

—I perquè la Cúria no m'imaginés un cadell innocentó, sostenia que amb el domini de la moral, la subjecció de la cultura i l'exercici del poder religiós en totes les seves variants, des del sagrament de la confessió com a font d'informació i coacció fins a la necessitat de les testes coronades a ser legitimades pel Papa, de fet, controlàvem el món... i, d'alguna manera, les seves riqueses. Sincerament, el repte era majestàtic. Finalment vaig aglutinar prou adhesions i en algun moment se'm presumiren opcions reals de victòria. Què us sembla?

—Molt ben tramat, eminència. Però, els vostres intents eren sincers?

—I tant que ho eren. Molt sincers i gens innocents. Era jove i volia encendre Roma... canviant la lira per l'evangeli. Però la realitat fou que, en morir Humbert II, el buit de poder feu trontollar els setials dels purpurats, les columnes dels seus palaus, i en els moments decisius del conclave, fins i tot la majoria de cardenals que coquetejaven amb mi inclinaren la balança envers la continuïtat. El tossut i primari, Déu em perdoni, Fulgenci, decidit a reforçar els vells axiomes i a aniquilar qualsevol vestigi reformista, fou proclamat Summus Pontifex Maximus per una majoria aclaparadora. Ser el seu rival a ocupar la Sella m'identificà com el pitjor enemic i se'm va acusar de conspirar contra la vida del nou Papa. Ara, agònic com estic, ja no m'importaria reconèixer-ho. Ignoro si ningú ho va fer. Jo no. —La mirada s'ha tornat pètria, seriosa—. A l'inrevés. Si en Fulgenci m'hagués cregut útil en algun paper, m'hi hauria prestat a servir-lo des de la més estricta obediència. Però jo havia enfosquit la seva elecció, humiliant-lo en la confrontació dialèctica i teològica. Havia de deslegitimar-me. Fou així, canonge, que m'arribà notícia d'unes terres llunyanes que en aquell moment acomboiaven els interessos papals i se'm perdonà la vida, cosa que en la sagnant tradició romana fou una generositat. Se'm retirà la condició cardenalícia, se m'expulsà de la Cúria i se'm destinà a Magens.

La veu calla. La mirada l'interpel·la.

—Entenc que per a vós fou difícil. Se us estroncà la vida.

—Sí. Però sabeu per què? Per manca d'humilitat. La meva intel·ligència era poderosa, però no era modesta, els meus coneixements teològics tenien alçada però no s'impregnaven de docilitat... i en comptes d'entendre Magens com un erm on podia sembrar-hi la paraula de Crist, per un absurd sentiment de superioritat vaig obsedir-me a conrear l'enveja, la rancúnia, l'odi i la seva millor arma: la venjança. Ah, com fascina la venjança, canonge. He malmenat la vida entre conxorxes, conspiracions i coses pitjors només percaçant la venjança. I amb cada fracàs, més me n'assedegava, fins a transformar-me en el revers monstruós del que volia ser. Un venjador en comptes d'un salvador. Quin naufragi, canonge, quin naufragi.

La mirada ha deixat de veure el príncep. Només al cap d'uns instants, després del silenci, l'Orenç la torna a percebre, humitejada.

—Alguns poderosos de Magens em diuen l'Escorpí. Tenen raó. Fa tants anys que acumulo verí... Però encara m'avergonyeix més que, per acceptar quelcom tan evident, hagi hagut de sentir com la mort se m'apoderava del cos: o sigui, que la intel·ligència que se m'atribueix no deu ser tanta. Em vaig equivocar, canonge, i he seguit equivocant-me fins fa pocs dies. I ara, que em submergeixo en el penediment i que d'ell espero la salvació, l'he d'agrair més a la por, sí, a la por, que a la intel·ligència... i també n'estic avergonyit. No, canonge, no es pot servir Déu ni els humans des de la prepotència i el ressentiment. I aquestes energies bateguen en mi des que un carruatge, que considerava humiliant, em portà fins aquí, a Magens.

A l'Orenç el colpeix la ferocitat amb què el bisbe es judica.

—Eminència, més enllà de la contrició rigorosa amb què observeu el passat, us puc consolar assegurant-vos que algunes de les teories que defensàveu avui ja formen part de les discussions entre els novicis del Laterà.

—Gràcies per dir-m'ho, canonge Orenç. Però, ara, ja dubtaria de la seva validesa. L'experiència, vist com va el món, no em permet assegurar que tingués raó... però deixem-ho...

I s'eixuga de nou els esputs. L'Orenç entreveu el mocador sangonós.

En l'estona que porta al seu costat, li nota un continu esllanguiment.

—Perdoneu, eminència, potser és hora que me'n vagi, us obligo a parlar i...

—No, no, quedeu-vos, us ho prego. Vós formeu part de l'acte de contrició que visc aquests últims dies i, encara que no ho sospiteu, us necessito.

L'Orenç s'esvera íntimament. Tot i que la contrició del bisbe li sembla sincera, no es vol confiar.

—Em sorpreneu i m'honoreu, eminència. Em podeu demanar qualsevol cosa que estigui al meu abast.

La mirada del vell sembla fer-se intensa. No ho diu de seguit i, quan ho fa, remarca les síl·labes per primera vegada.

—Preneu-me en *confessió*.

La inesperada demanda confon l'Orenç. No té dret a negar-li el sagrament, però, malgrat l'opinió més complexa que ara té d'aquest home, tem un parany. Com si l'Esbill li endevinés els dubtes, insisteix.

—Canonge Orenç, no podeu imaginar com desitjo que em confesseu. Al punt que, si Déu m'escoltés, voldria que la vostra absolució fos la darrera pregària que sentís en aquest món.

L'Orenç calla. Lentament agafa l'escapulari vermell i el prem, se'l passa pel coll i amb ell a la mà, s'incorpora i l'hi dona a besar.

—In nomine Patris et Filii et Spiritus Sancti... Dominus sit in corde tuo, ut animo contrito confitearis peccata tua. Digueu-me, de què us acuseu, eminència.

—Domine, tu omnia nosti; tu scis quia amo te. Pare, em penedeixo dels greus pecats que he comès. Però aquell que més m'ha envilit, el més abjecte que us vull confessar, us ateny personalment i us demano perdó d'antuvi.

L'Orenç sent que se li atabala el cor. L'Escorpí vol clavar-li l'agulló abans de morir? Encara més quan sent:

—Orenç de Cres, ajudeu-me, quina edat teniu?

—Vint-i-cinc anys, eminència, però...

—Ah. Sí. Confesso i demano perdó a Déu i a vós, perquè fa poc més de vint-i-cinc anys vaig voler enderrocar el rei Ebrard amb allò que més el podia adolorir. Acabava d'esposar-se per amor amb la vostra mare, Alaís de Cres, filla del duc de Cres, el més gran noble de Llangàs. El rei Uc, un home que el vostre pare estima i de qui ignora la perfídia, va trair-lo.

Temorós que darrere el matrimoni hi hagués una operació per annexionar-se el ducat de Cres, i coneixedor del meu desig de revenja, em feu arribar proves documentades, però manipulades, segons les quals la reina Alaís havia sigut, fins abans mateix del matrimoni, una fervent seguidora albicar.

A l'Orenç li revé el fragment de la conversa en què l'abat li parlava de l'oportunitat que el bisbe tingué, feia uns vint anys, de venjar-se del rei. La veu del bisbe s'afebleix cada vegada més, però persisteix a continuar.

—He dit manipulades perquè documentaven que havia oficiat alguns dels rituals blasfems amb què els albicars profanen els nostres temples, però amagava que, si bé la vostra mare havia abraçat l'heretgia de jove, se n'havia penedit públicament i solemne a la catedral, davant del mateix bisbe Bertold de Cres, que l'absolgué. En l'escrit, aquest bisbe, pressionat per l'Uc, denunciava l'heretgia, però en sostreia la posterior contrició pública. Empentat pels remordiments, em visità d'incògnit per assabentar-me de la veritat i em deixà un document signat que ho testimoniava.

L'Esbill s'atura. Alça la mà, com per demanar un repòs. En parlar, un lleuger panteix li ritma el pit. L'Orenç acosta l'orella a la boca pudent per escoltar-lo millor i perquè no s'esforci tant. Quan continua, el bisbe ja no sols entretalla les frases, també trenca les paraules, per prendre un xic d'aire.

—Vaig mentir jurant-li que no aniria contra la reina, però vaig fer arribar el fals document a Roma i al rei Ebrard i em guardí la confessió del bisbe Bertold. El papa Fulgenci s'enfurismà en sentir-se traït en allò que considerava un mandat de Déu, l'aniquilament dels albicars. Envià immediatament un prelat ambaixador que especificà al rei que, si no repudiava la vostra mare, Roma reconsideraria les aspiracions d'en Frencàs sobre la corona de Magens. El mateix prelat li mostrà la butlla de divorci convenientment signada pel Papa i el rei no tingué coratge per confrontar-s'hi. Va repudiar la vostra mare exiliant-la a Corn, al mateix temps que demanava al Pontífex permís per esposar la germanastra de Frencàs, la futura reina Bal. Fou així com Roma passà per alt l'assumpte i, amb el matrimoni, el rei de Guifort també. Em confesso culpable d'un pecat repugnant. La condemna de la vostra mare fou injusta... i la seva mort, molt més.

El bisbe calla, el mira fixament. L'Orenç tampoc diu res. Un llast oblidat en les fondàries de la memòria s'ha esclarit per la boca d'aquest moribund. Però no vol mostrar-li afectació.

—Eminència, us he escoltat. Necessiteu continuar?

—Pare Orenç, em sap greu. En sabíeu alguna cosa?

—No, eminència. Voleu continuar? —L'Orenç es refugia en el sagrament mentre per dins es refà la pregunta: assisteix al darrer estratagema d'un escorpí o a l'agonia d'un home que grata la consciència davant d'un ministre de Déu?

—Sí, pare, vull continuar. Confesso d'haver-me servit de les persones, del seu honor, dels seus cossos, fins i tot de les seves vides com a eines de venjança. I m'he servit del mitjà més terrible: he trencat el sigil sacramental no per servir Roma, sinó per utilitzar les febleses, els secrets més íntims dels penitents, com a arma llancívola, per calumniar-los, per enfrontar-los segons les meves conveniències. No he matat amb les mans però, fruit del meu odi, ha mort gent, he arruïnat famílies només per haver gosat contradir-me o no haver-se sotmès als meus desitjos. També... he pecat contra natura, amb nens i adolescents que no podien fer altra cosa que sotmetre's als meus capricis. Sí, incapaç com era de ferme estimar per ningú, la seva indefensió...

I durant una llarga estona li detalla infàmies, conxorxes criminals, la baixesa dels seus instints... que l'Orenç escolta astorat, però immòbil. Fa estona que ha tancat els ulls. No aguanta l'obsessiva mirada del bisbe ni la profunda perversió dels pecats. Tot d'una sent unes paraules quasi imperceptibles, però que de nou l'interpel·len.

—... també confesso haver mantingut una relació perversa amb la reina Bal: em vaig fer còmplice no sols de les seves conspiracions a favor de la coronació del seu fill, sinó també dels seus pecats... i no vaig fer res per evitar-los.

L'Esbill atura el relat. L'Orenç veu els seus ulls atemorits i escolta com, amb una veu plena d'aire, fa l'única pregunta transcendent.

—Pare, em podreu absoldre?

—La clemència de Déu és infinita.

—He acabat.

L'Orenç s'aixeca, veu com el bisbe ajunta les mans damunt del pit en posició de pregària. Per la tremolor dels llavis suposa que resa l'acte de contrició. Prem l'escapulari entre les mans i, amb els ulls closos, mussita l'oració que l'ha d'absoldre i només apuja el to de veu en l'«Ego te absolvo a peccatis tuis in nomine Patris et Filii et Spiritus Sancti». I continua l'oració que tanca el sagrament fins a alçar de nou el braç dret per iniciar l'última benedicció tot dient:

—Vade in pace.

Quan obre els ulls, l'Esbill no es mou. El tremolor dels llavis i de les mans ha cessat, però la mirada segueix, insistent, fixada en ell.

L'Orenç dubta de si s'ha adormit... Aquests ulls oberts, tan fixos... S'hi acosta. El pit no es mou. Apropa l'orella tant com pot als llavis blanquinosos. Es separa a poc a poc. La mirada segueix ferint-lo. Li tanca els ulls.

# 32
# Els regents s'amiden

El príncep bisbe s'arremanga l'hàbit per poder caminar més de pressa la pujada al Castell. Va trasbalsat, per la mort de l'Esbill i les conseqüències que se'n deriven. N'ha d'avisar l'Ínian, hi està obligat. També n'hauria d'informar l'abat Moll i fer-lo venir, en necessita el poder i el consell. Traspassa el llevadís, creua el pati d'armes, puja al tercer replà del palau i es dirigeix apressat a la cambra de l'Ínian. Truca a la porta i espera el permís del príncep. Quan entra està a punt de posar-se una camisa.

—Ínian, vinc de la catedral. El bisbe Esbill és mort.

El príncep no varia el semblant i continua vestint-se.

—Estava anunciat.

L'Orenç no vol fer valoracions sobre la fredor de la resposta. Ell ha vingut per dar-li la notícia però, també, per aclarir-li l'últim mandat del rei.

—Ínian, has de saber que el pare, en saber-ne la fragilitat, em nomenà el seu successor abans de partir.

—El nostre pare sap prevenir les coses abans que passin o les faci passar. Tanmateix, a vegades el destí té vida pròpia, germà.

L'Orenç percep l'ambigüitat de les seves paraules, però no vol entrar en el joc.

—El rei no volia que la catedral quedés vacant.

—I saps per què, Orenç?

—Temia una maniobra del bisbe...

—Que ja no pot maniobrar... Germà, no tinguis pressa. Segons el missatger d'ahir, les notícies que arriben de Llangàs són confuses. És possible que, el d'avui, me'n porti de més definitives. Potser és preferible que ni tu ni jo moguem peça fins que no sapiguem com ha quedat el tauler.

L'Orenç percep les reticències, però, tot i això, necessita deixar-li clar el seu nou estatus.

—Ínian, soc el bisbe de Magens.

—No, Orenç, mentre no vingui el pare i et nomeni, tu ets el canonge de la Reial Capella i el tercer príncep de la dinastia.

—No, Ínian, no. El pare em designà i el Papa m'acceptà. Els pergamins que em documenten com a príncep de l'Església estan signats pel rei i pel mateix Fulgenci III. Vaig ser confirmat i ungit pel patriarca del Grado, en nom del Summe Pontífex i amb el testimoni de l'abat de Corn, que en guarda els documents.

L'Ínian se'l queda mirant. Dins seu intenta destriar tot allò que pugui afectar-lo. Veu l'Orenç dret, agosarat, segur del que diu. I aposta per la prudència.

—O sigui que la visita del patriarca tingué aquesta finalitat.

—Exactament, el pare volia que la prelatura no quedés vacant.

—I assegurar-se que l'ocupés algú de confiança. Sobre la mort del bisbe, en preveies alguna cosa?

L'Ínian fa la pregunta amb la seva fredor habitual. En canvi l'Orenç ha de tibar les regnes del cervell que sent com un cavall desbocat.

—N'havia de preveure alguna?

El príncep se'l mira i per primera vegada accepta que no té

un adversari fàcil. Amb un gest li demana de seure i només quan estan cara a cara comença a parlar:

—Orenç, tu saps, com jo, que el bisbe Esbill amenaçava de declarar verídiques les maldiences sobre el suïcidi de la mare. Em dius que el pare et va deixar nomenat bisbe i t'he de creure. Això li garantia un recanvi immediat per a la prelatura quan li convingués. O sigui que la mort, natural o no, de l'Esbill, forma part d'allò projectat pel pare.

—Sí, però més enllà de suposicions, t'he d'aclarir que jo mateix l'he assistit i puc assegurar-te que se n'ha anat en pau, després de rebre l'absolució. El seu afebliment era evident i progressiu.

L'Ínian queda pensatiu.

—Bé. Això, ara, ja no té importància. Però hi ha una circumstància que faria convenient la seva mort.

—Quina?

—La nostra derrota contra Llangàs.

—Per què?

—Si a la derrota de Magens s'hi afegís la declaració de l'Esbill deslegitimant la dinastia Albir, el regne quedaria escapçat en el seu vèrtex. I el rei de Guifort, privat de la conquesta de Llangàs, estaria molt temptat de prendre la corona vacant. Un Albir a la catedral és un moviment intel·ligent.

—Fas suposicions arriscades, però plenes de saviesa. Tanmateix, serà millor no donar per cert allò que no sabem i obeir el mandat del pare. De moment, la mort de l'Esbill desactiva l'amenaça contra la dinastia. Però, tens raó, serà bo que un Albir ocupi la catedral al més aviat possible. Me'n vaig. Enviaré un soldat a Corn perquè l'abat vingui de seguida amb els documents.

L'Ínian l'observa abstret. Definitivament, en el seu tauler, amb aquesta peça hi comptava poc.

En baixar, l'Orenç cerca el cap de guaita i li mana que envii immediatament un home de confiança a l'abadia de Corn, amb el millor cavall de la quadra i amb instruccions precises. Quan acaba i es relaxa, s'adona que ja actua com un príncep. Ara no li cal convèncer, només li cal manar.

# 33
# La Brilhèta esbandeix ombres

En sortir del palau, s'encamina a la porta de les dependències. Necessita parlar amb algú que l'entengui. El sol de migdia penetra les pedres i en reverberen l'ardor. Quan està a punt d'entrar-hi, la Murtra en surt amb el farcell del dinar per al bisbe penjat del braç. L'Orenç l'atura, li dona a besar la mà i li anuncia sense preàmbuls:

—Murtra, no cal que hi vagis. El bisbe és mort.

La dona mira a terra, es persigna, sembla contrariada, després mira el farcell i comenta.

—Ja es veia a venir.

—Sí, Murtra. Saps si la Brilhèta és a dins?

—Sí, mossèn.

Quan hi entren, la noia neteja un petit forn d'argila al fons de la cuina. Està mig d'esquena i, a força de fregar-lo, li vibren les carns. Quan la Murtra l'avisa i es gira, fa una ganyota de torbament. Deixa el forn, pren un cabàs penjat de la paret i desapareix per una porta que hi ha sota la volta de l'escala. Dues dones que feinegen pels fogons van a besar la mà al canonge sense preguntar-li res, ja saben per què ha vingut. Com si s'entretingués repassant els atuells de la cuina, no deixa de vigilar la Murtra, que en un racó desfà el farcell i queda pensativa mirant la bacina plena de menjar.

Després, com si hagués pres una decisió, torna a nuar-lo i es dirigeix a la porta del fons de l'escala. Just quan hi arriba en surt la Brilhèta que, amb la brusa canviada, es dirigeix cap a l'Orenç, que li fa senyal perquè s'assegui al seu costat. La noia no entén res. Si ja no és convenient que un canonge vingui a buscar-la aquí, encara ho és menys que s'asseguin com dos festejadors. Quan, rondinant, la Brilhèta es disposa a creure, l'Orenç canvia d'opinió i s'alça. De sota l'escala, ha vist sortir la Murtra amb el farcell a una mà i la bacina buida a l'altra.

I amb això ja en té prou.

—Brilhèta, millor que anem a fora.

—Això pensava —contesta destarotada.

Quan són al pati, camí de la capella, li demana:

—Mossèn, però què us passa?

—Res, Brilhèta, res. T'ha arribat la notícia?

—Quina ha de ser?

—Que l'Esbill és mort.

La noia s'atura en sec, però de seguida reprèn un pas més lleuger del que duia.

—Redeu.

—Brilhèta...

—La Murtra ja deia que li faltava poc i que anava de dies.

Entren a la capella, en Plus està mig endormiscat en un banc. El prevere dubta si demanar-li que marxi, però finalment no li diu res i s'encamina a la sagristia.

—Digue'm Brilhèta, aquella porta de sota l'escala on va?

—Enlloc, hi ha la comuna.

—Valga'm Déu —mussita el prevere.

—Caram, pare, què hi ha de greu?

—He vist la Murtra que hi entrava...

—Òndia, mossèn, tots hi hem de passar.

—Sí, però quan hi ha entrat portava una bacina plena i quan n'ha sortit la duia buida.

—Ho fem sovint amb algunes sobres.

—No eren sobres, era el menjar que havia preparat per al bisbe Esbill.

Es fa un silenci i els ulls de la Brilhèta ja es desvien una mica.

—Pare, què voleu dir... que el menjar d'un bisbe no es llença? Que s'aprofita?

L'Orenç només la mira. Se li enguerxeixen una mica més.

—I que, si tot i ser acabat de cuinar, no es pot aprofitar, indica que ningú més que el bisbe l'ha de menjar.

I quan ja té els ulls totalment destarotats, sentencia.

—Perquè només s'ha d'emmetzinar el bisbe. O sigui que la Murtra ha matat el bisbe.

—Calma't, Brilhèta. No voldria aixecar falsos testimonis, però... sí, em temo que l'enverina de fa temps. Quan el vaig visitar, fa més de dues setmanes, ja em deia que menjar l'afeblia.

—Ostres, mossèn. No hi ha un pam de net.

Ho diu amb un ressentiment sincer. Una cosa és que els senyors s'estossinin entre ells per manar més, són coses dels senyors i els serfs no n'han de fotre res. Però que les dones de les dependències, pobres de solemnitat com ella mateixa, vagin repartint verins, això la deixa trasbalsada.

—Què em podries explicar, de la Murtra? Jo no la conec.

—Doncs... que va entrar al servei del Castell fa molts anys, que és una mica més jove que la mare, que, per cert, està molt fumuda...

—Vols que vingui i li doni els sagraments?

—Només si va a pitjor. No voldria espantar-la. Bé, on érem, doncs això, la Murtra no es va casar però va tenir un fill, l'Arga, que estudia al seminari ja a punt de tonsurar-se, i poca cosa més.

A l'Orenç el nom li sona, però no sap de què.

—Però això que expliques comporta que ella hauria d'estar agraïda al vell Esbill.

—Sembla que hauria de ser així. La mare em diu que, amb vint anys, la Murtra era la dona més guapa de Magens i que, fins i tot, el rei la rondava. A la mare no li cau gaire bé, pensa que només va entrar al Castell per haver-se enllitat amb l'Ebrard, fins que aquest es casà... amb la vostra mare. Potser té raó, però és bona cuinera. Val a dir que ningú no sap qui l'embarassà. La mare diu que un monjo. En tot cas, monjo o no, deu ser ric, perquè ha pagat el seminari de l'Arga tots aquests anys.

El prevere queda en silenci, paint les noves revelacions, però el cap de la Brilhèta ja bull pel seu compte.

—Pare, us puc fer una pregunta seriosa?

La visió dels ulls encreuats i la manera transcendent com l'hi exposa el fan mig somriure per dins, però assenteix seriós.

—Vós em diguéreu que sabíeu el nom de l'assassí.

—És cert.

—He de pensar que vau complir la vostra obligació de comunicar-lo al rei.

Mentre mira d'endevinar per on corre l'àgil senderi de la xicota, fa un cop de cap.

—Sí. Vaig complir la meva obligació.

—I què us va dir?

L'Orenç està admirat. La Brilhèta, no sap com, li planteja una qüestió cabdal. Li agradaria saber què li fa interessar-se en aquest punt concret. Però està clar que no l'atrapa i que la noia va més lleugera i més lluny. Bisbe i príncep, però acala l'orgull i es rendeix.

—No en volgué escoltar el nom —respon tot seriós—. Em va prohibir que l'hi digués.

La Brilhèta no canvia les faccions, l'Orenç suposa que l'està mirant, però tal com té les nines no pot assegurar-ho. Només una estona després, obre la boca.

—Doncs si la va matar el baró de Cas, això és més greu.

El prevere queda garratibat. No dona crèdit al que sent. Pagaria per entrar en el cervell d'aquesta noia, discernir com ella, tenir-ne la imaginació, la intuïció... no, la intel·ligència, ah, sí, la intel·ligència.

—Brilhèta, jo no he dit...

—M'ho negueu?

L'Orenç compta fins a cinc, mentre conclou que mai no trobarà una millor aliada.

—No. No t'ho nego. Però per què dius que és més greu que l'hagi matat en Cas que els teus altres sospitosos, l'Ínian o en Jan?

Ella tarda una mica a contestar. No és que dubti, és per la gravetat de la sentència.

—Perquè això significa que tot el que està passant, allò de la reina, això de la Murtra amb l'Esbill, el que també us passa a vós... tot emana del rei i només del rei.

—Brilhèta, com t'atreveixes! És el nostre rei... i és el meu pare, no...

Un cop violent a la portalada i uns crits el tallen en sec. L'Orenç s'esvera, surt de la sagristia i veu en Plus que forceja amb un home per impedir-li el pas.

Quan el soldat el veu, crida, mig avergonyit per la situació.

—Príncep Orenç, perdoneu. Tal com heu manat he sortit camí de l'abadia, però quan no havia fet ni un quart de camí m'he trobat la comitiva de l'abat que venia. Només volia avisar-vos que arribarà d'aquí a poc, la diferència de venir a cavall o amb carruatge.

—Has fet bé d'advertir-me. Plus, deixa'l marxar.

Torna a la sagristia. Ha de decidir com reaccionar a la novetat, però, abans, vol fer un prec.

—Brilhèta, m'interessa molt el que m'has dit i t'agrairé que acabem la conversa. Necessito... et demano de continuar-la, entesos? Però ja has sentit que ve l'abat i hauries de marxar. Jo, quan arribi el carruatge, sortiré a rebre'l. És important que l'atengui. Però, tan bon punt pugui, et buscaré. El teu ajut m'és molt valuós.

La Brilhèta redreça el cos i la vista per marxar. Fa el posat contrariat, però amb les paraules de l'Orenç es sent valorada... i és un pas més. Si no el sedueix pel cos, el seduirà pel cap, o... és que senderi i cap no fan una persona? Se'n va airosa, però aprofundir el dubte no li deixa desenguerxir els ulls del tot.

# 34
# El dol d'un triomf

Quan l'Orenç sent les rodes del carruatge que entra al pati, s'apressa a sortir, però quan s'hi acosta, l'abat ja n'ha baixat.

—Gràcies per venir, reverendíssim. No us esperava tan aviat.

—Príncep, imagino que si m'heu fet cridar és perquè, tot i que ignoro com, ja us ha arribat la notícia.

—En realitat, l'he viscuda personalment. He assistit la mort del bisbe Esbill. Ha expirat davant meu, després de donar-li l'absolució.

L'abat Moll, que es dirigia cap a la porta del palau, s'atura, reflexiu, canvia d'intenció, l'agafa del braç i abaixa la veu.

—Podem entrar a la capella, si us plau? Convindria que parléssim un moment abans de veure ningú.

L'Orenç mana en Plus, que encara es refà de la batussa amb el missatger, de quedar-se a fora, passa la balda i acompanya l'abat fins a un banc, on seuen.

—Príncep, vós em fèieu venir per...

L'Orenç es precipita a relatar-l'hi.

—Sí, abat, m'era important que vinguéssiu. Quan he notificat al príncep Ínian la mort de l'Esbill i li he explicat la voluntat del pare que jo ocupés la seu de la catedral, ha tingut un posat reticent, com si l'enutgés. No sé què significa, però, dit això, no us heu de preocupar perquè l'he advertit que vós en fóreu testimoni i que en guardeu els documents. Això l'ha persuadit. Els porteu amb vós?

L'abat Moll, que l'escolta atentament, no té pressa per respondre. En realitat reordena les peces al tauler.

—Sí, els tinc. Però... jo no he vingut per la mort de l'Esbill, no n'era sabedor. En realitat, acabeu de donar-me'n notícia.

I resta pensatiu per reorganitzar les previsions.

—Príncep, tot i que reconec la importància de la mort de l'Esbill, el que m'ha dut aquí encara en té més. Començaré per dir-vos que el missatger que aquestes setmanes ha mantingut informat l'Ínian sobre el decurs de la guerra tenia ordre secreta de passar primer per l'abadia. Va manar-ho el rei per si havíem de sedassar alguna notícia abans que arribés al Castell. Aquesta nit, el missatger m'ha assabentat del que, ara, us puc notificar. La Santa Coalició i Mageno han guanyat la guerra.

L'Orenç s'aixeca impel·lit per l'energia d'un cos retingut que esclata.

—Gràcies, Déu meu. Gràcies, abat, per ser portador d'aquesta nova extraordinària. El Senyor ha escoltat les nostres pregàries per una causa justa.

L'Orenç gira la vista a l'altar i es persigna mentre exclama tres vegades Deo Gratias. És quan cerca la complicitat de l'abat que s'adona que tota l'estona ha estat incomprensiblement seriós.

—Seieu, príncep, seieu. Ben cert que hem d'agrair a Déu la victòria sobre els heretges... però el preu que paguem és molt alt. Seieu, si us plau. La victòria ha sigut implacable. En una maniobra arriscada i de molt coratge, el príncep Jan ha pogut descavalcar el rei Mir el Catòlic i l'ha mort. Les seves hosts tan nombroses, en veure's mancades del seu cap, s'han retirat. El rei Uc, sol, no ha pogut aguantar l'embat de les nostres forces i en Frencàs l'ha fet presoner.

Si no fos per l'aire greu de l'abat, l'antic prevere hauria esclatat de joia una altra vegada.

—Però no tot ens ha sigut favorable. Un grup de nobles i cavallers, els millors, es dirigeixen cap aquí, tan ràpidament com poden. Escorten el nostre rei avançant-se a la resta de l'exèrcit perquè... el vostre pare ve malferit. Sembla que una llança ha pogut esquitllar-se entre l'armadura i, pel que se m'ha comunicat, ha penetrat en la part alta de la cama, just allà on s'ajunta amb el ventre.

—El curarem, abat —l'interromp l'Orenç—. Si Déu li ha concedit la victòria, també li concedirà la curació.

—Orenç, deixeu-me acabar i assereneu-vos. El que em queda per dir-vos encara ferirà més profundament el vostre cor. El rei, el seu escuder i aquest grup de valents també porten el cos del príncep Jan... sense vida. L'han mort els nobles que custodiaven el Catòlic.

Les faccions de l'abat no canvien, es manté impertèrrit. Sotja els ulls de l'Orenç, que canvien d'expressió, els llavis li comencen a tremir, i la positura endreçada del nou bisbe d'anell es descompon. Al capdavant de l'abadia, en Moll ha donat consol a l'abatiment dels seus millors monjos i sap quan un ésser humà està en el llindar del desesper. Obre els braços per acollir l'Orenç, que es deixa caure sobre el seu pit i, entre sanglots, xiscla un plany esgarrifós.

# 35
# Tres interessos s'acoblen

—Senyor, el príncep Orenç i l'abat de Corn volen parlar amb vós.

—Gràcies, Genoc. Fes-los passar al saló d'audiències.

—Ja hi han pujat, senyor —diu l'escuder, tímidament i amb raó, perquè veu l'amo contradit.

—Digue'ls que ja arribo i et quedes a prop meu.

L'Ínian comptava que l'abat vindria més tard. Si l'Orenç no l'ha enganyat, la mort de l'Esbill és de fa poc i alguna cosa no concorda. A qui esperava era el missatger amb les notícies de la batalla que ahir es lliurava i que ja hauria de ser aquí. I això sí que és primordial.

Surt de la cambra sense pressa. Pensa que la vida li està pendulant entre la mediocritat i la glòria, i que el destí ho decidirà en les hores vinents. Quan entra, veu l'abat i l'Orenç junts i, a banda, en Genoc parlant amb un soldat que reconeix com un dels missatgers. Quan s'acosta, observa la cara afligida de qui no feia gaire es proclamava bisbe i, també, la de l'abat, que té una expressió greu. Però l'Ínian no vol jugar a les endevinalles i decideix prendre la iniciativa, tal com li pertoca per jerarquia.

—Benvingut, abat, i bon dia, germà, us esperava més tard. Però abans de parlamentar sobre la mort de l'Esbill, seria convenient escoltar el missatger, que potser porta notícies importants.

L'abat creu convenient intervenir:

—Príncep Ínian, el missatger ha passat per l'abadia i...

El príncep l'interromp, es gira cap al soldat i l'interpel·la.

—I això com és?

El jove es sent amenaçat i diu l'únic motiu que l'excusa d'haver trencat l'ordre jeràrquic.

—Per ordre del rei, senyor.

L'esguard inexpressiu de l'Ínian queda fixat uns instants en la cara del missatger. Finalment, l'abat intenta procurar-li una explicació.

—Príncep, considerant que la desviació de ruta no era gaire important, el rei va decidir informar-me per si alguna circumstància feia convenient avisar el patriarca Atanasio.

Les faccions de l'Ínian segueixen impenetrables. En tot cas, l'asseveració de l'abat li ha deixat una sortida digna.

—Així doncs, sigueu vós, Moll, qui em doni les notícies. I vosaltres, deixeu-nos sols. —Només quan veu que l'escuder i el soldat abandonen el saló, commina—. Seiem, doncs, i parleu.

L'Orenç s'asseu al costat de l'abat, que es prepara per iniciar el relat que convertirà l'Ínian en el nou príncep hereu. Mira atentament el seu germanastre que, imprevisible, tant pot arrencar a plorar com esclatar violentament o emparar-se sota la cuirassa de fredor que exhibeix.

—Senyor, ahir tingué lloc l'enfrontament definitiu. Segons m'ha detallat el missatger, les forces es varen disposar de front i, com ja es preveia, les enemigues eren molt més nombroses. De fet ha sigut...

Quan l'abat enfila els detalls, l'Orenç examina el fons dels ulls del germanastre. Mai no ha oblidat aquella frase terrible que en Jan li llegà en el que seria l'últim adeu: «Un dia seràs rei». Tampoc no ha oblidat que la reina sempre havia palesat els favors cap a l'Ínian. Tal vegada tot s'ha esdevingut pels camins més terribles, però la voluntat de la reina sembla que finalment s'ha acomplert. Avui, el seu desig ja és profecia. L'escruta, obsedit a caçar-li qualsevol reacció, a penetrar-li l'ànima fins a atrapar-li el pensament.

—Senyor, hem guanyat la guerra —anuncia en Moll. I les faccions de l'Ínian esbossen una lleu satisfacció—. Però malauradament —continua l'abat—, el rei Ebrard, escortat pel comte de Cas i els millors cavallers, retorna ferit. —Els ulls continuen impertorbables, però abaixa les celles i arrufa el front en senyal de preocupació. L'Orenç es concentra, arriba el moment de notificar-li la calamitat que li obrirà les portes del regne—. El vostre germà, el príncep Jan, és mort. —Les faccions li dibuixen una ganyota adolorida, la màscara se li enlletgeix, però dins dels ulls, molt endins del blau, l'Orenç hi percep un canvi. Sí, molt al fons, hi besllu-ma una resplendor.

—Abat, m'heu donat la notícia més esgarrifosa que podia esperar. La mort d'en Jan em ferirà el cor per sempre més.

Es persigna, inclina el cap, a poc a poc, se li humitegen les parpelles, però l'Orenç ja no en fa cas, el blau continua fent-se més lluminós.

Hi ha un silenci respectuós, fins que reprèn la paraula amb la veu presa.

—Senyors, malgrat el moment aterridor que hem de viu-re, ens correspon activar els preparatius per als propers dies. Instruiré tot el necessari per rebre el cos d'en Jan i preparar l'acolliment del pare, però us confio l'ordre de les cerimònies religioses i la seva organització.

—Senyor —diu l'abat—, comprenc que, en aquests moments, és difícil parlar d'allò que és convenient per al regne, però la jerarquia ens hi obliga. Prínceps, opino que, en tenir assegurada l'arribada del rei, és prudent esperar-lo per si ja té preses algunes determinacions i, també, per fer-nos una idea del seu estat de salut. Penso que, si la ferida l'hi permetés, seria bo que presidís la cerimònia d'unció de l'Orenç com a bisbe de Magens i, així, mostrar-se al poble perquè el veiés ferm. I en el cas, Déu no ho vulgui, de no poder-hi assistir, amb la seva presència al Castell tothom entendrà que la vostra entronització a la prelatura compta amb el seu aixopluc. I això també ens convé.

—Què en penses, germà?

Quan l'Ínian l'interpel·la, l'Orenç encara el mira fixament. Gira la vista i es dirigeix a l'abat.

—Que teniu raó. Serà millor que la meva unció aparenti ser decisió del rei en exercici de la seva autoritat.

# 36
# La desolació d'un monarca victoriós

És de nit i una lluna, quasi plena, desentenebra l'esplanada de Basti mentre la comitiva del rei hi acampa. Tot i el patiment que el mossega, ha preferit passar la nit aquí. Necessita preparar l'entrada a Magens en unes condicions que simbolitzin la victòria del regne. No vol arribar-hi de nit, com si fossin fugitius, amb els cavallers atordits pel viatge, embrutits pel fang i les penalitats del camí i amb el seu fill inert en una carreta. Cal que els magensins coneguin i reconeguin la seva gesta i victòria amb una rebuda triomfal.

Quan dos nobles l'ajuden a baixar de la llitera, en Blan ja li té preparada una màrfega sobre l'herba, amb un fustam que li descansa l'esquena. Li han muntat el pavelló en el centre d'un primer cercle format per les tendes dels dotze nobles que el protegeixen. Després s'han col·locat quatre carruatges i els seus serfs, també en forma concèntrica. Finalment, s'ha disposat una tercera rotllana de trenta cavallers, que seran la primera línia de guaita.

Mentre s'encenen alguns focs que enllumenen l'acampada, i tot just després d'acomodar-se, l'Ebrard urgeix el baró de Cas i en Blan perquè s'arribin al Castell, recullin la corona que correspon al príncep hereu i uns vestits nets que li dissimulin les ferides, així com penons i escuts que en distingeixin la dignitat. Que prevegin domassos suficients per ornar-li el túmul que muntaran sobre el carro, així com pitreres i bardes per als sis cavalls que el tiraran. També ha demanat a en Blan que li porti la seva roba, «la de les audiències amb la Cúria», ha detallat. Però, sobretot, els encarrega tornar amb el medeciner Eiquem, «i que em porti un remei per al maleït dolor i el necessari per curar-me la ferida». Finalment, mana al baró que avisi els prínceps que farà l'entrada al Castell demà al migdia i que tinguin a punt una recepció el més vistosa possible.

Més tard, ja a la tenda, procura descansar. Però els cops de martell d'en Forllat, que treballarà tota la nit, li enneguiten el dolor. Està agraït al fuster, a la seva destresa. Li va construir una llitera sobre dos troncs llargs per dur-lo ajaçat, rebaixant-ne el gruix perquè fossin més flexibles i suavitzessin els sotracs. A banda, va afermar un catre amb cordams que minvessin el balanceig. Durant dos dies, l'han arrossegat tres cavalls, dos per al tir i un davant per menar-los. Tot i així, el dolor ha sigut atroç i li caldria descansar. Però els cops d'en Forllat per convertir un carruatge de provisions en un túmul principesc li recorden l'únic que mai no havia previst: la mort del seu primogènit, el fill a qui destinava la corona.

No pot deixar de reviure els seus darrers moments com si fossin reals. Cavalquen junts per millorar les posicions de la infanteria. Tot d'una, en Jan s'adona que el rei Mir, massa confiat de la superioritat del seu exèrcit, se n'ha separat imprudentment amb un reduït grup de nobles i que un insignificant turó de roquers escarpats li dificultarà la retirada i restarà una estona indefens a un atac ràpid. Pren sol la decisió i, com un cabdill, es llança a l'atac. El segueixen pocs cavallers, més per la inesperada acció que per valentia. Dalt del Branga, el pare observa que en Jan es dirigeix cap a en Mir sense que els escortes, desconcertats, puguin reaccionar per impedir-ho. L'ataca com embogit, el descavalca i, en un no res, el fereix de mort al coll, mentre queda immediatament envoltat d'enemics. El rei Ebrard ha de veure, immòbil, com les espases escapcen la vida del seu primogènit. Reviu, una i altra vegada, aquestes imatges i, si està sol, plora.

A la residència de la Reial i a la mateixa hora, l'Orenç i l'abat Moll planifiquen els actes funeraris i religiosos que hauran de tenir lloc. Els sembla assenyat preveure l'entrada del rei per a demà, amb el fill primogènit difunt però convertit en heroi. Aconseguir que la rebuda sigui una festa i un dol al mateix temps no serà gens fàcil. Saben que, per conjuminar l'èpica del triomf amb l'èpica de la mort del paladí que li ha permès la victòria, hauran de brodar sobre una tela delicada i fina. Però s'hi senten preparats i ho resolen en poc temps. No en va, tots dos serveixen una església que simbolitza en la mort de Crist la més gran Victòria.

Tot seguit, programen el funeral del bisbe Esbill que haurà de tenir lloc el matí de l'endemà i que serà el primer dels grans actes del dia. Consideren que no hi cal l'assistència del rei i que la presència dels dos prínceps en els setials d'honor serà suficient. El mateix abat s'ofereix a oficiar, ajudat per tres canonges i alguns seminaristes d'escolans. Pretenen una cerimònia prou pomposa per a un príncep de l'Església, però que no pugui equiparar-se a les dues que la seguiran.

Serà en ple migdia, quan la catedral de Magens esdevé lluminosa, que es proclamarà l'entronització del nou bisbe davant els feligresos. Compten amb l'assistència de tots els nobles, cavallers i autoritats religioses del regne. S'iniciarà la litúrgia amb la lectura dels dos pergamins, tancats i segellats amb plom, un amb l'escut del rei i l'altre amb el del Pontífex. Aquest darrer el consagrarà com a nou titular de la seu i, una vegada assumida la dignitat, l'Orenç d'Albir oficiarà la primera missa com a bisbe.

Tots dos convenen que, si el rei té salut, presideixi la cerimònia. Per la seva banda, l'abat aconsella obviar la secreta dignitat de l'Orenç com a bisbe d'anell, no fos que sollevés maldiences. També proposa la lectura d'un missatge, d'aparença personal, en què el patriarca Atanasio justifiqui la seva absència, tot adduint que el Pontífex l'ha requerit a Roma per entregar els tractats de rendició de Llangàs i testimoniar, davant la Cúria, el triomf de l'Església catòlica sobre els albicars. L'Orenç està agraït a l'abat perquè són detalls que, ell tot sol, no hauria gosat sol·licitar.

Després, esbossen el ritual per a l'enterrament d'en Jan i acorden que res no s'ha d'iniciar abans que fosquegi. Saben que aprofitar la llum de les torxes, el toc a morts dels campanars i la claror somorta de la lluna afegirà circumspecció i misticisme al seguici. Des del pont llevadís del Castell, s'avançaran els pregoners, ploraneres, penitents i captaires, que planyeran la mort de l'heroi. Darrere seu, i aprofitant la baixada del recorregut, es deixarà una distància buida fins al túmul, que permetrà a la gent veure el carruatge mortuori des d'una perspectiva imposant quan s'apropi lentament. Dotze infants amb túniques blanques i encensers aromàtics encapçalaran el carruatge tirat per sis cavalls ornats amb els símbols del difunt. El carruatge serà enllumenat per dotze torxes encastades i amb alçada suficient per tal que la gent pugui commoure's amb la bellesa del príncep coronat. Just darrere, només el seu cavall, amb ornaments de guerra i lligat al carruatge amb un cànem fi, talment com si el seguís. Si la salut l'hi permet, el rei presidirà el seguici sobre el Branga menat per en Blan amb les regnes a una mà i una torxa a l'altra. Una mica més enrere, el príncep Ínian, just davant dels quatre comtes en fila horitzontal, cadascun d'ells amb el corresponent escuder amb torxa. Darrere seguiran els nobles i cavallers per ordre jeràrquic, entre dues fileres de patges i serfs, també amb teies enceses. En canvi, el carro mortuori serà flanquejat per dues filades amb tots els religiosos del regne, que portaran llànties de poca llum, per mor que l'enllumenat del carruatge prevalgui.

Intueixen que els magensins, un cop passada la processó, la seguiran fins a la catedral. Quan el seguici entrarà a la plaça, els planys i els udols de les ploraneres i mendicants cessaran per respectar el disgust de l'Església contra aquestes manifestacions, i serà només aleshores, enmig del silenci, que la campana més greu de la catedral tocarà solemnement a morts amb tocs espaiats. Allà, en el centre de l'escalinata, el bisbe investit amb tots els atributs i envoltat dels seus canonges, preveres i diaques, rebrà el túmul del difunt. Amb una branca de llorer, espargirà l'aigua beneita, li farà la creu amb la sal i els olis consagrats i, finalment, l'encensarà. Només així, de nou purificat, li permetrà l'entrada a la catedral.

Quan ja tenen la desfilada i la cerimònia definida, l'abat Moll demana pergamí i una punta de carbó per fer-ne un dibuix que representi la realització de tot plegat.

—Moll, no sabia que també dominéssiu l'art del carbó.

—Vaig ser l'ajudant de l'abat Pellas durant la reforma del monestir i n'era un mestre. Vaig procurar aprendre'n i m'ha servit de molt.

A la llum de l'espelma, l'Orenç observa el traç segur que dibuixa formes i figures que a poc a poc identifica amb una alegria quasi infantil.

—Abat, si després voleu descansar aquí, jo puc dormir a terra. Ho faig sovint.

—Gràcies, però no cal. Aniré a l'hospital, que és a quatre passes. Com que el regenta l'abadia, sempre hi tinc una cambra que m'abasta per dormir.

Quan dona la feina per acabada, li ensenya el dibuix amb un posat cofoi.

—Ho veieu tot clar? És fàcil d'interpretar?

—I tant abat, tan clar que fins un llec com jo ho entén.

—És important que així sigui, nosaltres anirem enfeinats amb les cerimònies i no podrem estar pels detalls. Però en Vesiat, en Cusme i el cuiner Gallhart em coneixen el pols, la lletra, i són de fiar.

Quan l'abat es prepara per partir, uns trucs a la porta els inquieten. No és usual que ningú demani tant de nit. L'Orenç obre i apareix el baró de Cas, que exposa les instruccions sense preàmbuls.

—Senyors, he vingut el més discretament possible. Marxo de seguit, que a baix m'esperen l'Eiquem i en Blan. Us he de notificar, príncep, que el seguici reial farà l'entrada demà al migdia.

—Perdoneu baró, el pare està bé?

—Aguanta però pateix molt, la ferida és fonda i en mal lloc.

—I una altra cosa, baró, això que m'heu dit, ho sap algú més? —inquireix l'Orenç en veure que el baró ja es gira.

—Ningú.

Insisteix.

—El príncep Ínian?

—Ningú.

—Doncs direu al rei, de part meva i pel bon tarannà de les coses, que demà de matinada faci avisar el príncep Ínian de la seva arribada. Facilitarà la nostra feina.

El baró el mira fixament, com si el seu senderi n'esbrinés el significat.

—Així ho faré. Bona nit, senyors.

L'abat, íntimament satisfet per la prudència del príncep, és qui li contesta.

—Espereu baró, que baixo amb vós. Bona nit, príncep, descansem una mica. Demà passaré a primera hora i organitzarem l'entrada del rei. Almenys en qüestió de rituals, sabem el que ens fem.

I així, l'Orenç observa com l'abat de Corn, amb el seu posat bonhomiós, segueix l'assassí de la reina Bal.

# 37
# L'èpica de la victòria, l'èpica de la mort

—Bon dia i sigueu benvinguts. He d'avançar-vos que el pare m'ha enviat un missatger. Ha passat la nit a l'esplanada de Basti i vol entrar a Magens aquest migdia amb l'estol de nobles que l'acompanyen i el cos del meu germà. Hem de preparar la seva rebuda i concretar actes i cerimònies que s'hauran de succeir.

L'Orenç es sent afalagat. El rei ha seguit el seu suggeriment d'enviar un missatger a l'Ínian i això destensa possibles tibantors en un moment en què a tots convé anar concordats.

Però en Moll és qui es sent interpel·lat.

—Príncep, m'he permès la llibertat d'esbossar l'ordre dels esdeveniments. Entenc que avui hem de centrar-nos en la rebuda del rei i deixar passar la tarda per atendre-li la ferida, saber-ne la voluntat i fer el punt d'on som. Si no hi ha contraordre del monarca, demà matí ens convindria oficiar els funerals de l'Esbill. Això permetria preparar pels voltants de migdia la presentació als feligresos del seu nou bisbe i continuar, a finals de tarda, amb el funeral pel malaurat príncep. Considero important que sigui per aquest ordre.

—Em sembla l'encadenament més lògic. Hi estic d'acord. I tu, germà?

L'Orenç fa com si s'ho pensa.

—Em sembla ben previst, sí.

—Doncs passem a centrar-nos en l'acollida. Ja he manat preparar la cambra del pare, portar-hi gerres, bacines amb aigua de farigola i saüc, palanganes i draps per a les cures que se li hagin de fer. Quan en Genoc us ha deixat, ha anat a casa de l'Eiquem perquè se'm presenti de seguit i completi el parament. També he manat que vinguin tots els cavallers i armats disponibles per a qualsevol cosa que ens convingui. Respecte al meu germà, he disposat construir-li un túmul al saló del tron.

—Em sembla el lloc escaient, príncep. Aconsellaria que pregoners i agutzils convoquessin els magensins des d'ara. Si voleu, puc escriure un text sobre la gesta del difunt perquè la pregonin. També, si em permeteu, penso que els armats i cavallers podrien rebre l'estol del rei a fora muralla, formats per retre'ls homenatge. Si us sembla bé, vós, com a príncep major, els podeu acollir a la portalada del pont gran. El seguici recorrerà la pujada al Castell rodejat per la gent i serà el príncep Orenç qui guiarà la comitiva des del pont llevadís fins al pati d'armes. En aquest punt, recomanaria que només s'hi permetés l'accés a la gent de més confiança. Ningú extern ha de veure el rei malferit o en dificultats, aixecaria enraonies poc convenients. El mateix penso del trasllat del cos del príncep Jan. Ningú l'ha de veure en una situació que en desmereixi el record.

—Em sembla encertat. Tu ho veus així, germà?

L'Orenç agraeix la constant consulta del seu parer per part del nou príncep hereu. Tanmateix, voldria insinuar un canvi.

—Molt escaient, només em pregunto si el túmul d'en Jan no hauria d'estar en lloc sagrat, a la Reial Capella.

—Us entenc, príncep, però penseu que si, segons vós, l'església és el lloc adequat per tenir en Jan a prop de Déu, per al rei Ebrard el saló del tron és l'indret des d'on el seu fill havia de regnar, i, no en tingueu dubte, el voldrà allà —afirma l'abat.

Mentre continuen detallant preparatius, arriba en Genoc amb cara contrariada i explica que a cal medeciner només hi ha trobat la dona, que assegura que l'Eiquem és amb el rei des d'ahir nit. El príncep Ínian mira interrogatiu l'abat que mostra sorpresa sense cap dificultat. Passat migdia, el guaita de la torre de l'homenatge anuncia que veu el seguici reial a l'horitzó. Immediatament, s'ordena que centenars d'armats surtin fora muralla i formin en doble fila un passadís d'homenatge. Al mateix temps, en Plus fa el toc de campanes convingut que contesten les de la capella de l'hospital i les secundàries de la catedral. Els magensins ja saben perquè se'ls convoca i, a mesura que arriben, l'abat de Corn, el prior i dos monjos més, els distribueixen pacientment pel recorregut que va d'un pont llevadís a l'altre. Hi acudeix tanta gentada que l'abat decideix fer sortir fora muralla tots els sobrers i ajuntar-los amb els armats. Tot plegat el satisfà. La rebuda serà magnificent.

El rei Ebrard s'acosta menant el Branga a pas lent. Encapçala la comitiva i, per molt que el dolor el mossegui, vol mantenir un comport cerimoniós i digne. Uns metres enrere, segueix el túmul luxosament endomassat tirat per sis cavalls guarnits. Just abans d'arribar a la gernació que els espera fora muralla, mana treure el tendal que cobreix el seu fill i el perfil del príncep coronat es fa visible a tothom. El silenci és colpidor, els armats inclinen les llances, la gent es descobreix, molts s'agenollen. Se n'ha pregonat l'heroïcitat tot el matí i el poble està commòs. El príncep Ínian, muntat i emmarcat en la gran portalada del primer pont llevadís que presideix un blasó dels Albir, es dirigeix al seu pare i, mentre es saluden agafant-se pels braços, li veu la cara trasmudada pel turment. Després, mira el germà difunt i es persigna tres vegades.

—Pare, sigueu benvingut en una hora tan trista.

El rei Ebrard no contesta. El mira intensament i fa senyal de continuar. Quan entra a la ciutat, amb el vial major a vessar de gent, la visió del sobirà i l'exposició del seu primogènit dalt del carruatge imposa un silenci que ningú gosa trencar. Un fet estrany perquè, seguint la tradició, la desfilada d'un monarca vencedor hauria de ser victorejada pel poble, però la presència del cos inert del primogènit com a penyora del triomf els emmudeix tant, que només es sent el sotraguejar del carruatge sobre l'empedrat i les passes del Branga, l'únic cavall del regne amb les peülles ferrades. Tot d'una, d'entre la callada multitud, emergeix la veu potent de l'abat Moll que proclama: «Visca el príncep Jan! Visca el rei Ebrard!», i és aleshores que de la multitud s'alça un xiscle insòlit, una barreja de víctors i udols, que acompanyaran el seguici fins al Castell. Allà, sota la portalada del segon pont llevadís, amb l'hàbit negre benedictí, sol i encaputxat, l'Orenç espera a peu dret. Fa una ostensible reverència al monarca i, tot seguit, s'acosta al carruatge en què s'hi perfila el cos de l'amic. Un glop amarg li nua la gola. Intenta asserenar-se per beneir tres vegades el túmul. Després, un sentiment imperiós li mana ser ell mateix qui entri el cos de l'amic al Castell. Pren les regnes del primer dels cavalls i, a poc a poc, la comitiva avança de nou. La imatge del rei vencedor, seguit del cadàver del príncep heroi, menat per l'adusta figura del prevere i germà, desprèn un simbolisme tan fort que la gent esclata a plorar cridant i amb expressions d'emoció. Mai a Magens s'havia vist res tan colpidor.

Un cop elevat el pont, els capteniments s'encadenen. Amb el pati d'armes tancat a la vista de la gent, el rei és descavalcat amb l'ajut de tres cavallers sota la direcció de l'Eiquem. El seuen en una sella i, menats per en Blan, el transporten sense que el monarca pugui retenir xiscles de dolor, sobretot quan, entre tots, l'ajacen al llit. És aleshores que el medeciner i l'infermer de l'hospital, amb l'única presència d'en Blan, intenten netejar la ferida amb aigua bullida i pocions d'herbes. Com més hi penetren, els crits i espasmes del rei són més esgarrifosos. Quan es convencen que no perdrà els sentits, decideixen donar-li un beuratge adormidor que té un efecte quasi immediat i els permet veure l'abast de la ferida en un lloc tan compromès. Quan la tenen oberta, li apliquen uns sucs, li recremen uns punts amb ferros arroentats i li posen uns cataplasmes que també fumegen. Quan acaben la cura, extenuats per la tensió, decideixen que el monarca aprofiti els efectes del beuratge per descansar tota la nit.

# 38
# La pregunta

L'endemà, les campanes de la catedral que anuncien el funeral del bisbe Esbill desvetllen el monarca. La llum rogenca a la finestra li fa pensar que el sol despunta. Ha reposat moltes hores i la ferida li fa menys dolor. Encara atordit, recorda que ahir xisclava com un damnat fins que li feren beure aquell remei.

Quan gira el cap a l'altra banda, descobreix el medeciner fent capcinades. Un home de confiança i un savi. Es sap en les millors mans. Molts nobles i prínceps venen d'arreu per rebre les cures d'aquest home descendent de jueus de Granada i seguidors de les teories mèdiques d'Ibn Sina, que es dediquen a curar les malalties d'aquella mítica cort. Els progenitors li llegaren la seva expertesa i el feren estudiar a la famosa escola mèdica d'aquella culta ciutat.

El rei sent la bufeta plena. Instintivament, mou la cama, com per aixecar-se, i el seu crit de dolor sobresalta l'Eiquem.

—Perdoneu, senyor, m'havia endormiscat.

—Eiquem, necessito una gibrella per pixar.

—Si deixeu la cama morta, sense posar-hi esforç, la manipularé i podreu incorporar-vos a la vora del llit per tenir una posició més adequada.

Tots dos homes es concentren en el moviment. Es miren

als ulls per acordar-lo. De tant en tant, una ganyota de dolor atura l'intent.

—Manteniu-la morta, senyor, no hi feu força.

I així, amb lleus desplaçaments, el rei es pot incorporar a la vora del llit. L'Eiquem veu tan complicada la maniobra que pensa demanar a en Forllat que faci una bacina de forma especial que permeti al pacient evacuar sense haver de moure's.

Un cop ajaçat de nou, el medeciner prepara dues palanganes, una gerra i draps de fil per netejar-li la ferida. Abans de començar, li posa la mà al front. S'estalvia comentar-ho, però el troba massa febrós. Mentre fa la cura, li pregunta sobre el dolor o si menjaria, però rep contestes desatentes, com si fossin foteses sense importància, fins que, tot d'una, el rei el fita intensament:

—Eiquem, me'n sortiré?

—S'ha de tenir confiança en Déu —contesta ràpidament, somrient i sense deixar les cures.

—Quin Déu, el teu o el meu?

—Per salvar la vida, qualsevol és bo.

El rei també somriu. Però insisteix, sap que per a cap metge és agradós contestar aquesta qüestió, i menys a un monarca.

—Eiquem, ens coneixem de fa molts anys i mai m'havies respost amb una evasiva ni ficaves Déu pel mig. Això vol dir que ho veus malament. Escolta'm, si arriba el cas que he de morir, és convenient que ho sàpiga. Hauré de decidir coses cabdals per al futur de Magens. M'entens? És important que conegui els dies de què disposo i, això, només tu pots aclarir-m'ho. Eiquem, me'n sortiré, d'aquesta?

El metge deixa el drap de fil i la palangana per asseure's davant de l'Ebrard. Fa un gest amb el cap, com per acceptar el repte i el mira als ulls com només gosa fer-ho qui té la vida i la mort a les seves mans.

—Senyor, us seré del tot sincer. No us puc assegurar res perquè tot dependrà de si la ferida s'infecta o no.

—I si ho fa?

—Aleshores, senyor, està en un lloc difícil. Si la sang es podreix, hi podrem fer ben poc. Si la ferida fos tan sols una mica més avall, molta gent ha perdut la cama i ha viscut molts anys... però el lloc de la vostra ferida no en permet l'amputació. No és possible.

El rei no sembla gens afectat.

—Si se'm podreix la sang, quant temps creus que tindré?

—Senyor, no és que vulgui esquivar la resposta...

—Eiquem!

—Majestat, cada cos té els humors diferents... i dels quatre, el vermell és el menys previsible... però si la sang es podreix, difícilment depassi dues setmanes... potser tres.

—I quan ho sabràs segur?

—D'aquí a quatre o cinc dies, senyor.

—Molt bé, Eiquem. Pactem que, del parlat, en farem un secret. M'ho jures?

—Res no sortirà de la meva boca.

—Gràcies, amic. Una altra cosa, m'has de preparar bé per a aquest vespre. Penso anar a l'enterrament del meu fill.

—Senyor! Us ho prego! No hi aneu! Agreujareu la ferida!

—Ho imagino, Eiquem, i entenc el teu prec, però res no em privarà de dur el fill a la casa de Déu.

—Majestat, l'Ínian us pot substituir. El poble ja us ha vist i ho entendrà.

La resposta arriba endurida.

—Hi aniré jo. Tu prepara'm per aguantar fins a l'escalinata de la catedral. Quan entregui el cos d'en Jan al bisbe Orenç, aleshores i només aleshores, m'enretiraré... i juro obeir-te.

# 39
# Tres cerimònies i un miracle

El funeral pel bisbe Esbill s'inicia d'hora. Tots dos prínceps ocupen els setials del presbiteri i la cerimònia és prou digna. Potser la mala fama del prelat ha fet que no s'hi convoqués gaire feligresia, i queda una mica deslluïda. En canvi, la proclamació del nou bisbe titular de la catedral de Magens aplega una gentada. Tothom, des dels més nobles fins als més desfavorits, ha volgut acompanyar el príncep bisbe Orenç, que ha guanyat tanta dignitat en tan poc temps. L'abat, a la vista de tothom, ha trencat els segells papals i reials, ha llegit cadascun dels documents i ha canviat tot el que convenia canviar. Ho ha reblat amb la lectura d'un missatge emotiu del patriarca Atanasio, dolgut per no poder assistir a la coronació d'un príncep de l'Església detentor de tantes virtuts.

Finalment, ja vespre, els greus timbals comencen a tocar el pas de la mort i tot Magens entra en una mena de recolliment. A un senyal del prior Vesiat, penitents, captaires i ploraneres esquincen la nit amb uns planys i udols que esgarrifen els assistents. La corrua de torxes, la figura del rei presidint la processó, els quatre comtes vestits luxosament, tot plegat resplendeix, però el centre de les mirades és el príncep difunt, coronat i abillat com un rei, il·luminat per les torxes que en realcen la bellesa, elevat sobre el carruatge amb els cercles de les rodes enllandades amb garlandes de flors blanques que aparencen que el túmul levita. Mai els magensins s'havien commogut tan profundament. Fins i tot, la majoria d'ells han presenciat un miracle, quan al so de la gran campana catedralícia, la lluna plena s'ha ajustat a la vertical del campanar major i, a parer de molts, ha irradiat una claror fora del corrent, mentre el bisbe Orenç ha fet esbatanar les grans portes del temple per fer-hi entrar el seu germà.

En acabar l'ofici funerari, i conclosos els comiats i condols, el bisbe Orenç sent una fatiga melangiosa. Ha sigut un dia difícil, cabdal per al futur de la seva vida, però, també, per la pèrdua d'en Jan, l'únic referent amistós del passat. Ha guanyat un bàcul per refermar el pas, però ha perdut el braç en què es volia sostenir. Mentre els diaques l'alliberen dels atributs cerimonials per desar-los curosament, el vicari Prot l'adverteix que té preparada la cambra privada del palau episcopal. La resposta és immediata:

—Aniré a la residència. —El vicari insisteix si vol que se l'acompanyi, però el jerarca és categòric—: Hi aniré sol.

Surt del temple amb l'hàbit benedictí i amb la caputxa posada perquè li aombri el rostre. Deu ser mitjanit i dels pomposos rituals exhibits fa una estona sols en queda un vent suau de ponent, la claror de la lluna i la serenor de les pedres. La gran plaça no acull ningú, només un ca dormita just al bell mig. Camina meditatiu, sense pressa, i quan arriba a la cantonada de la farga es gira lentament. La lluna ha declinat i encara concreta millor els contorns del temple. Sent que l'envaeix un orgull desconegut. És la seva seu.

En arribar a la residència, no té ganes de res i, com si les emocions l'haguessin estabornit, s'asseu indolent davant la finestra que dona al pati d'armes sense encendre ni una llàntia. L'ànim li fluctua entre l'enyorança pel passat senzill de prevere i l'excitació per tantes expectatives que l'esperen. Fantasieja viatjar a Roma, visitar els coneguts que hi va deixar fa poc i que, ara, el rebran investit de bisbe. També haurà d'avesar-se a fer política, a Roma i aquí. Tard o aviat, l'Ínian serà rei i s'hi haurà d'entendre. Les coses són com són i es fa el propòsit de millorar-hi la relació. De la finestra estant, veu l'infermer de l'hospital que entra al palau. Ell i l'Eiquem fan torns per vigilar el malalt. Cap dels dos volien que el rei assistís al funeral i temoregen una mala nit. Ara en veu sortir el medeciner Eiquem que mig trontolla de tanta son com arrossega. Tot d'una, busca en la memòria l'última conversa amb en Jan i l'agraeix a Déu. Ara pot repassar-ne cada frase i guardar-les com un tresor. Es jura que cada dia i en cada acte religiós tindrà una oració per l'ànima de l'amic germà. El record d'en Jan el porta al del pare. És un home fort, però la ferida és greu. Parlarà amb l'Eiquem per si cal assistir-lo amb els sagraments. Les teies de la porta del Castell remarquen un home que en surt. L'Orenç el reconeix de seguit per l'alçada. Poder comptar amb el bonhomiós abat Moll el tranquil·litza. Mancat d'en Jan, el percep com l'única aliança segura. L'encurioseix que parli un moment amb els guaites i que aquests s'enretirin. Potser ha oblidat alguna cosa i ha manat que l'hi baixin. Quan es queda sol, l'abat mira d'un cantó a l'altre, com desconfiat, i s'encamina cap a la porta de les dependències, sempre arran de paret i amb passes apressades. Deu tenir gana, pensa l'Orenç. Però troba la porta tancada. Truca, fluix, mentre segueix vigilant al seu voltant per si algú el pot veure. La porta s'obre, però no hi entra, es treu quelcom de sota l'hàbit i ho dona a algú. Més per la lluna que per la llum tènue que s'esquitlla de la cuina, veu el perfil d'una dona, però no la reconeix. Només un xiuxiueig ràpid, una agafada de mans, i l'abat torna al palau. L'Orenç, que al principi era un observador indiferent, comença a cavil·lar que, en aquelles hores, el llevadís està tancat i que de les quatre dones fixes que hi treballen, sempre n'hi ha una que hi dorm de guaita. La Brilhèta n'està lliurada perquè té la mare malalta; de les altres tres, només en coneix una pel nom, la Murtra. «Mira que si fos ella... si fos ella.»

# 40
# La seu, l'eina de Déu

Dins la catedral, de bon matí, el vicari Prot espera a peu dret per posar-se a disposició del nou bisbe. Mentre fa curtes passejades a prop de la porta d'entrada, pensa que al jove prelat no li serà fàcil menar la seu i els molts afers que comporta, i encara menys endreçar una diòcesi, abandonada de la mà de Déu. Però ja fa dies que té pensat que, si el manté en funcions, l'assistirà tant com pugui. «Mai podrà ser pitjor que el seu predecessor.» El vicari aprofita l'estona per encarar el que li queda de vida. La mort de l'Esbill l'ha agafat vell i fastiguejat pels més de trenta anys de servei a un home repugnant. Trenta anys que avui el remordeixen d'haver-se avesat a les seves manies per obediència, d'ajudar-lo en algunes conspiracions per sobreviure i d'amagar-li els vicis per mantenir la dignitat de l'Església. Sap que tots els que detestaven l'Escorpí el tenen en mal concepte i sospita que el nou bisbe també. Definitivament, ha arribat l'hora d'enretirar-se amb la seva germana al feu familiar del comtat d'Esdràs. Quan s'obre la porta i el veu entrar, jove i senzill, el vell Prot, mentre s'hi acosta per fer-li el besamà, es pregunta si l'ascensió a tant poder es correspon amb la humilitat que aparenta, o amb una ambició ben dissimulada.

Tots dos s'han conegut en unes jornades singulars, que res

tenen a veure amb el funcionament quotidià del temple. I avui, bandejades les pompositats, el nou bisbe vol conèixer els mitjans que li permetran servir millor Déu, i aquest temple n'és la millor eina. Abillat amb l'hàbit benedictí, i amb la caputxa mig cobrint-lo, passa desapercebut mentre inspecciona el cos principal de la seu, el repartiment de les grans llànties, el bon estat de les obertures i, de tant en tant, s'atura a diferents llocs del creuer per jutjar la visió que els fidels en tindran quan oficiï a l'altar o prediqui al púlpit. Després visita cadascuna de les cinc capelles laterals dedicades a sants diversos i observa que, a la de Sant Sebastià, les humitats malmeten les pintures murals. La sisena és el baptisteri amb tots els estris necessaris i la gran pila de bronze mig soterrada per facilitar les immersions baptismals.

Ja a la sagristia, el vicari obre els armaris on es disposen les nou casulles dels diferents colors litúrgics, segons l'època de l'any. El jove bisbe n'admira la valuosa confecció i, dissimuladament, les amida. Semblen adequades. També revisa els caixons on guarden els ornaments i guarniments per als diferents rituals i cicles religiosos. Des de la sagristia, el vicari el convida a passar per una petita porta. En traspassar-la, l'Orenç sent la glòria de la llum als ulls. És el claustre. Un espai harmoniós, amb un traçat elegant que convida a la serenor. El bisbe el preveu un bon refugi per a la reflexió, quan les circumstàncies esdevinguin complexes.

Finalment, en Prot l'encamina a la cripta. La porta que permet baixar-hi és de ferro forjat i la que tanca l'habitacle està fermada per tres panys: no en va s'hi guarda el tresor i és el lloc més inaccessible del temple. El vicari, que a banda del mateix bisbe és l'únic amb dret a accedir-hi sol, ha encès una torxa i tria entre un manyoc de claus. Encerta la de cada pany i penetren a la cripta central, rodona i de sostre esfèric, on entre les ombres s'imposen tres mausoleus mortuoris. L'Orenç se'ls mira. Ahir, quan hi enterraren l'Esbill, no tingué temps d'apreciar-ne els detalls, però el vicari no està per orgues i es dirigeix directament a la reixa que protegeix una petita cambra amb les peces més valuoses i que comença a inventariar: dos calzes d'or massís, una custòdia exuberant que sembla expandir rajos d'or des del centre, la creu de les grans processons, dos reliquiaris, un faristol d'orfebreria, medalles, regals, totes són peces d'or, plata i pedres precioses que només es fan servir en comptades ocasions. El vicari n'hi detalla la riquesa i la procedència de cadascuna mentre l'Orenç procura mostrar-li interès. Poc després, quan abandonen el lloc i passen de nou entre els mausoleus, rumia que, un dia proper, baixarà per triar l'espai precís on farà construir el seu.

De nou sota el cimbori, l'Orenç expressa la voluntat de reunir-se amb els canonges, preveres, seminaristes i diaques que el serviran, «perquè em coneguin de manera més propera que en les precipitades cerimònies d'ahir». Mentre en Prot s'afanya a buscar-los, aprofita per cobrir-se amb el solideu, s'ornamenta amb el pal·li, es col·loca la creu pectoral, s'engalza l'anell episcopal i puja els tres graons del presbiteri i es situa, just centrat, davant de l'altar major; i així, en el lloc i l'alçada adequada, quan veu que el vicari s'acosta i els reuneix davant seu, compon una positura de dignitat mentre els observa sense pressa. Nota que s'han col·locat segons jerarquia. Els dirigeix unes paraules de salutació en llatí i tot seguit els demana que pugin, un per un, per abraçar-los i beneir-los. El vicari els presenta pel nom, el bisbe Orenç s'interessa pel seu origen i la seva específica dedicació en les tasques de la catedral, tot procurant mantenir una breu conversa amb cadascú. La cerimònia s'allargassa, però considera adient establir una complicitat personal que segellarà amb un petó a la galta i una benedicció personal.

Finalment s'interessa per la situació dineràrial i patrimonial del bisbat. En Prot el condueix al palau episcopal, aclarint-li que tots els baixos són dependències, una part assignada a les necessitats diàries del bisbat: cuina, estables, pati de les carrosses, personal... i l'altra als documents, partides i administració de la prelatura, però advertint-lo que aquells que són més delicats es troben a la biblioteca privada, en uns secrets als mobles, particularment segurs, dels quals li ensenyarà els mecanismes. En Prot tria una clau per obrir la porta massissa d'una sala de parets armariades i atapeïdes d'escrits curosament ordenats. El convida a asseure's a l'escriptori i li porta un feix de títols i escriptures que avalen les propietats, pabordies, delmes, impostos, lloguers i altres recursos del bisbat. Davant d'algunes preguntes detallades sobre les finances i els rèdits, el vicari respon una mica incòmode que manarà venir el comptable Alberg, car ell no domina la matemàtica. I quan, acabada la inspecció, el vicari el guia a la residència privada, visita una colla d'estances sense gaire interès, en una disposició que mena des de les de servei públic fins a les més íntimes. Entre tant enfarfegament, arriba a una conclusió: convertir aquest palau en una llar acollidora i pràctica li serà dificultós.

# PART FINAL

# 41
# La mort ronda arreu

El vicari Prot s'ho fa venir bé per acabar la visita al menjador privat, tot anunciant-li que una neboda seva ha cuinat expressament per a ell i excusant-se que, després de la mort del darrer cuiner, el bisbe Esbill es feia dur els àpats de fora, deixant la cuina privada sense servei. Quan el vicari se'n va, l'Orenç s'asseu i observa la taula curosament parada. La coberteria de plata, els tovallons de seda blanca, les estovalles finament brodades amb l'escut de la prelatura... Sent un truc a la porta i, sense mirar-lo, un diaca li anuncia que l'escuder del rei voldria veure'l amb urgència. En rebre l'assentiment, fa entrar el noi, que acota el cap, fa una genuflexió i li besa la mà. Quan alça el cap, l'Orenç veu que està plorant.

—Blan, per caritat, calma't. Tot anirà bé.

—No, Orenç, perdoneu, eminència. El rei està molt malalt.

—Fill, confia en Déu i en els dots de l'Eiquem. És un savi a qui consulten d'arreu d'Occident.

En Blan no li explicarà que, com sempre, ha parat l'orella a la conversa i ha escoltat les paraules de l'Ebrard amb el medeciner i que la mort i la vida ronden el seu amo per igual.

—Tinc por que es mori...

L'escuder comença a sanglotar, l'Orenç inicia un gest per confortar-lo, però en Blan l'abraça fortament. El bisbe sent com el cos se li arrapa i nota les contraccions del seu ventre. Busca unes paraules de consol però, cada vegada més torbat, procura separar-se'n.

—Blan, asserena't. Hem de ser valents, i, si el rei corre perill, motiu de més. Tu ets l'escuder, la persona en qui confia. T'ha de sentir segur de la seva curació, això és el que més pot ajudar-lo i, quan dubtis, prem l'escapulari contra el teu pit i sant Benet et confortarà.

El noi se'n separa i atura el plany. Està satisfet perquè s'ha aferrat al bisbe, li ha fet sentir el cos i això l'ha torbat, n'està segur. Ell, aquestes coses les nota, sempre les ha notat i se n'ha servit. S'eixuga les llàgrimes i mira fixament el bisbe, que malda per tallar la situació:

—Blan. T'ha enviat el pare amb algun encàrrec?

—Sí, perdoneu. El rei us demana al Castell, a mitja tarda. Us adverteixo, per si us convé saber-ho, que també reclama el príncep Ínian, l'abat de Corn i el comte de Cas.

—Gràcies, Blan.

L'Orenç agraeix la revelació, però no vol tenir-hi més confiances. Aquest noi sempre pretén un espai d'intimitat, i això l'inquieta. L'acompanya a la porta, on ja l'espera el diaca.

—Ves en pau, Blan.

Encara no s'ha assegut que entra un seminarista portant-li les menges. L'Orenç entén que l'Esbill havia disposat que els diaques li fessin els serveis de gestió i els seminaristes els més personals. És alt i ben paregut. Li demana el nom:

—Arga —respon.

Les faccions no li són desconegudes, potser d'haver-lo vist aquests dies, i el nom també li sona, però no recorda de quan ni de què. Tant se val, el plat resulta suculent i quan està a punt d'acabar-se'l, torna a trucar el diaca que, des del llindar de la porta i sense aixecar la vista, anuncia que una dona anomenada Murtra voldria veure'l, però que «ja l'he advertida que, en cas d'aquiescència, s'haurà d'esperar».

—Diaca, feu-la passar immediatament.

Quan la dona entra, amb el posat eixut de sempre, el bisbe té la deferència de rebre-la dret, quasi a la porta. Mentre li ofereix la mà, observa aquest personatge d'aparença insignificant que, amb el mateix gest, dia rere dia, ha entrat aquí, carregada amb la metzina per a l'Esbill. Just fet el besamà, i sense cap matís, ella deixa anar el que té al pap.

—La mare de la Brilhèta ha mort.

—Valga'm Déu, Murtra, quan ha sigut?

—Sembla que poc després de mitjanit, senyor.

—Déu la tingui en la glòria. M'hauríeu pogut avisar, que l'hauria assistit personalment.

—Eminència, no em culpeu, jo estava de torn a les dependències i no me n'he assabentat fins aquest matí.

L'Orenç es queda immòbil. S'acaba de desllorigar un altre secret. I a fe que ben guardat. Ha sigut ella qui aquesta nit ha obert la porta de les dependències a l'abat Moll. Sí, en Moll, la Murtra, l'Arga, tot li revé a la memòria i s'ordena sol. En el tauler d'escacs ha aparegut un moviment inesperat, però el bisbe sap desfigurar la sorpresa.

—Gràcies, Murtra. Que potser aneu a casa dels Naïs?

—No. Se'm requereix al Castell, però puc acostar-m'hi.

—Doncs, si no us desencamina gaire, digueu a la Brilhèta que hi passaré d'aquí a poca estona.

Quan, sense més prolegòmens, l'acomiada, demana al diaca que avisi el vicari perquè es presenti de seguit.

L'Orenç s'asseu i es plany a Déu que les coses es precipitin amb tanta confusió. En un mateix instant té notícia de la mort de la senyora de Naïs i que la Murtra és possiblement la mare del fill de l'abat Moll. I, si no té esgarriat el senderi, també és qui ha emmetzinat l'Esbill... Per venjança pròpia?... O bé per iniciativa del pare del seu fill, el reverendíssim abat Moll, que al mateix temps hauria actuat per pròpia conveniència? O per lleialtat al rei? Tot d'una tem deixar que el pensament li vagi més enllà. Està neguitós, necessita encaixar les peces. Però, per arribar a on? De veritat vol arribar-hi? O pitjor encara. Li convé arribar-hi? Ja desganat del tot, aparta el pastisset de les postres i s'aixeca decidit en el mateix moment que entra el vicari.

—Perdoneu, Prot, he d'assistir una amistat que acaba de morir. Això ens fa ajornar la reunió prevista per organitzar les litúrgies d'aquest mes fins demà, després de missa.

—Eminència, si ho voleu, podem enviar-hi un canonge.

El bisbe contesta, un poc contrariat:

—No, Prot, és una amistat personal. Surto ara mateix.

—Voleu que us acompanyi un seminarista per no anar sol?

—No, gràcies. Prot, us prego que considereu que els costums del meu predecessor no són els meus. Quan vulgui relluir la meva dignitat episcopal ja us ho faré saber.

Només amb el solideu com a únic signe extern que el pot distingir d'un monjo, surt a la plaça. Alguns el reconeixen, els homes s'inclinen, les dones es senyen. Pel camí s'acusa de no anar a casa dels Naïs preocupat per l'ànima i la salvació de la difunta, sinó per unes qüestions més incisives que el sacsegen. Encalma el pas i el remordiment amb una oració que li fa moure els llavis, fins que arriba a la casa de la Brilhèta, on troba una munió de dones que, en veure'l, li besen la mà al mateix temps que li obren pas, marcant-li un passadís fins a la cambra mortuòria. Quan hi entra, sis o set ploraneres esgaripen planys al voltant del llit, amb la difunta perfectament amortallada i amb un fort aroma d'espígol i farigola. Just al costat esquerre de la difunta seu la Brilhèta, que no dissimula un somriure excessiu segons les normes del dol.

El bisbe, per a qui els dols xisclats no són més que fetilleries, es gira envers les ploraneres i les saluda amb un posat imperatiu:

—Senyores, que Déu les beneeixi i les acompanyi.

Totes entenen el mandat i enfilen la porta. El bisbe observa la difunta, mussita una pregària, inicia un senyal de la creu i, quan sent que es tanca la porta, s'interromp.

—Brilhèta, dona, per què no m'has avisat? M'hauria agradat donar-li els darrers auxilis.

—Gràcies, pare, però va empitjorar a l'hora de la vostra primera missa com a bisbe i no era oportú molestar-vos. En arribar la nit, quan sonaven el toc a difunts pel príncep Jan, va entregar l'ànima. Se n'ha anat acompanyada amb honors de princesa, pobreta.

—T'agraeixo la consideració, però... podríem dir que sento una franca amistat per tu... I entre els amics cal ser-hi quan convé.

—Gràcies... —Sense evitar una mitja rialla, nerviosa, per haver escoltat la primera manyagueria de l'home que pretén—: Ai, sabeu? Ara no sé si us he de dir príncep o bisbe.

—És fàcil. Quan estiguem amb gent em dius eminència o senyor bisbe i quan estiguem sols em dius Orenç.

A la noia se li dispara un fogot a les galtes que l'Orenç percep, però considera que no és el moment ni el lloc adequats per mantenir aquest rumb. D'altra banda, i amb mig veïnat a la casa, tampoc hi ha la discreció necessària per encetar una conversa sobre els enigmes que només ella li sap resoldre. Decideix acabar la visita, però abans li exposa una idea que el ronda des de l'hora de dinar.

—Brilhèta, he pensat que t'aniria bé encarregar-te de la

cuina de la catedral. L'Escorpí la tenia en desús i, així, podria remunerar-te, a banda que permetria que ens veiéssim per continuar la investigació.

La noia sent trontollar el comport davant una proposta tan favorable als seus desitjos.

—I tant. Només m'heu de dir quan puc començar.

—Dona, abans fora prudent guardar uns dies de dol.

—Com maneu, però tinc pressa per parlar-vos d'allò de la reina. I, a més, veure'm entrar a la catedral sempre s'entendrà com una part de l'aflicció, no?

L'Orenç veu que els ulls de la Brilhèta comencen a perdre centralitat i decideix escapçar la conversa.

—Quan l'enterreu, al matí o a la tarda?

—Al matí.

—Molt bé. Passa quan acabis —concedeix.

# 42
# El rei decreta festes

A l'avantcambra de l'alcova reial, els quatre personatges més poderosos de Magens esperen inquiets per saber com està el monarca i què els vol.

L'abat Moll està pensatiu i satisfet. L'Ebrard li permet residir al Castell, i aquesta confiança el compensa d'angúnies i maldecaps que la lleialtat comporta. També recorda com en aquests dies de tantes cerimònies litúrgiques, s'ha delectat en veure el comport exquisit i l'elegància natural de l'Arga. A fe de Déu que se'n sent orgullós. A pesar de totes les vicissituds, és un noi sa, polit, bon estudiant i a qui, si Déu vol, amb les influències que té a Magens i les que guarda a Roma, pot encaminar el futur.

Al seu costat, assegut i amb posat absent, el príncep Ínian repassa tot el que ha succeït en aquesta darrera lluna. Els somnis que la mare li brodava s'han acomplert per camins insospitats. Quan ella morí, va creure que el seu avenir s'apagava, fins i tot que li perillava la vida. Però, la mort d'en Jan ho ha trasbalsat tot. Els que maldaven per destruir-lo, ara no tenen més remei que defensar-lo. Per primera vegada, preveu davant seu un horitzó esplendorós.

Dret i taciturn, el baró de Cas no pensa en altra cosa que ser lleial al rei i als seus designis. Sense aquesta fidelitat, la vida no tindria sentit. El vici que el mortifica i que el domina des d'infant l'ha allunyat de Déu i del paradís, però sap que això no importa a l'Ebrard. El rei només li demana obediència, i que, en algunes nits d'embriaguesa, li faci companyia. Què més pot desitjar un servidor del rei?

L'Orenç rememora la conversa amb en Blan i les seves temences sobre la salut del monarca. Més enllà de les possibles exageracions de l'escuder, si aquest ho diu, significa que alguna cosa s'ensuma, o més encara, que alguna cosa sap. Medita que si la vida del rei corre perill, s'albiren temps convulsos i, pel bé de l'Església i de Magens, vol exorcitzar qualsevol confrontació amb l'Ínian. Cal que els poders cèlics i terrenals s'aparellin i que allà on no arribi l'espasa hi arribi la fe. Es reafirma en la voluntat i conveniència de servir-lo lleialment.

Dins la cambra, l'Ebrard té un aspecte millorat. Recolza l'esquena contra el capçal encoixinat i s'hi sent còmode. Vol que el vegin incorporat i, contra el que pensava, la positura no l'adoloreix tant com preveia. Ha instruït en Blan perquè els convocats no passin fins que tots fossin presents.

Quan els quatre prohoms entren, l'escuder assenyala un lloc per a cadascú, segons prèvia indicació del monarca. A mesura que hi seuen, s'adonen que el seient més proper al llit queda buit. Però abans que ningú en tregui conclusions, l'Ebrard pren la paraula i es nota que ni improvisa ni vacil·la.

—Senyors, us he reunit per comunicar-vos que, a parer de l'Eiquem, la ferida presenta un millor aspecte i tot fa presagiar que, si Déu vol, sanarà.

Els quatre notables gesticulen satisfets, però l'Ebrard té apamat el discurs i no accepta dilacions.

—Segonament, us agraeixo l'esplèndida rebuda que ens dispensàreu abans-d'ahir i, encara més, la magnificència de la processó i el funeral pel príncep Jan. Fou digne de l'heroi que ha ofrenat al regne victòria i riqueses al preu de la vida.

Per un segon mira l'Ínian, que assenteix amb el cap.

—Tercerament. Cal que aquesta victòria sigui entesa i recordada com una segona refundació del regne de Magens. Els tractats que hem signat amb el rei vençut, l'Uc de Llangàs, i garantits per Sa Santedat, ens asseguren el cobrament de valuosos impostos durant vint anys, així com la sobirania del ducat de Cres, que queda adscrit definitivament a la corona de Magens. Ni la meva ferida ni la mort del meu primogènit han d'impedir commemorar una victòria tan beneficiosa. Mano, doncs, la instauració d'una celebració anyal que la festegi convenientment i us encomano que s'organitzin festes que comencin d'aquí a set dies, dimarts, i que culminin el diumenge amb un gran ofici solemne a la catedral per continuar el dilluns amb unes justes de llances anellades, i el dimarts amb un torneig amb armes sense tall, car no vull que aquesta victòria vessi més sang que la del meu fill. I, per tal que reuneixi els millors cavallers del regne i contrades veïnes, donaré un premi extraordinari al vencedor.

En aquest punt, la veu de l'Ínian sona entusiasta.

—Pare, participaré en les justes i us representaré a vós i el meu germà!

La interrupció fa que el rei se'l miri llargament abans de contestar.

—Gràcies, Ínian. Pensava demanar-t'ho. Amb tu, la casa dels Albir quedarà magníficament representada.

I reprèn el discurs.

—Finalment, dicto, perquè així s'anunciï arreu, que la corona retornarà el blat i l'ordi confiscat que l'exèrcit no hagi despès i que renuncia a la part que li correspon dels ramats de bestiar i de tots els botins de guerra. Decreto que, sense delmar els drets dels nobles i dels cavallers, es distribueixin aquests béns entre els quatre comtats. Vós, abat i comte de Corn, us encarregareu que es faci amb justícia tres dies abans del torneig, per mor que l'alegria i l'agraïment facin més animosa la festa.

—Tal com maneu serà fet —assegura en Moll.

L'Ebrard continua. Vol aclarir una qüestió entre els mandataris de més confiança.

—També vull compartir-vos que, tot i el tractat de pau amb Guifort, guardo la malfiança intacta cap a en Frencàs. Avui, fins i tot més que abans. És un moment convuls. Ell sap que estic ferit i que el gruix del nostre exèrcit no ha arribat, tot i que segons se m'ha informat, l'esperem demà. Amb discreció, baró de Cas, us ordeno que prepareu, des d'ara mateix, la defensa de la muralla i del Castell, talment com si haguéssim de rebre un atac, i que es mantingui l'alerta els propers dies.

Quan sembla haver acabat, modula un to de veu més suau i afegeix:

—També us anuncio que he rebut un missatge de Roma en el qual se m'adverteix de la possible visita del patriarca Atanasio, ambaixador personal del Papa, amb butlles generoses per haver guanyat la guerra en nom de Déu. Per si de cas això arribés, Orenç, vull que li deixis preparat el palau episcopal i que vinguis demà mateix al palau per ocupar la cambra d'en Jan.

L'Ebrard abaixa el cap i sospesa si ha omès algun mandat. Ningú gosa interrompre'l. Quan l'aixeca, és concloent.

—Senyors, us agraeixo la lleialtat demostrada. Aneu en pau.

Tots s'alcen i, successivament, el complimenten abans d'abandonar la cambra. L'Orenç fa per quedar-se l'últim.

—Pare, no us molesteu, al palau episcopal hi ha cambres...

—Fill, vull que resideixis aquí, al Castell...

L'Ebrard reülla com els altres s'allunyen i abaixa la veu.

—I escolta'm bé, Orenç, durant els propers dies, també vull que m'obeeixis sense qüestionar les decisions que haig de prendre.

—D'acord, pare, us en faig jurament.

En les paraules del monarca, l'Orenç no hi percep cap retret. Més aviat al contrari. Estranyament en ell, quasi ho ha implorat i això l'inquieta, per insòlit.

# 43
# Tot d'una, el desig

Els dies s'han escolat pausats i a la ciutat tot sembla assossegat. Tanmateix, al carrer, la gent escruta la torre de l'homenatge mentre conjectura què s'hi oculta a dins. Per als plebeus, comerciants i nobles, les vides palpiten segons la salut del sobirà i, malgrat que se n'ha imposat el silenci, les murades ja no retenen les enraonies: que si el guarda ha vist l'abat amb cara anguniosa, que si la muller de l'Eiquem ha tafanejat que res va tan bé com diuen, que qui no ha vist la cara compungida de l'escuder Blan... qualsevol gest, qualsevol senyal, envola elucubracions i malastrugances.

L'Orenç habita l'antiga cambra d'en Jan des de fa pocs dies, però no s'hi sap avesar. A cada objecte batega un record i això el manté melangiós. A més a més, preveu que l'estada a la cambra serà circumstancial i sent com un sacrilegi tocar res de l'estimat. Tampoc s'acostuma a la constant presència del guaita a la porta. En no haver-lo vist mai, quan l'habitava en Jan, n'ha preguntat la raó: per ordre del rei.

Des que se li ordenà viure al Castell, ha pogut visitar el pare sempre que ha demanat audiència. El rei li ha dispensat un tracte afectuós i, malgrat la insistència de l'Eiquem per no depassar una estona prudent, l'Orenç intueix haver-hi travat una relació més profunda, tot i que les converses només s'han cenyit a la salut i altres formalitats. Potser hauria esperat que, en la confiança, l'Ebrard li hagués explicat els motius per afavorir-lo tant en els últims temps, però veure'l en una posició afeblida, sense la pàtina de poder que l'envolta habitualment, queixós pels embats del dolor o delerós d'un got d'aigua, li ha desvetllat un sentiment que el compensa del desencís. Un sentiment fins ara inconegut, malgrat que des del púlpit l'ha exigit tantes vegades: l'amor filial.

D'altra banda, com a nou bisbe de Magens es sent satisfet. Gaudeix d'un estatus privilegiat, la catedral ja és el seu domini i, gràcies al vicari Prot, hi governa sense entrebancs. A més a més, ja hi ha imposat petits canvis, sobretot disminuir les aparences excessives amb què l'Esbill s'envoltava. Imposar l'autoritat de Déu mitjançant l'ostentació li contraria conviccions profundes i ha decidit empoquir tanta fatuïtat. Però hi ha aspectes que el preocupen més profundament. La majoria de les eines evangelitzadores de la catedral estan rovellades o obsoletes: els horaris irracionals dels oficis; un seguit de serveis arcaics i sumptuaris, la demanda constant d'almoines sense bescanvi de caritat, una administració lenta i farragosa, un tracte amb el feligrès amarat de menyspreu... Uns falliments que testimonien un Esbill més dedicat a vicis i conxorxes que a mantenir diligent la llar de Déu.

Aquest matí ha manat al vicari d'avisar «la senyora Brilhèta de Naïs, vós la deveu conèixer. Una noia que s'ha quedat òrfena, molt devota, treballadora i d'absoluta confiança. Donada la meva amistat amb la difunta senyora de Naïs, vull encarregar-li que posi en servei la cuina. Notifiqueu-li que l'espero al migdia per parlar dels preàmbuls necessaris».

Ara, mentre l'espera i els dits li juguen amb el tovalló sedós, recorda la conversa en què la Brilhèta encertava el baró de Cas com l'assassí de la reina. «Aquesta noia ha resolt el misteri sense conèixer la confessió de la seva dona. És molt intuïtiva... o intel·ligent» i cada vegada que hi parla, aclareix un bocí del laberint que l'entrampa.

En un altre terreny, el preocupa que la joventut i la bellesa de l'escollida no aixequi murmuracions. Vol cuidar una imatge que defugi els escàndols del seu predecessor. Val a dir, però, que aquests pocs dies en el vèrtex del comandament religiós ja l'han convençut de no obcecar-s'hi gaire. Les calúmnies són congènites al poder i només són perilloses si en qüestionen la continuïtat.

Quan el diaca truca per fer passar la Brilhèta, s'alça per impressionar-la millor. Entra vestida de dol, una mantellina negra li cobreix els cabells i té la mirada fixada en la mà que l'Orenç no li ofereix. Només quan el diaca s'inclina per enretirar-se l'aixeca per al besamà, alhora que inicia la conversa per fer-se escoltar abans que l'home ajusti la porta.

—La pau del Senyor sigui amb tu, Brilhèta. T'he fet venir perquè conec la delicada situació en què t'ha deixat la pèrdua de ta mare. I, en nom de l'estima que professava a la senyora de Naïs, he pensat que podries encarregar-te de posar en servei la cuina.

Quan la porta ja s'ha tancat, ajusta les paraules:

—Penso que així tindràs una feina que et sustenti, i que permetrà veure'ns amb naturalitat. Déu t'ha adjudicat un do especial per resoldre enigmes i et necessito per desbrossar el camí... amb el benentès que les decisions que s'hagin de prendre em pertanyen... però, si això queda clar, he de convenir que la teva intuïció m'és necessària.

El bisbe s'ha refrenat en pronunciar «la teva intel·ligència». Tot d'una li ha semblat excessiu, tant per a una dona com per a una serventa. D'altra banda, la Brilhèta aprecia la reconeixença de l'home que pretén, però no està per a lloances i prefereix anar de dret al tema que l'obsedeix i neguiteja.

—Pare, gràcies, espero servir-vos bé en tot el que em demandeu. Però tornant a allò de la reina, penso que en el punt que estem l'important no és tant la seva mort sinó entendre la xarxa que l'envolta.

L'Orenç no comprèn gaire bé a què es refereix, però no vol mostrar-se fora del joc.

—És el que volia dir. Per esbrinar la mort de la reina cal esclarir tot allò que l'enteranyina i que, segons tu, ha teixit el mateix rei.

—Senyor...

—Digue'm Orenç.

El rubor la fa dubtar. També l'estratègia. Tria un entremig.

—Pare Orenç, estareu d'acord que, de tota la gent que l'envoltava, el baró és qui menys motius tenia per matar-la. També recordareu que pretextà una indisposició per no acompanyar el rei, però aquest li manà de sopar amb en Jan per recomptar les forces disponibles. Ben muntat, perquè amb aquest mandat el baró va poder entrar al Castell. Ningú en podia sospitar... i, ai d'aquell que gosés, l'Ebrard l'hauria matat adduint una lleialtat tan provada. Per això, quan vós li confieu al rei que heu resolt el cas i li voleu anomenar l'assassí, us ho interdiu. No el vol sentir. En realitat no pot ferho. Escoltar-lo el reconeix com a origen de tot.

L'Orenç valora el raonament ple de sentit comú i, a més a més, observa que els ulls de la Brilhèta ni s'han enguerxit, o sigui, n'està tan convençuda que ni li cal discernir. Els té d'un verd intens, com de maragda, bellíssims. Impel·lit per una mena d'agraïment, el bisbe allarga el braç i li pren la mà, se l'acosta als llavis i els hi deixa impensadament. Sent com el cos es pertorba. Tot d'una, desitja continuar pel braç, l'espatlla, el coll, la boca. Sent el sexe abrivat. Aixeca el cap per mirar-la i la sensualitat d'uns llavis entreoberts l'estimula encara més. El bisbe veu com els seus dits s'hi acosten, que els ressegueixen a poc a poc, i descobreix l'efecte plaent que el tacte li procura. S'incorpora i li pren la testa per fer-li un bes. La Brilhèta es deixa, però no es mou. Vol saber fins on pot arribar i que hi arribi sol. L'Orenç l'apetona, trasbalsat, i cada cop respira més ansiosament i ràpida. Li mossega els llavis amb una passió que es desenfrena. Ella, per la seva experiència amb en Matuis, preveu que aquest home està a punt d'ejacular. Obre del tot la boca perquè es trobin les dues llengües. El cos de l'Orenç es vincla, els espasmes el dominen i es mulla entre contraccions.

El silenci és pesant quan els llavis es separen. L'Orenç queda atordit. Fa estona que ha perdut el control del cos... i ara entén que també de l'ànima. El cap li dona voltes. La torbació pel que ha viscut és més forta que el penediment. Sent encara el batec del sexe. Es separa a poc a poc i s'asseu.

—Excusa'm... no sé què dir-te. El cos m'ha guanyat l'ànima. Ho sento. No pensava que pogués perdre el control així. Perdona'm si t'he ofès.

Ajup el cap, es gira i, a poc a poc, un lleu tremolor que s'inicia a l'esquena s'engrandeix fins a convertir-se en una barreja de sanglots i respiracions brusques. La Brilhèta, tot i quedar impressionada, no comprèn com un acte de natura tan normal pot provocar un sofriment tan intens de l'esperit. Però sap que ha de restar quieta i callada. Només passada una estona, el mormol d'unes jaculatòries en llatí s'imposa lentament als planys. Quan l'Orenç es gira, la Brilhèta li nota els ulls aquosos i les faccions amorosides per la sensualitat. No pot evitar un instint maternal que s'aplega al desig no satisfet. Ara mateix l'abraçaria, l'amanyagaria, però sap què és més convenient.

—No patiu, príncep. Jo seguiré essent amiga vostra, tant si apagueu aquest desig amb mi com si l'eviteu.

L'Orenç la sent, però encara intenta calibrar què ha passat. Està incòmode amb la situació, amb ell mateix, vol quedar-se sol, netejar-se els rastres del pecat i busca una excusa.

—Te n'hauries d'anar, Brilhèta, fa molta estona que som aquí i en qualsevol moment pot trucar un diaca. Quan surtis, que t'acompanyin a les dependències de la cuina i fes una llista de coses necessàries per veure l'abast dinerari de tot plegat.

—Sí, millor..., però Orenç, us ho vull repetir. En el vostre desig i afecte us corresponc, però comprendré qualsevol determinació que prengueu al respecte. També si voleu apartar-me de vós.

Es gira tot pensant que ha actuat de la millor manera que es pot fer amb un home, fins i tot si va tonsurat. Deixar uns dies perquè el cos recordi el plaer gaudit i que la feina es faci sola. Dins seu, està exultant. El que acaba de passar és un tomb que ho canviarà tot. N'està segura. Només quan arriba a la porta, recorda la vertadera raó per la qual ha vingut i l'ha de dir. Ara, més que mai, ho sent com un deure.

—Pare Orenç, puc advertir-vos d'una cosa?

—És clar, el tracte és precisament aquest.

—En la teranyina, la propera víctima serà el príncep Ínian.

—Què dius, dona! Quin disbarat! No et crec ni et vull creure. A més a més, el rei no pot anar contra l'únic hereu de la seva sang.

La noia el mira, incrèdula, posa la mà en el baixant de la porta i just abans de tancar-la li diu:

—Príncep, encara no enteneu res.

Al llit del príncep Jan, l'Orenç no pot dormir. Només gitar-se ha intentat començar la nit amb un acte de contrició per haver traït el vot de castedat per primera vegada, però la frase «La propera víctima serà el príncep Ínian» li rebota per tots els racons del cervell i, per molt que estrenyi el cilici, el dolor no el mortifica i les pregàries s'eleven desesmades. Raonaments i sentiments breguen per acceptar que, si és certa l'afirmació de la Brilhèta, ell en seria l'afavorit. Esdevindria príncep hereu de Magens. I la pregunta que es fa és ben senzilla: per què?

Tot i saber-se un jugador d'escacs mediocre, disposa sobre el tauler les peces que sap irrefutables per mirar d'esbrinar-ne el sentit: l'assassinat de la reina Bal pel baró de Cas pot explicar-se perquè conxorxava amb el seu germà Frencàs i l'Esbill. Que en Jan descobrís la reina Bal dient a l'Ínian «tu seràs rei» ho fa plausible, i que l'Ebrard s'enfurismés, també. Però, són motiu suficient per assassinar-la? D'altra banda, la mort de l'Esbill s'explicaria per haver afavorit el complot, però aquí el misteri s'eixampla. L'encarregada d'enverinar-lo és la Murtra, una dona atrotinada però que de jove quedà embarassada d'un monjo que esdevindria el poderós abat de Corn. L'emmetzina per venjar el seu fill Arga, víctima dels vicis de l'Esbill? O ho fa induïda pel pare del noi? Però l'abat actua per iniciativa pròpia o perquè obeeix l'Ebrard? Un prohom de l'Església, còmplice d'un assassinat? Un llampec li penetra la memòria quan recorda que el patriarca del Grado va refusar confiar en l'Ínian, i la negativa estava plena de significats... Però, Roma aprova aquest espant?

# 44
# L'humor vermell, el més imprevisible

L'arribada dels forasters que demà assistiran a les justes ha trasbalsat l'aspecte dels carrers de Magens. Els cavallers passegen desenfeinats, acompanyats d'escuders i patges que, com sempre passa en aquests aplecs, assetgen les noies, fatxendegen... i les trifulgues no acaben fins que tanca la darrera taverna, la del Mussol, que omple de raons la seva mala anomenada.

Mentrestant, al Castell, hi corren aires tèrbols des que la malaltia del rei ha tombat a pitjor. L'Ebrard ha perdut l'energia i respira dificultosament, mentre la febre i el dolor li amaren el semblant de suors fredes i tons grisos. Té poc a veure amb l'intrèpid monarca que fa més de trenta anys ha governat amb mà de ferro. Entorn de palau, alguns ja entreveuen la fi del regnat i estan atemorits. La mort d'un sobirà sempre desgavella l'equilibri de qualsevol reialme, i més en un moment tan delicat.

L'Orenç, com a bisbe, ha de prendre les seves previsions i ha requerit a l'Eiquem que li confiï un pronòstic. Expert a mesurar la presència de la mort, ha sigut concís: «Les possibilitats de curació s'han esmunyit. El temps s'escurça... i molt de pressa». També li ha admès que el rei n'és plenament sabedor.

Avui mateix, durant l'audiència diària que li concedeix, quasi no hi ha pogut parlar. Només quan l'Orenç ha insinuat que potser seria més procedent demorar les justes fins al seu guariment, la veu se li ha envigorit: «Fins i tot si deixo de respirar, prohibeixo que s'ajornin», i tan sols quan ha comprovat l'avinença de l'Orenç ha tornat a l'apocament.

En sortir de la cambra reial, aquest procura ajustar la porta sense que la balda faci soroll. Té l'ànim ensopit pels infausts presagis. Però no es vol anguniejar. D'aquí a dues hores oficiarà la missa solemne que ha de consagrar la victòria sobre Llangàs i la vol magnificent. Tant, que cap magensí dubti de la protecció de Déu en uns moments tan desventurats. Quan es gira, el sorprèn en Blan que, després de reüllar si hi ha ningú proper, s'agenolla emfàticament.

—Eminència, us demano la benedicció.

L'Orenç sent que li pren la mà amb una tensió desmesurada per besar-l'hi. No entén a què ve tanta afectació, perquè si la causa n'és l'estat del rei seria més convenient que s'encalmés i practiqués el fingiment.

—Blan, no te la nego, però prefereixo donar-te-la després d'una sincera confessió —contesta com donant per acabada la conversa.

—Us ho prego, senyor, no me la refuseu... m'hi va la vida.

L'Orenç li coneix el talent dramatúrgic, però mai l'ha vist tan alterat. Imposa la mà esquerra sobre els cabells rinxolats i, cuitós, el beneeix. En va. L'escuder li reprèn la mà dreta i, no tan sols la besa, sinó que la gira per prémer els llavis sobre el palmell.

—Doneu-me l'absolució. Us ho suplico.

L'Orenç es sent confós, per la urgència del prec i per la humitat dels llavis que es mouen amb una estranya sensualitat quan li parla.

—D'acord, Blan, però només si em jures que acabades les festes, dimecres, vindràs a confessar-te com Déu mana. Fes un profund acte de contrició.

—Us ho juro, us ho juro —tot pronunciant les paraules amb els llavis encara arrapats al palmell.

L'Orenç es sent atordit per aquell contacte excessiu. Necessita tallar-lo en sec i l'absol deslliurant la mà dels seus llavis.

—Ara, ves-te'n Blan, segueix la teva feina, pren cura del rei i estigues al seu costat en aquestes hores adverses.

L'antic patge s'alça i li fita els ulls sense mantenir el respecte jeràrquic.

—Ho faré. Vós no sabeu fins a quin punt arrisco la vida per ser-li lleial.

Les faccions melangioses, els llavis oberts, l'esguard profund, vol traspassar el significat del que vol dir.

—El mateix faria per vós.

Un instant suspès i es gira.

# 45
# Acarament inesperat

Camí de la catedral, no deixa de preguntar-se què pretén en Blan. Aquest contacte excessiu dels llavis... l'última frase, dita en un to massa confidencial... No l'hi hauria de permetre. Es confessa pertorbat per aquest noi i no sap ben bé com protegir-se'n.

Quan entra al temple, dos canonges que estan atenent l'abat Moll davant la capella baptismal li fan la inclinació deguda, mentre l'abat se li acosta amb un aspecte amoïnat que no li és habitual. Li prega d'anar a les cambres privades «per parlar en un ambient més discret», tot agafant-lo del braç i convidant-lo a caminar. L'Orenç pensa que no és manca de respecte i no es sent conduït, sinó custodiat per un home que, per damunt de tot, demostra una lleialtat indestructible als Albir. Quan finalment arriben a la biblioteca, l'Orenç l'invita a seure mentre obre un armariet, procurant distendre la trobada.

—Reverendíssim, potser no és apropiat oferir-vos el vi del vostre propi monestir, però confio que escolliu els millors raïms per al vostre bisbe. Fruïu-ne amb mi.

—Gràcies, eminència, em servirà de consol. Visc trasbalsat per la situació del rei i les conseqüències convulses que, si Déu no fa un miracle, la seva desaparició pot comportar.

—Sí... Malauradament davalla pel pendent definitiu. Com vós, també ho visc preocupat, no sols per amor filial, sinó també perquè el patiment li és cada dia més i més insuportable. Ahir nit, vaig sentir-lo gemegar, tot i els beuratges de l'Eiquem.

Deixa els dos gotets d'un roig intens sobre el buró i mentre l'abat el degusta aprofita per comentar:

—Però, a dir veritat, no entenc les conseqüències convulses que predieu. La victòria sobre Llangàs, la submissió dels heretges, el tractat de pau i l'agraïment de Roma ens prometen un venturós període de pau al reialme. —Deixa penjada la frase i aprofita per seure. Xarrupa el vi i enllaça—: Entenc que la successió dinàstica està assegurada i, si us he de ser franc, penso que en bones mans. L'Ínian em sembla un príncep preparat, com si d'antuvi hagués estat educat per governar. Ponderat, cap fred, potser no excessivament guerrer però intel·ligent, reservat i... potser ara que vivim uns temps necessitats de finesa política, serà un gran rei per a Magens.

L'abat Moll l'escolta atentament, amb discretes confirmacions de cap, però quan l'Orenç acaba, resta en silenci.

—O... no concordeu amb els meus pensaments?

La resposta és immediata.

—Senyor, les virtuts que heu descrit són veraces.

Però en l'expressió, l'abat Moll denota que busca la manera adequada d'exposar un pensament dificultós. Finalment s'aixeca i, visiblement contrariat, es persigna.

—Tot i respectar les vostres opinions, príncep bisbe Orenç d'Albir, faríeu bé de preparar-vos com a segon membre del llinatge per si heu d'assumir més altes responsabilitats de les que Déu ja us ha encomanat.

L'Orenç, que no esperava una asseveració tan incisiva, recorda els mals auguris que sobre l'Ínian li ha predit la Brilhèta i entén que l'afirmació de l'abat els confirma. El senderi i el cos se li revolten. Un glop d'indignació li empeny l'estómac com si fos sòlida. Una frase retruny pel seu cap: «Ai, príncep, encara no enteneu res». S'aixeca. S'apropa a una braça de l'abat Moll. Tot d'una es sent investit d'un mandat diví. Ell és el bisbe, la mà de Déu a Magens. I alça una veu imperativa que ell mateix desconeixia.

—Abat de Corn. Conec el vostre poder i valoro la vostra lleialtat, però les paraules que acabeu de pronunciar no són inspirades per Déu, sinó per una conxorxa que ja ha deixat rere seu massa mort. Tampoc ignoro que vós obeïu decisions del meu pare i que, agònic, les seves ordres les han d'acomplir els seus fidels. I vós en sou un dels més propers. Comploteu assassinar l'Ínian? Vós, abat de Corn, per lleialtat al rei, traïu els manaments de Déu?

En Moll no gosa aixecar-se. Veu al seu davant qualcú desconegut. El bisbe Orenç alça el braç i, contravenint les formes, l'assenyala amb un índex amenaçador.

—Reverendíssim. Soc la primera autoritat religiosa de Magens. Temeu-me! Perquè, tot i saber que només deveu obediència al Papa, si aquesta conxorxa posa en perill la vida del príncep, us juro, aquí, en aquest temple, que us denunciaré al Pontífex i a Montecassino. Sí, a vós i a qui correspongui, fins a assolir la vostra excomunió i condemna. Amén!

L'abat Moll acota el cap mentre mesura la duresa de cada paraula. Si bé ja sospitava que el príncep bisbe era massa novell per a les complexitats del poder, i més en una situació tan exposada, no preveia una reacció tan contrària. Esperançava que arribar a la cúspide de la casa reial li modularia les conviccions.

—Eminència, em dol que m'amenaceu, però no us ho retrec. La meva estima per vós va més enllà de l'obligada obediència. Havent-vos escoltat, no puc deixar d'admirar la vostra rectitud, que us fa estar per damunt d'ambicions i fatuïtats. Us dono la raó, el repte que confrontem denigra les nostres ànimes, però és el preu ineludible per protegir la família reial i la Santa Mare Església d'una conspiració espantosa. I aquest, príncep, també és un manament de Déu, i estic segur que primigeni. No erreu quan afirmeu que som en aquesta conxorxa sota les ordres del rei, però no el judiqueu malament. L'Ebrard defensa els Albir d'unes perversions que ignoreu i que poden pertorbar el futur de la dinastia i de Magens de manera irreparable.

L'abat Moll sembla satisfet del discurs que el justifica i s'envalenteix prou per asserir:

—I finalment, eminència, heu de saber que no sols estem al servei de la corona. També servim humilment els designis de les més altes instàncies de Roma i aviat en tindreu constància.

Però l'asserció i un to que jutja prepotent encara enutgen més el prelat. Roma, còmplice d'assassinats? Recorda que a Sant Joan del Laterà sentia malparlar d'homicidis entre bisbes i papes per un bocí de poder, però la fe en el missatge de Crist li prohibí de creure-ho... I ara ell, com a màxima autoritat religiosa, s'ha d'avenir a l'assassinat d'un germanastre perquè l'Ebrard i en Fulgenci sospiten uns perills que desconeix? I que, de resultes d'aquest desori moral, ell s'asseuria en un tron xopat de sang? Es sent derrotat, però la còlera ja galopa desbocada. Procura mesurar cadascuna de les paraules i les diu lentament, com si dictés una sentència.

—Tot això que m'insinueu és una follia, Moll. Una calúmnia immunda contra autoritats sagrades les quals rebaixeu fins a la vostra brutícia moral, abat, la vostra pròpia brutícia. Però escolteu-me bé, perquè ara parlo al comte de Corn. Si mai els vostres auguris s'acompleixen i els horrors que heu tramat em coronen rei, faré caure sobre vós i la resta de còmplices la meva justícia. En faig jurament solemne. I ara, marxeu del meu temple, no mereixeu trepitjar-lo fins que no obtingueu el perdó de Déu.

# 46
# Un cerimonial esplendorós

Poc després, ja a la sagristia, procura l'equilibri de l'ànima entre tants ímpetus confrontats. Però el temps mana i un canonge li suggereix que ha de triar el color apropiat per a l'ofici. Neguitós, dubta entre el blanc o l'or i, després d'escollir-ne un, tres silenciosos seminaristes executen un ritual de gestos pautats i l'ajuden a vestir-se i enquibir-se tots els atuells i símbols que la cerimònia exigeix. Casualment, l'Arga és l'encarregat d'encalçar-li les mitges i els peücs. L'Orenç l'observa, quasi compadit, «heus aquí una altra ànima nascuda del desori».

Cada vegada que algú entra o surt de la sagristia, penetra la remor de la gent congregada. «No hi cap ningú més», comenta un canonge. L'Orenç ja ho preveia i ha procurat no descuidar cap detall. L'últim ha sigut manar al vicari Prot que, de les dues selles reials del presbiteri, en retirés la parella per no evocar l'absència del rei. Ara, els murmuris minven uns instants per augmentar novament, segurament els quatre comtes del regne fan l'entrada amb la corrua de patges, familiars i ostentació de riqueses. No gaire després, uns cops al batent de la portada i la veu cridanera de l'escuder Genoc anuncien l'entrada del príncep hereu, Ínian d'Albir. L'Orenç escolta la remor dels feligresos en alçar-se. No sols representa el rei Ebrard, el gest el reconeix futur monarca. Quan un dels canonges entra nerviós i anuncia que l'Ínian ja ha ocupat la sella reial, l'Orenç es cala la tiara episcopal, pren el bàcul, redreça l'esquena, dignifica el comport i camina com li van ensenyar, tot dient-se que Déu es representa en ell.

La catedral ofereix un aspecte rutilant. Ha disposat que primer surtin els seminaristes seguits dels canonges, i una vegada situats en perfecta simetria, es reserva l'entrada a l'altar major amb les robes daurades per simbolitzar el seu poder. Coneix la importància del que avui s'hi juga. Cal conjuminar els interessos cèlics i mundanals i amb cada gest vol remarcar que ell n'és l'intercessor. Cerimoniosament, s'inclina davant el sagrari i es gira envers els feligresos, que s'agenollen per rebre la primera benedicció. De seguit observa que, entre els comtes, no hi ha l'abat Moll. Comença la missa assistit pels canonges. Els seminaristes, vestits de blanc, ocupen tot el fons circular de l'absis i contrapunten les expressions litúrgiques del bisbe amb els seus cants. Els moviments dels oficiants són cadenciosos. El llatí ressona com la llengua de Déu, que ni necessita ser compresa pels feligresos illetrats perquè penetra directament les seves ànimes. Sí, una litúrgia pensada durant centenars d'anys i on cada moviment i cada paraula proposen una línia ascendent. L'introit, el kírie, el Glòria, es succeeixen fins a acostar el gran moment de l'Orenç: quan el vicari Prot acabi la lectura de l'evangeli, ell ascendirà al púlpit i, des de l'altura de la seva dignitat, parlarà en nom de Déu.

Els dotze escalons de marbre que l'enlairaran fins a la trona fan que la feligresia ho capti com una aparició fulgent, d'autoritat amorosa. Els puja repetint-se les paraules triades per iniciar l'homilia: «Crist redemptor hagué de morir per redimir-nos els pecats. Així, a vegades cal que els humans morim per defensar el seu missatge, la seva Església. Gràcies al sacrifici del príncep Jan, avui festegem la victòria de Déu sobre l'heretgia».

Però quan s'apresta a pronunciar-les, una remor que ve del fons del temple l'atura. Veu, sorprès, que uns desconeguts desengolfen les ferramentes de la portalada, que els fidels es giren per saber què passa quan els dos immensos portals s'esbatanen lentament. Qui es pot atrevir a interrompre la paraula de Déu durant un ofici solemne? Alguns pensen que potser és el mateix rei, d'altres, l'alarma d'un esdeveniment infaust. Finalment, i a contrallum del feix de claror, emergeix una figura envoltada de quatre acompanyants amb túniques i sis alabarders. Sobre la testa porta una tiara de dues corones. Els feligresos no el coneixen, però saben que una irrupció com aquesta correspon a una personalitat més que poderosa. La gran tiara els fa pensar que, potser, del mateix Papa. Si de cas, la gent s'agenolla i humilia el cap per rebre les benediccions que el jerarca no deixa de repartir, calmadament i solemne. L'Orenç, que l'ha reconegut de seguit, fa un senyal a en Prot, que puja diligent, i li mana que la segona sella reial que s'ha apartat sigui col·locada al presbiteri, en la part contrària i simètrica a la del príncep. Quan el gran jerarca desfila pel frontal del púlpit, es gira per mirar-lo i el beneeix. Tot seguit, l'Orenç obre els braços en creu per dirigir-se als fidels i proclama:

—Estimats germans en Nostre Senyor Jesucrist, Magens i aquesta catedral s'honoren amb la presència de Sa Eminentíssima Beatitud i patriarca del Grado i d'Aquilea, l'Excel·lentíssim Atanasio Bellozzi, segona autoritat de l'Església Catòlica Apostòlica i Romana. Gràcies, Eminència, per obsequiar-nos amb la vostra amantíssima visita. Sigueu benvingut. En un dia tan assenyalat, en què celebrem la victòria de l'Església sobre una perniciosa heretgia, les meves paraules s'inclinen davant la saviesa de tan alta dignitat i us prego, patriarca Atanasio, que ascendiu a aquest púlpit per proclamar les benaurances que la victòria sobre els albicars representa per als magensins, però també per a tota la cristiandat.

Quan l'Orenç abandona la trona i es troba amb el patriarca, tots els feligresos es commouen amb l'abraçada i els dos petons de tan altes personalitats. En aquesta catedral mai s'hi ha vist, i mai no s'hi veurà, un acte de tanta dignitat apostòlica.

—Benvingut, patriarca.

—Gràcies, príncep Orenç d'Albir, per acollir-nos a casa vostra. No sabem si tindrem prou veu per fer-nos escoltar. Venim directament de l'abadia de Corn i som una mica fatigat. Però Sa Santedat nos requereix representar-lo i ho farem de bon grat.

Mentre el patriarca puja a la trona, el bisbe Orenç ocupa el setial episcopal, tot fent una visible inclinació quan passa davant del príncep Ínian. S'asseu, observa el temple atapeït, amb tota la noblesa de Magens als seus peus, i l'honor d'un patriarca que ocupa la seva trona. Només pot sentir-se satisfet i sadollat per tanta magnificència. Observa que l'abat Moll ja ocupa un lloc rellevant entre els comtes. Les paraules del patriarca «vinc directament de l'abadia» aclareixen que en Moll no digué vanament que no sols era fidel al rei. I tampoc ha passat per alt que l'Atanasio no l'ha tractat de bisbe, sinó de príncep. I el llenguatge d'un personatge com ell mai no és casual. De fons, sent com el patriarca parla de la victòria sobre l'heretgia, de les generoses butlles que el papa Fulgenci concedeix, però és incapaç de parar-hi atenció. Dissimuladament mira el príncep Ínian i n'observa el port majestàtic. Què deu pensar? Que potser el patriarca Atanasio ha vingut per coronar-lo? L'Orenç se'n compadeix, com també s'avergonyeix de com, a poc a poc, muda la justa indignació per la sàvia resignació.

Sent el seu nom. Ara el patriarca parla d'ell i en lloa les virtuts. L'Orenç busca l'abat Moll. No mira la trona, el mira a ell, inexpressiu i seriós.

Sí, Roma també hi és.

# 47
# La justa

Ahir, quan vesprejava, els heralds, trompeters i tamborers pregonaren els noms dels justadors inscrits i les normes imposades pel rei. Des d'aleshores, grups de magensins xerren a qualsevol cantonada i comenten quins són els de més renom i d'on provenen. N'hi ha quatre de molta reputació i, dels forasters, tres són de Guifort, dos de Cres i un de Llangàs. També es pregunten si, aquesta vegada, el seu millor justador, el príncep Ínian, tornarà a descavalcar-los o a trencar-los la llança. La majoria hi confien, les guanya sovint i n'estan orgullosos, perquè cap altre esdeveniment prestigia tant una ciutat com la bona organització d'una justa i, sobretot, que el vencedor en sigui natiu.

Conten els vells que, abans, les justes eren només per a diversió dels nobles, però que aviat es feren populars i es convertiren en la diversió preferida de la plebs. Tant és així, que alguns regnes n'han adaptat les normes per fer-les més atraients. Ara, fins i tot permeten aplaudir i cridar per animar els contendents i, fins i tot, fer apostes privadament. Però a Magens, el rei Ebrard ha intentat servar-ne les essències i són jocs d'honor en què es prohibeix encoratjar un justador per tal de garantir les mateixes condicions per a ambdós genets i només es permeten les ovacions i els víctors per homenatjar el vencedor, cosa fins fa poc també prohibida. Avui, si bé s'ha anunciat que el rei assignarà un premi valuós, el mocador brodat que ofrena la reina de la justa ha de ser més que suficient per al cavaller victoriós.

Fora murada, a sis-centes braces del pont llevadís, fa tres dies que els fusters de Magens tresquen en la palissada, les tanques, les grades, l'empostissat central que aguantarà els tendals per als assistents més distingits, amb els cadafals de la casa reial, de la reina d'honor i encara un altre per als jutges... a més d'un fotimer de minuciositats. Tenen sort que gran part del material que basteix el born no cal refer-lo, perquè es guarda d'una justa per a l'altra. Born enfora i a una distància marcada per les normes, s'han instal·lat les tendes dels competidors. Allà, ajudats per escuders i patges, segons categoria i riquesa, senyors i animals es preparen per a l'embat i per lluir una aparença que sollevi admiració.

Entre les normes que ha dictat el rei, s'indica que les llances seran de fusta i de punta roma, despullades d'ornaments per evitar joc brut i que només s'hi permetrà l'adorn d'una cinta o mocador de la persona amada. En no haver-hi armes perilloses, es descarten les armadures, però serà obligat encasquetar-se l'elm i protegir-se de l'envestida contrària amb una cota de malla fina i l'escut. En aquest i la gualdrapa del cavall es lluirà el blasó del cavaller o del feu que defensi, fora que el contendent vulgui restar en l'anonimat, habitualment permès per les regles.

La gent s'ho pren amb temps i va arribant abans d'hora perquè és sabut que els bons llocs van buscats. A més a més, l'estona d'espera passa volant entre els tafaneigs, les novetats i, també, els comentaris i les enraonies sobre la salut del rei Ebrard. Només quan la plaça està a vessar, i amb un retard convingut, arriba la comitiva dels prínceps, la reina d'honor, la baronessa de Cas, el seu marit, que com a cap de l'exèrcit és el gran manador de la justa, els nobles i prohoms, que en carruatges, cavalls i cadires romanes es dirigeixen al seu lloc, fent-se veure tant com poden. Només els prínceps, Ínian i Orenç, i la baronessa de Cas tenen dret a fer una volta sencera a l'arena, entre l'entusiasme de la gent i la música de trompetes i tambors que els donen rellevància.

A l'Ínian li correspondria presidir la justa, però, en participar-hi, el substitueix el príncep bisbe, que pren el setial al costat de la reina d'honor, per una banda, i del manador, amb els jutges del joc, per l'altra. L'Orenç observa que, sota un tendal i en un angle espaiós de l'arena, s'hi ha lligat el Branga, abillat de combat, com si fos el símbol del rei Ebrard. Pensa que és un desencert, perquè, tot i voler ser un homenatge, també en remarca l'absència... De sobte, a un senyal del baró de Cas, la música s'atura i els heralds es reparteixen per l'arena, anunciant quin serà l'ordre dels participants i com queden aparellats. L'Ínian serà l'últim d'aquesta primera ronda. El sorteig el confrontarà amb un cavaller de Llangàs sense cap notorietat.

L'Orenç ha assistit a poques justes i a cap torneig. L'Església no n'és partidària, però no s'atreveix a prohibir-les en tenir tanta acceptació. Avui hi assisteix més com a príncep que com a bisbe, si és que això té algun sentit, perquè tot plegat li sembla una fotesa. En realitat, té el senderi desassossegat per la frase de l'abat Moll en què li demanava preparar-se per encapçalar la nissaga dels Albir. A l'arena ha començat la primera justa, però ni els ulls ni l'enteniment la segueixen. Sent els espetecs de les llances contra els escuts i els crits retinguts d'admiració quan es descavalca algun genet. Abans de deixar el Castell, l'Eiquem ha vingut a trobar-lo, amb posat humil i mirada sàvia. «Senyor, us he d'avisar que el vostre pare té poques hores per davant. Em vàreu demanar que us previngués per poder aconhortar la seva ànima i disposar els preparatius religiosos. No crec que arribi a demà.» L'Orenç ha demanat audiència de seguit, però el monarca li ha fet dir que passés a veure'l després de la justa, que parlamentava amb l'abat Moll. Això també el neguiteja. Té algun significat?

Després de cada envit, dos nous cavallers demanen vènia a la reina d'honor per combatre, tot seguit mostren les llances als jutges i, després, cada genet es dirigeix a l'extrem assignat del born. Mentrestant, el públic en xiuxiueja els atributs, identifica el blasó o el comport de l'animal. L'inici de la cavalcada l'assenyalen els trompeters i tamborers que no pararan de tocar, en un estudiat crescendo, fins al moment del xoc de llances. La gent s'exalta, també in crescendo, s'exclama amb l'impacte i victoreja el vencedor. En el cas que no n'hi hagi, es repetirà l'envit fins que un genet sigui descavalcat o en surti amb la llança trencada, la qual cosa n'allarga la fruïció.

L'Orenç, si no anés amb el cervell xarbotat, s'avorriria. La destresa en les armes no l'ha seduït mai. Sembla que s'acosta el final de la primera ronda perquè l'Ínian entra pel cantó de ponent, d'esquena al sol. Pensa que això li donarà avantatge. La seva figura esvelta amb robes de tons blavosos remarca el blasó dels Albir i aixeca expectació. Fa pocs anys, els admiradors que li fan costat no entenien com aguantava els embats de cavallers, normalment molt més fornits i de més pes, però els entesos opinen que és gràcies a una tècnica depurada i a un truc intel·ligent. Ara, pel cantó de llevant, fa l'entrada un cavaller amb una munta juvenil i que assegura venir de Llangàs, sense cap fama que el precedeixi. Tots dos genets desfilen fins a plantar-se davant la reina d'honor i humilien les llances que el baró de Cas observa atentament.

L'Orenç, des que l'Ínian s'ha presentat, no fa més que mirar-lo. Sap que està en perill i que, d'alguna manera, ell hi té un paper. Això el desespera, com si tingués l'ànima bruta sense haver tocat brutícia. Però... què pot fer per evitar els auguris que l'envolten? Com els pot aturar? De quines eines es pot servir? Només en coneix una: la pregària. La pregària i la voluntat de Déu, aquestes són les seves armes i les coneix poderoses. El conforta que, en l'embat de llances, l'Ínian juga en el seu terreny i que contra un justador poc reputat en sortirà guanyador o indemne. I ell el protegirà amb una oració. És mentre el manador i els jutges verifiquen les llances, que sent la veu de la baronessa Mailís que pregunta:

—Com és que porteu un escapulari vermell, noble cavaller? No n'hi ha costum.

La resposta sona esmorteïda dins l'elm.

—Per demostrar que, si bé soc de Llangàs, de cap manera soc albicar.

Un llampec al cervell li fa girar l'esguard immediatament. Cert. Una cinta daurada i entortolligada amb un escapulari de sant Benet, vermellós, com els que va dur beneïts de Roma... i dels quals només n'ha donat dos.

Escodrinya les estretes ranures de l'elm, vol descobrir quins ulls s'hi amaguen. Inútilment. Tanmateix, juraria que, de dins, li tornen la mirada. El temps del ritual s'apressa; tots dos contendents han ensenyat les llances i el baró de Cas dona l'acord. Que comenci el combat!

Quan els cavallers es separen per anar a cada extrem de l'arena, totes les mirades segueixen el justador que porta el blasó dels Albir. Totes menys una, que s'obsedeix a identificar un gest, un senyal de qui es diu cavaller de Llangàs.

L'Orenç sent quelcom irracional que l'oprimeix mentre té el braç mig aixecat, talment com per aturar la justa. Al born s'imposa un silenci cerimoniós, amb el príncep Ínian va l'honor de Magens. Tots dos cavalls queden a banda i banda de la palissada. Renillen. Alcen les potes davanteres. Saben que arriba el moment crític i estan excitats, com el públic, com els combatents... com l'Orenç, que resa amb una tensió que li adoloreix els músculs, amb el braç absurdament mig alçat. Tota la tensió es desferma quan sonen els tambors i les trompetes. Els cavalls s'abriven cap endavant i, a mesura que avancen, les llances s'inclinen buscant el cos de l'adversari. Tot passa massa de pressa. Quan s'acosta el moment del xoc, el príncep Ínian es separa una braça de la palissada, el famós truc que li ha donat tantes victòries. Just en l'últim instant, un lleu moviment del cavall cap al centre aconseguirà que el cop contra l'adversari sigui més lateral i prou fort per desequilibrar-lo. Els cavalls cavalquen furients. El xoc serà fort. Molt fort. Ara! Un espetec sec. Una llança que s'esberla. Restes de fusta que salten pels aires... però el cavaller de Llangàs no acaba de caure i continua galopant, menant el cavall fora del clos. El príncep Ínian ha rebut una llançada que ni l'ha fet trontollar. La gent, ara sí, es posa a victorejar-lo dempeus, orgullosos de qui, a més a més, serà el seu nou rei. Quasi al bell mig del born, l'Ínian atura el cavall momentàniament. Passats uns instants, en lloc d'anar al trot, el fa caminar. La gent entén que busca l'homenatge i l'aclama. Se l'ha guanyat. A poc a poc, l'elm de l'Ínian s'inclina endavant, com per mirar alguna cosa del coll del cavall. S'inclina més. I quan ningú s'ho espera, el genet cau de la muntura com un pes mort. Un esglai d'incredulitat ressona al born, nobles i jutges salten a l'arena, la baronessa s'aixeca... però l'Orenç resta assegut. I abaixa el braç. Acaba d'assistir a l'execució anunciada del seu germanastre. Tremola al seient. El baró de Cas també ha baixat a l'arena, però, abans, ha donat una ordre. El príncep no veu que dos soldats es col·loquen darrere seu, amb el puny a l'espasa.

L'Orenç esguarda el tumult de persones que hi ha al voltant de l'Ínian, mentre resa perquè el que s'ha previst no tingui lloc. El cavaller Beròt, primogènit de Quer i també justador, se li acosta atordit:

—Príncep, sembla que no respira. Potser us necessita.

Un tremp interior li vincla el cos endavant. És metge d'ànimes i ha de socórrer la del seu germà. Quan arriba al tumult, els dos soldats que el protegien ara li obren pas a empentes i crits. Finalment, cau agenollat, frec a frec del cos de l'Ínian i, en veure'l, deixa de sentir la cridòria que l'envolta, com si l'espai entre tots dos es buidés dels xiscles i sorolls, en una estranya serenor. Li mira els ulls, blaus, bells, oberts i estranyament lluminosos. Un regalim de sang als llavis i una petita ferida al braç que a penes li ha ensangonat la vestimenta. Inert com el veu, no en té cap dubte. És mort.

Mancat d'oli sagrat per al sagrament i, com impel·lit per Déu, es mulla els dits amb la pròpia saliva i el senya dient les mateixes paraules que faria servir per ungir-lo: «Per istam sanctam unctionem indulgeat tibi Dominus, quidquid per visum deliquisti. Amen». Cinc vegades ho repeteix i, just quan acaba, la veu d'en Cas trenca l'espai silenciós: «Perseguiu el de Llangàs», mana diverses vegades. L'Orenç no en fa cas, sap que no l'han de trobar. Li costa apartar la vista de l'Ínian, mort, amb els ulls dirigits a ell, com compadits.

—Príncep, hauríem d'entrar al castell per seguretat.

—Quina seguretat, baró? Qui és que no s'ha de sentir segur davant Déu? —Tot dit mastegant les paraules.

—És per vós, sou l'únic hereu que li queda a la corona. Hi ha un assassí en llibertat i no sabem si darrere existeix una conxorxa.

L'Orenç no s'aixeca, es persigna molt lentament, tanca els ulls del seu germanastre. Després, s'alça a poc a poc i gira el cap fins a trobar els ulls del baró. Persisteix a mirar-lo. Només quan el baró els abaixa, parla.

—I ara toca assistir la mort del rei. Sí, cada cosa al seu moment. Porteu-me un cavall.

—Preneu el meu, senyor.

—No, baró. Porteu-me el Branga.

# 48
# El poder d'una paraula

—Eiquem, com està.

—S'apaga, senyor. Entreu, us ha demanat contínuament.

—Hi ha algú, a dins?

—L'abat de Corn, té els olis preparats per si no arribàveu a temps.

Quan hi entra deixa la porta oberta i l'abat, que entén el gest, abandona la cambra. L'Ebrard té els ulls tancats i respira a batzegades. L'habitació està ombrívola llevat de dues llànties prop del capçal. S'hi acosta, sense fer soroll, però el rei obre els ulls i fila una veu quasi imperceptible.

—Fill... t'esperava —diu entretallant les paraules.

—Ho sé, pare.

—Vull... acomplir... el jurament... t'ho explicaré tot.

L'Orenç nota l'esforç gegantí que li costa cada paraula i, en veure'l tan agònic, no vol que pateixi per una explicació que ja no li cal.

—Descanseu, pare. No us preocupeu, que ja ho sé. Heu sigut víctima d'una conxorxa espantosa dels qui teníeu més a prop i més estimàveu. La vostra muller, un fill de la vostra sang, el rei que més ansia la vostra derrota i l'Esbill. No cal que m'ho expliqueu.

L'Orenç confia d'haver-lo deslliurat del jurament, però

l'Ebrard bandeja el cap, com si volgués contradir-lo. L'Orenç insisteix per assossegar-lo.

—Pare. Sou rei, heu fet justícia com millor l'heu entès, per amor a Magens i per salvar la dinastia. D'allò que ara us penediu, jo tinc la potestat d'absoldre-us i ho faig de tot cor. I si m'ho permeteu, us donaré el sagrament de l'extremunció amb els sants olis.

Però el rei bandeja el cap més neguitós. Definitivament li nega alguna cosa. L'Orenç està confós.

—Però, pare. No... què?

El moribund segueix movent el cap, com enfadat, o potser aterrit, però l'expressió de la cara estrafeta, vermella, convenç l'Orenç que deambula pels seus últims moments.

—Pare, calmeu-vos, m'esteu dient que no. Ja us entenc. Però, em podeu dir el què?

El rei aquieta el cap. Tot ell concentra la força que li queda a dir un mot. L'Orenç s'inclina per sentir-lo millor. El monarca pren aire. Pugna.

—S...est.

L'Orenç té l'orella just a tocar la seva boca i ho ha sentit, però no l'ha entès. Les cordes vocals no vibren i els llavis no tenen prou força per modular l'aire. Amb els ulls desorbitats, el moribund persisteix, però ja només balbuceja un mot inaudible.

—Pare, reposeu, no us esforceu.

Però l'Ebrard, ja amb els ulls closos, repeteix el so incomprensible, cada vegada més espaiat, cada vegada més feble.

—Pare, per Déu, calleu, calleu.

L'Orenç es desespera. Entén que l'Ebrard reté l'ànima només per haver-se entossudit a dir aquest maleït mot. Ell és a temps de salvar-la i pren els sants olis per començar l'últim sagrament: l'extremunció.

—Per istam sanctam unctionem, indulgeat tibi Dominus quidquid deliquisti... —I senya cada part del cos per on els cinc sentits tempten l'ànima: primer els ulls, després el nas, l'oïda, els llavis i, finalment, les mans. Quan acaba, només silenci.

El rei Ebrard d'Albir, magne sobirà de Magens, ha mort.

# 49
# Un dels tres secrets amaga la veritat

Just a trenc d'alba baixa al pati d'armes. L'espera la cadira romana amb quatre portadors i els dotze cavallers que habitualment acompanyen el monarca de Magens. Ahir nit va expressar la seva voluntat d'anar a la catedral i tot està disposat. L'Orenç mira la cadira, però se n'aparta.

—Porteu-me el Branga.

Un dels patges corre fins a les cavallerisses i, en un tres i no res, surt menant l'imponent cavall. L'Orenç alça el braç i crida.

—Deixa'l sol.

El xicot s'atura sorprès, però obeeix i deixa anar les regnes. Els cavallers resten expectants. El Branga inicia el seu camí, pausadament, amb el port que tothom admira i, només quan la seva testa està a dos pams de la del príncep, s'atura. L'Orenç li acarona el morro.

—Molt bé, Branga. Tots dos ens hem triat. Sigui.

Un altre patge porta el banquet per facilitar-li cavalcar-lo. No en fa cas, no li cal.

Dalt d'aquella bèstia sent un poder especial, potser és per això que dicta, més que diu, les determinacions que ja té preses.

—Només m'acompanyareu dos de vosaltres, el noble Beròt

de Quer i un cavaller que ell triarà. La resta us organitzeu perquè, d'aquí a una hora, conduïu escortats a la catedral les següents persones: l'abat Moll, comte de Corn, el baró de Cas, l'escuder Blan i la senyora Brilhèta de Naïs.

Hi ha un petit desconcert però preval l'obediència. En Beròt de Quer fa un senyal perquè es baixi el llevadís i, ja al carrer, la gent s'inclina al pas de la comitiva, alguns s'agenollen i es persignen. Aquest jove, poc conegut, ja és bisbe i es diu que avui mateix serà coronat rei de Magens.

Quan arriben a la cantonada de la farga, el vicari Prot ja l'espera sota la porxada del temple.

—Príncep Orenç, eminència, pel tracte que hem tingut, estic segur que passeu per aquest tràngol més atuït per les pèrdues que pels honors que us esperen. Em poso a les vostres ordres.

—Gràcies, vicari, m'encerteu l'ànim. El camí que Déu m'ha triat per arribar al que s'entén com la glòria no és el que jo hauria escollit. Però en fi, Prot, vaig atrafegat per les moltes determinacions que he de prendre i algunes us afecten personalment.

Tots dos entren al temple, aparentment buit, i el príncep enceta la conversa.

—Prot, vull parlar-vos de dos assumptes. El primer és senzill: com ja sabeu, m'ha de coronar el patriarca Atanasio, un gran honor, però sembla que Sa Eminentíssima ha de tornar a Roma prestament, la qual cosa ens obliga a fer la coronació aquesta mateixa tarda. Ja podeu imaginar que la jerarquia l'ha avesat que li facin les coses, d'altra banda, jo tinc obligacions que no em permetran prendre'n cura. Us demano, doncs, que preveieu tots els detalls per a la cerimònia de la coronació.

—No us preocupeu, eminència, d'alguna manera ho havia pressentit i ja estem disposant els aspectes protocol·laris i adequant els sumptuaris. Crec que serà una coronació esplendorosa i, com dieu, s'ha d'aprofitar la presència del gran patriarca. Connota que Roma us fa intocable, i en aquests moments és important per a Magens.

—Exactament, Prot. L'altra qüestió potser us serà més àrdua. Però escolteu-me bé, perquè la determinació no té correcció possible. Sé, perquè me'n parlàreu fa poc, que volíeu retornar amb la vostra germana i passar la resta dels vostres dies en la pau del redós que us veié néixer. Ho sento, Prot, haureu d'ajornar el vostre anhel. Un cop sigui coronat, enviaré missatgers a Roma demanant el vostre nomenament com a bisbe de Magens. Jo renunciaré al títol de la seu, però retindré la condició de bisbe d'anell. Això mantindrà la il·lusió romana que un bisbe regna Magens devent-li obediència.

Un petit silenci precedeix una resposta serena.

—Entenc, senyor, l'abast del que em dieu i ho trobo escaient. Però, tot i que us agraeixo immensament la confiança, soc molt vell i potser calen unes mans més vigoroses per adreçar aquesta seu.

—No em citeu la vostra edat com un problema, Prot, perquè és un factor que afavoreix la vostra elecció. Això em permetrà uns anys, espero que molts, per escollir millor el vostre successor. Ara em falten raons i fonaments per fer-ho.

—Gràcies, eminència. Us dono el meu acord i procuraré servir l'Església amb humilitat i ser fidel a l'evangeli de Crist.

—Ho fareu, Prot, estic segur que sereu un bisbe exemplar. Ara voldria resoldre un afer més personal. Us prego que m'acompanyeu i m'ensenyeu els tres secrets que em citàreu de la biblioteca privada, on l'Esbill amagava els documents més delicats. Necessito trobar els que es refereixin al cas del rei Ebrard amb la meva mare, la reina Alaís de Cres.

—Us acompanyo i us ensenyaré els tres amagatalls que

conec. Però el document que busqueu sé on es guarda i, si voleu, el trobarem de seguit. Sabia que un dia me'l demanaríeu, us en sobren raons.

Feia temps que en els ulls de l'Orenç no hi palpitava la vivor que ara els enllumena. Trobar el document exculpatori del bisbe de Cres que l'Esbill havia amagat per condemnar la seva mare li és un deure expiatori per restablir la seva dignitat, però també per reivindicar la pròpia nissaga i el futur dinàstic. I més ara, que la corona de Magens posseeix el gran ducat de Cres.

Pugen al despatx privat i, sense gaire cerimònia, en Prot es dirigeix a un extrem de la biblioteca.

—Mireu, aquest és el més fàcil d'endevinar, els cinc llibres de *La Història de les Profecies*, amb una pell més blanquinosa, amaguen un calaixet que pot escondir poca cosa i massa fàcil de trobar. No és un bon lloc per a papers tan compromesos. L'altre amagatall, molt més segur, és de forma cilíndrica i molt difícil. Veieu la pota esquerra d'aquest canterano? Està buida i va enroscada. Molt bon secret, però difícil de manipular per a un bisbe vell. Us puc assegurar que els vostres documents tampoc hi són. I l'últim és aquest joc de nou calaixos, que si se n'obren tres de concrets, en un ordre establert, en descobreixen un de més gran que no està a la vista. L'Esbill era docte en matemàtiques i sabia que la probabilitat d'encert era quasi miraculosa. Només em confià la combinació quan ja no es pogué valdre.

El vicari Prot observa que els ulls del futur rei s'han enjogassat amb les seves endevinalles i, amb lentitud estudiada, n'obre el primer, després d'un respir n'obre un altre i quan, finalment, estira el tercer, una llata, que semblava formar part de l'estructura del moble, cau fent un espetec sec. L'Orenç calcula que té un braç de llargada i un pam i mig d'alçada, i el veu atapeït de pergamins i llibres. El vicari no té cap dubte, va just al final del cantó dret i en treu un pergamí enrotllat.

La curiositat de l'Orenç s'ha convertit en emoció. El deslliga recordant com aquest escrit li ha condicionat la vida. L'estén sobre el buró i reconeix els blasons del bisbe de Cres. Els seus ulls admiren la cal·ligrafia florida amb què s'avisa l'Esbill de no fer cas de l'anterior document, detallant-li que s'escrigué sota amenaça del rei Uc de Llangàs. Quan acaba la lectura, l'enrotlla curosament. Sí, amb aquest document la seva nissaga queda impol·luta, la dignitat de la seva mare restablerta i el seu dret a ser rei sense discussió.

Quan tornen a la catedral, sota el creuer l'esperen l'abat Moll, el baró de Cas, en Blan i la Brilhèta. Una mica enrere i amb posat de vigilància, els cavallers que els han escortat. L'Orenç passa pel davant dels quatre, sense mirar-los, i es dirigeix als armats per manar-los que surtin fora. Després fa un apart amb en Beròt de Quer i li confia el document.

—Guardeu-lo, Beròt, és molt més que un pergamí.

Quan retorna al banc on seuen els convocats, manté un posat adust i exposa un missatge clar.

—Preneu el temps de tres parenostres i veniu al reclinatori de la capella de Sant Sebastià, on us espero per donar-vos el sagrament de la confessió. Ho fareu per aquest ordre, comte Moll, baró de Cas, escuder Blan, senyora de Naïs.

Tots tres homes resten amb el posat trasbalsat. Cadascun d'ells repassa la seva culpa. En Blan es penedeix d'haver-li ensenyat l'escapulari que el delatava. Pensava que això seria meritori de cara al futur rei, però es va equivocar. El baró sap, perquè l'hi confià el mateix Ebrard, que el coneix com l'assassí de la reina Bal. Però qui està més desconcertat és el comte de Corn, que recorda, com si fos ara, el dit del príncep amenaçant-lo amb unes paraules que el mortifiquen: «Faré caure sobre vós i la resta de còmplices la meva justícia i, ja us faig saber des d'ara, que cap butlla de Roma us ha de salvar». Només la Brilhèta, al final del banc, ignora per què se l'ha convocada amb aquests prohoms tan poderosos, però no pateix, dirà tot el que sap i santes pasqües.

# 50
# Quatre confessions

Passats els tres parenostres, l'abat s'aixeca. No valora en res el futur i en ben poca cosa la vida. Quan entra a la capella de Sant Sebastià, el príncep bisbe l'espera assegut en un setial col·locat en un lateral i, davant seu, un reclinatori. Quan l'Orenç hi té l'abat agenollat, sense cap salutació comença la fórmula precisa perquè no es confongui sobre què ha de tractar la conversa.

—In nomine Patris et Filii et Spiritus Sancti... Dominus sit in corde tuo, ut animo contrito confi tearis peccata tua. Digueu-me, comte de Corn, de què us acuseu?

L'abat l'escolta inquiet i no li passa per alt que el futur rei li dona tractament de comte, quan sempre havia utilitzat el religiós.

La mort no l'espanta, el judici de Déu el terroritza, però que se l'acusi de traïdor i se'l tracti com a tal, el confon profundament. És cert que ha pecat contra manaments de Déu, però en nom de la lleialtat, del bé superior, dels interessos de l'Església i de la corona de Magens.

—Pare, fa tres dies que em confessà el patriarca Atanasio.

—I us queda alguna cosa que us inciti al remordiment?

—Sí, pare. Per evitar una conxorxa contra el rei i el Papa, he participat, només amb el consentiment, en la mort de tres persones. La darrera, el príncep Ínian... i no hi ha absolució que calmi el meu...

L'abat calla quan veu que l'Orenç aixeca la mà per tallar-lo.

—Sis, comte de Corn, sis morts. Segurament no compteu el quart perquè el teníeu per tan abominable que considereu merescut el seu enverinament. Un enverinament que, d'altra banda, vos ordenàreu.

L'abat l'escolta espaordit. Està a punt de negar les acusacions, però no en té oportunitat.

—Perquè sou vós qui manàreu l'assassinat d'un príncep de l'Església i que, per a més ignomínia, encomanàreu a la Murtra que l'enverinés. Sí, la mare del vostre fill, comte de Corn. I ho féreu perquè més enllà de la lleialtat als desitjos del rei, el meu pare, amagueu el vertader motiu, el més important que us hi va impulsar. Un oprobi que heu guardat en secret durant tots aquests anys i que us ha corcat l'ànima. Quan es feren notoris els abusos de l'Esbill sobre el patge Blan, es va descobrir que hi havia una altra víctima. Un xiquet de qui se n'amagà el nom, . El vostre fill, comte. Per sort seva, tant el rei com vós mateix aconseguíreu protegir-lo de l'escàndol.

L'abat no esperava aquesta entrada a les entranyes i trasmuda el semblant. Es sent despullat per les punyents paraules d'un Orenç insospitat. Tant, i fins a tal punt, que el comte i Reverendíssim Abat de Corn desguarneix el seu comport i es posa a plorar. L'Orenç, que observa com les llàgrimes enfosqueixen la pelfa del reclinatori, pensa que ha encertat de ple l'ànima de l'abat, però aquest penediment no li impedeix acabar de passar els comptes.

—I també oblideu els dos guaites de la porta principal, forcats després de terribles tortures, quan vós, comte, sabíeu que eren innocents.

—Perdó, Déu meu...

L'Orenç deixa que planyi els seus pecats. Només passada una estona inquireix.

—Teniu alguna cosa més a confessar?

—Sí, soc culpable de no impedir la mort de la reina Bal, ni la del príncep...

—Això no cal que m'ho detalleu. Ho sé. Insisteixo, alguna cosa més?

—No, per Déu, no —diu quasi cridant.

Sense espera, el bisbe Orenç fa el senyal de la creu.

—Ego te absolvo peccatis tuis...

L'abat aixeca el cap, els ulls envermellits, mentre veu que el príncep bisbe declama la fórmula completa d'una absolució en què no confiava. Es persigna a l'espera d'una penitència que preveu terrible. La veu de l'Orenç, sense canviar-ne el to imperatiu, sentencia:

—Aquesta tarda participareu al costat del patriarca en la meva coronació, abat de Corn. Demà, ja coronat, conformaré la nova Cúria Reial i us proclamaré Primer Conseller del rei de Magens.

L'Orenç ho declama pautant el discurs. Ah... els tempos, ben cert, qui disposa dels tempos eixampla el poder, deien a Roma. Continua.

—I ja des d'ara us participo que, passada la propera cerimònia de tonsura dels seminaristes que accedeixen al sacerdoci, guardo la plaça de la Reial Capella per al vostre fill, Arga. I si vós l'eduqueu, potser se'l pot preparar per a ambicions més altes.

L'abat, sorprès per l'inesperat gir de les coses, li pren la mà i l'hi besa.

—Gràcies, eminència.

—No us he parlat com a bisbe. Ho faig només com a futur rei.

El baró de Cas observa que en Moll, apressat i capcot, abandona la catedral. S'aixeca pesarós però ferm, entra a la capella i s'agenolla davant l'Orenç mirant-lo als ulls.

—In nomine Patris et Filii et Spiritus Sancti... Digueu-me, baró de Cas, de què us acuseu?

—Príncep, m'agenollo davant vós per lleialtat a qui és el meu senyor. Però amb tot el meu respecte pel vostre rang religiós, no m'he agenollat per confessar-me.

—Baró, desobeïu la voluntat de Déu?

—Senyor, des que vaig néixer, Déu m'inoculà la guerra al cos.

—No sigueu desagraït, baró. El valor en la guerra us ha fet cap de l'exèrcit de Magens i li deveu molta glòria i, també, riqueses.

—No em refereixo a això, senyor. El meu cos està en guerra amb la seva pròpia natura i no puc tenir fe ni agraïment a qui m'ha esguerrat la vida en crear-me així.

El baró no continua, l'Orenç també guarda silenci mentre li aguanta la mirada i avalua si no s'equivoca amb les determinacions que ja té preses sobre aquest home.

—Baró, conec les perversions que delecten el vostre cos i, com a bisbe vostre, us he de condemnar i advertir que si no mostreu penediment ni voluntat d'esmena, no puc aixecar aquesta condemna.

El cap de l'exèrcit magensí no s'immuta. La mort l'atemoreix menys que la vida.

—Però abans de prendre una decisió, i ja que em parleu amb tanta franquesa, tinc una qüestió que només vós em podeu respondre. Matàreu la reina Bal per ordre del seu espòs i pare meu, això ni cal que m'ho confirmeu, però, digueu-me, com és que, ni ell ni vós, no preveiéreu que, en llençar-la per la finestra, esmolàveu les armes dels vostres enemics i posàveu en risc la mateixa corona en fer versemblant un suïcidi?

El baró l'està mirant i, en el deix autoritari dels seus ulls, s'hi esmuny un mig somriure. El de l'estrateg que coneix la dificultat del repte i n'explica les astúcies per superar-lo.

—Ah, senyor, estàvem davant d'una enemiga ben ensinistrada i molt conscient dels perills que comporta conspirar en una cort. No en va procedia d'un cau de llops sangonosos, la cort de Guifort. Nosaltres, a través de les informacions romanes, sabíem que estava conxorxada amb en Frencàs per coronar la testa de l'Ínian que, totalment abduït per ella, li seria vassall. Vós no deveu saber que les mateixes informacions també ens prevenien que, durant la guerra, en Frencàs planificava assassinar el nostre rei i el seu primogènit, aprofitant la confiança de l'Ebrard en l'aliança signada. —L'Orenç escolta sense mostrar cap senyal de sorpresa mentre reordena les peces de la partida que tenia dibuixada al magí. El comandant de l'exèrcit continua—: Per això s'havia d'actuar contra la Bal abans d'anar a la guerra, per destarotar el seu pla. Quan aquella nit vaig trucar a la porta, ella va obrir de seguit, com si esperés algú. Jo, que sabia que no era a mi, vaig admirar-me de com reaccionava i recomponia la figura, mentre em deia afablement: «Passeu baró i acomodeu-vos, mentre vaig al tocador, que m'he deixat un flascó mig tombat». I va desaparèixer rere el paravent. Però devia espiar-me per alguna escletxa amb l'estilet a la mà, perquè quan vaig acostar-m'hi per finir el meu propòsit, va sortir de l'amagatall i s'abalançà sobre meu per clavar-me'l al pit. Per sort, vaig aconseguir aturar-li el braç abans que entrés més profundament, i la ferida fou poca cosa, a banda d'estripar-me la camisa... com bé sabeu. Vaig empentar-la per separar-me'n i desclavar-me la punta del ganivet. Fou durant aquests moments que va enfilar-se a l'ampit de la finestra. Sincerament, en un primer moment no creguí que es llancés però, amb una mirada desafiant, em cridà: «Mireu-me i escolteu-me bé, home abjecte. Sé que la vostra venjança no acabarà en mi, i que matareu el fill que més estimo. Sigui doncs: amb el meu suïcidi condemno els Albir per sempre més». I, mirant-me fixament, es deixà caure d'esquena al buit i feu aquell crit, no sé si per alertar algú o pel pànic de la mort.

L'Orenç no deixa d'imaginar les imatges que el baró li concreta. O sigui que, finalment, no fou un assassinat. La reina va optar per un sacríleg suïcidi que donés a l'Esbill els fonaments necessaris per deslegitimar els Albir i deixar el camp lliure a la intervenció del rei de Guifort.

—A partir d'aquí, tot es capgirà. No us puc dir si l'Ebrard ja havia planificat la desaparició del príncep Ínian, mai no m'ho digué. Però, amb la mort d'en Jan, s'havia convertit en l'hereu de la corona de Magens i quan l'Eiquem li pronosticà que corria perill de mort, el rei us ascendí a la primera línia de la seva estratègia. Una estratègia preparada. Recordeu el dia que ens va convocar per assegurar-nos que la ferida anava a millor i que celebraríem la victòria amb una festa de justes? Doncs ho devia tenir tot fixat, perquè pocs dies després, quan la seva salut feu un tomb, ens reuní per explicar-nos què havia resolt i com s'havia d'executar. Ens manà que tot havia de passar mentre fos viu, per protegir-vos millor en la vostra ascensió al tron, i que la mort de l'Ínian a la justa us allunyaria de qualsevol sospita. Construírem a la farga una ànima de ferro banyada amb verí que el fuster Forllat va folrar amb una fràgil fusta de punta roma i jo mateix vaig ensinistrar algú de confiança en com se n'havia de servir. De la resta, ja n'heu sigut testimoni. Només us puc afegir que l'abat i jo mateix acabarem el manament del nostre rei en el moment precís que sigueu coronat.

L'Orenç revisa els nous detalls apresos i el significat de tot plegat. Veu l'amic del seu pare seriós, però ferm. Tot d'una, només se li acut una pregunta.

—Em podeu confirmar el nom de l'ensinistrat?

—Senyor, cal que falti al meu honor?

—No, baró, no cal.

Tots dos homes es miren fixament. No es repten, cadascú viu el seu espant, fins que el príncep bisbe s'aixeca.

—Alceu-vos, baró. Com a bisbe no us puc perdonar res del que embruta la vostra consciència i us nego l'absolució. Com a príncep i futur rei vostre, us nomeno cap dels meus exèrcits i conseller de la guerra. Ara in pectore, i demà públicament davant la Cúria Reial. Espero que em serviu amb una lleialtat tan ferma com heu servit el meu pare. Baró de Cas, feu-me un petó en signe d'acatament.

L'escuder Blan s'agenolla al refectori, porta els cabells en un aparent desordre i la camisa descuidadament mig oberta que deixa entreveure un penjoll. L'Orenç l'identifica de seguit. També porta el braç esquerre arrapat al cos, perquè qualsevol gest el mortifica. Amb tot, serva la bellesa innata i l'Orenç la capta.

—Així que el mateix cap de l'exèrcit et va ensinistrar per matar el príncep Ínian?

El jove sap que davant d'aquesta pregunta ha d'acotar el cap i, sense mirar-lo, insinua un gest afirmatiu. Tem el càstig, tot i que, llunyanament, esperança el perdó de qui serà rei gràcies al seu crim.

—Has matat alguna altra vegada?

—No, mai. Però, pel vostre pare, hauria fet el que fos. —Ja mirant-lo fixament.

—Tot i córrer tant perill? L'Ínian era un justador molt expert.

—Ben cert, però el baró de Cas em va ensenyar el truc que el príncep sempre utilitzava i la manera de contrarestar-lo. Jo tan sols havia de ferir-lo, ni que fos una esgarrinxada, perquè la llança estava enverinada.

—Als ulls d'alguns humans i les seves ambicions, tot el que ha succeït pot ser ben vist. Però als de Déu, no. Vols confessar-te dels crims?

—Sí, pare, ho necessito.

—In nomine Patris et Filii et Spiritus Sancti...

—Pare, m'acuso d'haver matat l'Ínian, amb qui no hi tenia res en contra, i que sempre m'havia tractat amb deferència, fins i tot íntima. Potser em podria excusar en el meu deure d'obediència al rei, però no vull fer-ho. Vull purgar la meva culpa amb la penitència que m'imposeu i purificar-me davant Déu i davant vostre.

L'Orenç se'l mira incrèdul. Ja el coneix bé, un xicot decidit a tot i que, de sobreviure, n'ha fet el seu ofici des que era un infant. Tant li fa oferir-se a la baronessa com brindar-se a ell, l'únic objectiu és sobreviure. I a fe que ho fa bé. Com a bisbe l'hauria de repugnar, com a home li destarota el cos i... com a rei de Magens, un servidor així li convé. Aixeca la mà per iniciar el senyal de la creu i just quan acaba la jaculatòria:

—Blan, com a bisbe t'absolc, com a futur rei vull que em serveixis. A partir de demà seràs el meu escuder, dormiràs als peus del meu llit, em protegiràs del que calgui i faràs el que et mani. Has servit el pare lleialment i per això, i perquè l'escuder d'un rei ha de ser de condició noble, demà, davant tota la Cúria, et faré cavaller i em rendiràs homenatge.

Els ulls d'en Blan el fiten lluminosos, inesperadament agraïts, seduïts i seductors.

—Senyor, us agraeixo l'honor de ser cavaller vostre, però no em cal. Sense ell també us serviré en allò que calgui i en allò que us complagui. Us en faig jurament aquí, davant de Déu.

L'Orenç s'adona que el seu nou escuder el mira amb aquell esguard que abans el violentava, però ara ha decidit aguantar-li la mirada tanta estona com calgui. I fent-ho sent un trasbals, un plaer inconegut.

—Així ho espero.

# 51
# Fremiments d'amor

Quan la noia s'agenolla al reclinatori, l'Orenç pensa que potser s'ha equivocat en convocar-la juntament amb els tres homes. Des de l'última trobada, els misteris que regeixen el desig l'assetgen i no ha deixat d'anhelar-hi una relació més privada. Els lligams que abans el refrenaven s'han amollat. I si fins ahir l'obligaven els deures d'un bisbe, ara l'obligaran els d'un rei.

—Brilhèta, les coses han passat com tu em predeies, rengla per rengla i des de l'inici. Ets una dona intel·ligent, molt intel·ligent, i et valoro especialment aquest do. M'has esclarit misteris que m'eren inaccessibles i em temo que, a partir d'ara, necessitaré més que mai el teu talent i la teva opinió... a banda d'altres relacions que compartim de fa poc.

L'Orenç nota que en dir aquesta última insinuació no ha hagut d'abaixar els ulls com hauria fet pocs dies abans. La Brilhèta també se n'adona.

—M'afalagueu, senyor. Però us vull ser lleial i no vull amagar-vos que, sense l'ajut de la mare, aquest do que m'atribuïu seria més miseriós... però en tot cas, disposeu de mi per al que us calgui, Orenç.

Sentir dels llavis de la noia el seu nom despullat de tractament li procura una forta voluptuositat, una sensació quasi lasciviosa, més forta que la que li ha procurat en Blan fa poca estona, i això li assossega fosques inquietuds. Deixa que el desig s'expressi en el seu cos, tot sabent que ja no hi ha pressa per recollir-ne els fruits. Ara, tots els fruits li són oferts, més ben dit, li pertanyen.

—Brilhèta, vull que vinguis al Castell, amb mi, per servir-me, tot i que aquesta paraula no em satisfà perquè et desitjo d'amistançada. Però, escolta'm bé, no et parlo en la condició de rei, sinó d'home: respectaré la teva voluntat per sobre de la teva obligació. Però si acceptes, et previnc que el meu rang religiós no permetrà, de cara enfora i de moment, que et tracti amb deferència. Tanmateix, et prometo que, dins del Castell, exerciré d'home que et vol i si bé, com a rei, ara no et puc maridar, hi tindràs cambra privada, seràs respectada i disposaré tot el que calgui perquè recuperis el feu de Naïs i els seus drets.

—Senyor, només complaure-us ja saciarà la meva felicitat... i també el meu desig.

La paraula desig enfebra encara més el de l'Orenç. El sent als llavis, al ventre, i no es prohibeix que l'embriagui, frueix experimentant una excitació inconeguda.

Al seu davant, i només mirant-li els ulls, la Brilhèta comprèn que el plaer amorós de fa pocs dies busca una nova trobada. Però també sap que no és el lloc ni el moment adequat i que, a més a més, amb els homes sempre és rendible ajornar l'esclat passional.

—Deixeu-me, doncs, que aprofiti aquest moment privat per dir-vos que us acompanyo amb un sentiment profund la pèrdua que patiu.

L'Orenç arrufa les celles.

—Pèrdues, Brilhèta. Des que morí en Jan, la dalla no ha deixat de voleiar al meu entorn. I que la dalla la manés la mà del pare, em confon els sentiments. Saber que, mentre moria, maldava per deixar-me el tron a fi de salvar la corona i Magens, amb una crueltat que contradiu totes les meves conviccions, però afavorint-me, i que, ahir, en els seus darrers moments, preferís que jo el comprengués, abans que la seva mateixa salvació, m'embulla l'ànima.

—Orenç, si ho entenc bé, em dieu que ahir, en acabar la justa, vau poder acompanyar-lo els darrers moments...

—Sí, va morir mentre li donava la sagrada extremunció.

—Però, i perdoneu si la pregunta no procedeix, us va donar resposta al perquè de tants...? —Tot d'una la Brilhèta es refrena, ningú pot esmentar els crims del pare d'un futur rei.

—No del tot, Brilhèta. Quan vaig visitar-lo després de la justa, quasi no podia parlar, però, només veure'm, s'esforçà a explicar-me el perquè de tant desori. Era un antic jurament i el volia acomplir. Però la seva postració era tan pregona que vaig decidir explicar-li el que ja sabia per estalviar-li més patiment.

La mirada de l'Orenç perd la de la Brilhèta per fixar-se en un punt qualsevol de la paret.

—Fou molt dificultós i encara m'esgarrifo en recordar-ho. De primer, semblava que acceptava el relat, però alguna cosa degué contradir-lo, perquè va començar a bandejar el cap i, a mesura que jo continuava, el sacsejava amb més força... Quan vaig demanar-li què volia negar-me, amb el poc alè que li quedava, pronuncià una paraula... o potser un nom, però no vaig aconseguir entendre'l. La repetia una i altra vegada, però només emetia un ronc... un balbuceig inconnex. Només em va semblar entendre el mot 'est', però no té cap sentit. Semblava un obsedit, pitjor, un posseït, mentre em fitava desesperat, exigint-me que n'endevinés el significat.

L'Orenç s'imposa una pausa, per no reviure-ho de nou.

Quan reprèn el relat, busca la complicitat de la Brilhèta i la mira.

—No vaig saber desxifrar la maleïda paraula i me'n sento culpable, però veia que el pare entrava al capdavall de l'agonia, i vaig decidir ungir-lo amb els sants olis. Fou espantós: mentre li feia el senyal de la creu en cadascun dels sentits, en comptes de cercar el penediment o el perdó, seguia i seguia emetent aquell so cada cop més espaiat, cada cop més desesmat, fins que la mort el silencià.

La Brilhèta l'escolta, té els ulls amarats de llàgrimes. Ara coneix millor aquest home que se li mostra sensible, compassiu, que li confia la intimitat dels seus sentiments... i sap que ella posseeix la clau que pot obrir-li un espai de llum enmig de tanta perplexitat. Sí, ha arribat el moment, es diu, i revesteix d'un to imperatiu la veu.

—Pare, vull que em confesseu.

A l'Orenç, la demanda el sorprèn.

—Brilhèta, és un bon moment?

—Ho és, Orenç, feu-me confiança. Quan la mare va pressentir el traspàs, volgué confiar-me el secret que, segons ella, enllumenava tots els enigmes. Però m'imposà una condició: jurar amb la mà dreta sobre un crucifix que només us ho contaria si em protegíeu amb el sigil sacramental. Pare, us ho prego, escolteu-me en confessió, així seré fidel al jurament i lleial a vós, donant-vos la clau dels misteris que us inquieten. El vostre pare tenia raó, tot el que ha succeït s'explica per una paraula. Només una, la que us intentava pronunciar perquè algun dia el poguéssiu comprendre i, potser, perdonar.

Una paraula? L'Orenç té a la memòria aquells ulls desesperats del monarca mentre intentava articular-la. I tot un rei no pogué amb el poder d'una paraula? Tant de terror pot encloure una paraula? Pot vessar tanta sang, d'una sola paraula? L'Orenç aixeca la mà per fer el senyal de la creu, mentre xiuxiueja l'oració que inicia el sagrament.

—Pare. Vós no deveu saber que, una nit, en Jan descobrí el príncep Ínian a la cambra de la reina i va sentir com ella l'animava a ser l'hereu del tron.

La Brilhèta fa una pausa per si observa alguna reacció, però l'Orenç no en mostra cap.

—D'aquella descoberta, en Jan n'assabentà el seu pare i el rei caigué en un atac de còlera tan furient que no escapà ni a l'oïda dels servents ni de la mare. El cas és que, pocs dies després d'aquell esvalot, ma mare fou convocada a la cambra del monarca, que la rebé reunit amb l'abat Moll i el baró de Cas i, davant seu, li manà espiar les trobades de la reina amb l'Ínian i que, a tal efecte, el baró de Cas havia preparat un amagatall sota l'enfustat del llit on es podria escondir sense perill que se n'adonessin. Pel que m'explicà la mare, sabien que cada dues o tres nits el príncep la visitava. Per aquest servei, fou premiada amb la casa que vós coneixeu i unes rendes. No per voluntat de la reina Bal, com jo mateixa us he mentit, sinó per ordre expressa del rei Ebrard.

L'Orenç continua el relat de la Brilhèta per evidenciar-li que res del que li diu el sorprèn:

—I així descobriren la fondària de la conxorxa. En Frencàs, la seva germana i l'Escorpí donarien el poder a l'Ínian, a canvi de sotmetre's al rei de Guifort. Però, després, a l'abadia de Corn, el patriarca Atanasio es reuní amb el meu pare per alertar-lo que tenien notícies de fonts fidedignes que en Frencàs preparava un parany perquè en Jan i el pare no tornessin vius de la guerra. Aleshores l'Ebrard feu matar la reina Bal, just abans de partir contra Llangàs, per desbaratar la conspiració. I poc després, amb l'heroïcitat d'en Jan, tots els plans quedaren trastocats. També els del meu pare.

—Sí, Orenç. Descobriren això... Però somorta sota el que ara sabeu, hi perviu una altra història, secreta, agotzonada entre les passions que regeixen totes les peces que juguen al tauler. I la clau és la paraula que us volia dir el vostre pare.

L'Orenç l'escolta convençut, per primera vegada, que la Brilhèta li desllorigarà l'últim enigma.

—El que vós sabeu no fou el més important, Orenç. Informat de tot com estava, el rei Ebrard es podia enfrontar a les pretensions de la Bal sense que li calgués matar-la, anul·lar l'Esbill sense moure un dit i, protegit pel Pontífex, rebutjar l'ambició d'en Frencàs pel domini de Magens. No fou això, no. Hi hagué una altra causa, un fet i una paraula que el ferí molt més profundament que les conxorxes de palau, el seu vertader motiu per desencadenar les morts... que avui us faran monarca.

—Però... què hi ha de més greu, per a un rei, que li manllevin la corona?

La Brilhèta no contesta de seguit. Tria curosament les paraules que obriran ensems la llum i l'infern.

—Uns fremiments d'amor.

Tots dos resten muts. Els instants no corren. Es miren els ulls només perquè els pensaments puguin penetrar millor en l'abast del que parlen.

—Els fremiments dels cossos que la meva mare escoltava cada nit que els va espiar —precisa la noia, quasi amb una veu inaudible.

—Fremiments d'amor. O sigui que la paraula maleïda que el pare volia que entengués, la que obre la porta dels inferns, la més abjecta és... és...

—Incest.

La paraula rebota pel senderi de l'Orenç, visita la memòria, els sentiments i posa en ordre el que ja sap i, també, el que sent. D'un cop i dolorosament, aclareix d'una vegada cada moviment que ha tingut lloc en el tauler i el com i el perquè ha caigut cada peça. És aquesta la paraula que no pogué pronunciar el seu pare, és la mateixa que s'aparionava amb el «tu seràs rei» de l'estimat Jan, que l'hi va ocultar per no ferir-lo encara més. La paraula maleïda i oculta que ha esmicolat la dinastia. Sí. Incest. Tan poderosa que ha pogut convertir-lo en rei.

# 52
# Epíleg

Al Castell, cap flama enjogassa d'ombres les parets del saló. Fa estona que ha acabat el sopar de coronació i les flaires de les menges i els perfums encara impregnen l'aire.

Ha sigut un acte magnificent, amb tots els nobles, les seves mullers i els cavallers principals, que han homenatjat el nou rei. L'Orenç d'Albir ha practicat algunes ensenyances apreses a Roma sobre quin ha de ser un comportament moderadament digne i moderadament majestàtic. Tanmateix, alguns dels senyals que s'ha permès han sigut captats pels comensals. Un aspecte que encuriosia els nobles més bel·licosos era si faria cap ostentació de la seva condició religiosa, però s'han tranquil·litzat en observar que els signes externs triats eren la corona i l'espasa del seu pare al cinyell. També han escoltat atentament quan ha pres la paraula per anunciar als assistents que demà, al migdia, investirà el Reverendíssim Abat Moll, comte de Corn, com a Conseller Primer del Regne, i el Baró de Cas, «l'amic més fidel al meu pare», Comandant Suprem de l'exèrcit de Magens. Amb això ha assegurat la continuïtat desitjada per molts. Ha sorprès que decidís nomenar Secretari del Rei el jove Beròt de Quer, al mateix temps que ha satisfet els cavallers amb la promesa de nous títols i feus també per demà mateix. Tampoc ha passat desapercebut que el nou rei hagi demanat a la senyora Brilhèta de Naïs d'ocupar el lloc que, cautelós, ha abandonat l'abat Moll just en començar les danses, els cants i altres excessos mundans.

El rei Orenç ha presidit, jovial però seriós, la celebració fins a altes hores de la nit i, abans d'alçar-se, ha xiuxiuejat a l'orella de la senyora de Naïs alguna cosa que l'ha fet somriure. Quan s'ha incorporat, tothom s'ha alçat. Els ha mirat un per un, prenent el seu temps. Ha estirat l'esquena i amb una veu abaritonada s'ha acomiadat sense més.

—Nobles i cavallers, senyores, preneu bon repòs. Demà comença un nou regnat.

Just mentre es girava, s'ha aturat un instant. Només la Brilhèta i en Blan, que esperava per servir-lo, se n'han adonat. Pensatiu, el rei Orenç ha acaronat el pom del respatller del tron reial, ha abaixat la mirada fins a l'encoixinat on s'asseia i ha mogut els llavis.

—Sí, la sang ja s'ha assecat.